윤극사전기

尹克邪傳記

윤극사전기 1

시하 新무협 판타지 소설

초판 1쇄 찍은 날 § 2003년 12월 5일
초판 1쇄 펴낸 날 § 2003년 12월 15일

지은이 § 시하
펴낸이 § 서경석

편집장 § 문혜영
편집 § 김희정 · 권민정 · 김민정
마케팅 § 정필 · 강양원 · 이선구 · 김규진 · 홍현경

펴낸곳 § 도서출판 청어람
등록번호 § 제1081-1-89호
등록일자 § 1999. 5. 31
어람번호 § 제2-0289호

주소 § 경기도 부천시 원미구 심곡1동 350-1 남성B/D 3F (우) 420-011
전화 § 032-656-4452 팩스 § 032-656-4453
http://www.chungeoram.com
E-mail § eoram99@chollian.net

ⓒ시하, 2003

값 8,000원

ISBN 89-5505-905-1 04810
ISBN 89-5505-904-3 (SET)

尹 克 邪 傳 記

시하신무협 판타지소설
Fantastic Oriental Heroes

윤극사 전기

1

파몽제세(破夢濟世:제세의 꿈이 깨지다)

도서출판
청어람

운곡사 정기

목

차

1 파몽제세(破夢濟世:제세의 꿈이 깨지다)

서문

'윤극사전기'는 의술과 독약, 그리고 검술을 주된 소재로 하고 있습니다. 내용 중에는 소설적으로 과장되고 재미를 위하여 변형된 것들이 많습니다.

백초곡에서 태어나 자란 소년 윤극사가 제세원에서 의술을 배우는데서 시작하여 이야기는 그가 경험하게 되는 세상과 사람, 그리고 그 이외의 것들에 이릅니다.

'윤극사전기'라는 제목에서 알 수 있듯이 이 책은 주인공 윤극사가 어느 한 시기에 영웅이 되는 이야기는 아닙니다. 그가 살려고 했던 삶과 소설 속에서 실제로 살았던 인생을 보여주려는 이야기입니다.

윤극사와 그의 삶에 영향을 끼친 인물들의 삶과 죽음, 인간과 인생이 뒤엉키면서 어디로 흘러가는지 모르며 살아가는 우리들 자신의 모습을 조금이나마 그려보고자 했습니다.

사람과 사람의 관계 속에서 우리는 오늘도 어떤 사람의 기억 속에서는 잊혀져 가고 또 어떤 사람의 기억 속으로 들어갑니다.

우리의 기억 속에서도 씻어내리는 사람이 있고 새롭게 하는 사람도 있습니다. 이 소설에서는 윤극사에게 절대로 잊혀지지 않는 사람으로 그의 사숙 이청무라는 사람이 나옵니다. 그가 주인공 윤극사에게서 잊혀지지 않는 이유는 윤극사가 마음으로나마 그 사람 이청무가 살았던

'윤극사전기' 속의 인물들이 독자제현께 한 번쯤 이런 사람이 되고 싶다는 마음이 생기게 할 수 있기를 염치없이 바랍니다.

2003년 12월 시하 올림.

제1장 두병신지(讀病神指)

- 병을 읽는 신의 손가락

ㅇㅇㅇㅇ…….

살려주시오.

제발……. 너무 아파요.

나를 죽여! 난 죽고 싶어! 왜 살려냈어!

급환청(急患廳) 안은 여느 때나 다름없이 시끄럽다. 자살하려고 자기 배를 찔렀다가 가족에게 발각되어 이곳까지 들려 온 사람이 있는가 하면 가렵다고 자기 손등을 뼈가 보일 만큼 긁어대며 비명을 지르는 사람도 있다.

유서 깊은 의문(醫門) 백초곡(百草谷)이 종남산(終南山) 북쪽 자락에 설치한 제세원(濟世院)은 서안(西安) 사람은 물론이고 수천 리 밖에서도 소문을 듣고 찾아온 환자들로 붐빈다.

환자들 중에는 수십 명의 종자를 거느리며 마차를 타고 온 지체 높은 사람이 있는가 하면 비럭질하다 병이 생긴 거지도 있다. 남모를 병을 앓는 규중의 처자도 있고 쇠붙이에 다친 강호인도 있다.

제세원이 종남산 아래 세워진 지 이미 육십 년. 지난 세월 동안 제세원은 그 이름처럼 도탄에 빠진 세상을 구하진 못했지만 헤아릴 수 없을 만큼의 많은 사람들을 병마와 부상에서 건졌다.

제세원에서 환자를 보는 아홉 의원(醫員)은 구신의(九神醫)라고 불리워졌으며 제세원과 제세원의 본가인 백초곡은 세인들이 가장 숭배하는 곳이 되었다.

무림인들도 제세원에 와서는 감히 거친 행동을 하지 않았으며 부호나 고관대작도 이곳에선 위세를 부리지 못했다. 죽음과 병은 공평해서 빈부귀천을 따지지 않는 것처럼 제세원도 빈부귀천에 따라 사람을 대하지 않았다.

천수(天壽)를 다 누린 사람이 아니라면 살아서 제세원에 들어온 사람이 죽어서 나갈 염려는 없었다. 제세원의 구신의는 사람의 속을 꿰뚫어 보고 귀신처럼 병의 내역을 알아내는 사람들이라서 고치지 못하는 병이 없었다.

제세원에서 목숨을 건진 사람들은 진료비와 약값을 돈으로 내지 않는다. 그들은 병이 나은 후에 신의가 적어주는 약초를 캐거나 사서 가져다 주면 되었다. 그 약초들은 또 다른 환자들을 위해서 사용될 것들이었다.

60년 전 제세원이 처음 세워졌을 때는 아홉 의생과 그들을 수발하는 스무 명 남짓한 사람들이 사는 자그마한 장원에 불과했다. 그러던 것이 해가 갈수록 증축에 증축을 거듭하여 지금은 일만 이천여 평에 이르게 되었다.

구급 환자를 받는 급환청을 비롯하여 열한 채의 전각에는 거의 언제나 삼천 명에 가까운 환자들이 들끓었고 제세원에서 침식을 하는 환자들 수효만도 칠백 좌우였다.

급환청에는 이백 개의 병상이 응급 처치가 필요한 사람들을 위해서 마련되어 있다.

신음 소리와 상처에서 나는 고름 냄새, 살이 썩어가는 냄새가 급환청을 가득 채웠다. 봄이 짙은 사월이라 겨울에 비할 수 없이 냄새가 지독하다. 여름이 되면 막아놓았던 물길을 안으로 돌려 탁한 공기와 냄새를 씻어가기 때문에 오히려 지금보다는 낫다.

윤극사(尹克邪)는 제일 신의(第一神醫) 이청무(李青蕪) 사숙을 따라서 급환청으로 들어온 후에 바로 배변 냄새를 맡았다. 환자들 중 기동을 못하는 누군가가 그 자리에서 배설한 것이다. 한쪽에서 사람들이 코를 막는 모습이 보였다. 어떤 노인이 새우처럼 웅크리며 이불을 당겨 얼굴을 덮는다. 옆에 있던 사람들이 욕을 하려다가 신의 이청무가 들어온 것을 보고는 가까스로 참는다. 급환청에서 일을 보는 젊은 호사(護士)가 노인에게 달려가 사람들이 보는 중에 바지를 벗기고 물로 아랫도리를 씻어낸다. 노인은 얼굴을 가린 이불을 더 꽉 끌어당긴다. 능숙한 솜씨다. 호사의 뒷처리 솜씨도 능숙하고 노인이 이불로 얼굴을 가리는 솜씨도 능숙하다.

환자를 진맥하던 이청무의 제자 두 사람은 진맥한 결과를 호사에게 일러주어 처방하게 하고 이청무에게 달려와 인사했다.

"사부님, 나오셨군요?"

제일 신의 이청무는 고개를 끄덕 한다. 환자들은 방금 들어온 노인이 바로 신의 이청무라는 걸 그때서야 알고 고개를 들어 주시한다. 그러나 대부분이 예절을 모르는 사람들이다. 그가 자기 병을 고쳐 줄 거라 생각하면서도 그 감사를 말로 표현하는 데는 서투른 사람들이라 멀뚱거리거나 수군거리기만 한다.

이청무의 제자 중 얼굴빛이 붉고 키가 큰 사람은 큰 제자로 성이 단씨(段氏)고 이름이 흥주(興珠)인데 성격이 아주 좋을 뿐 아니라 제세원에서 구신의를 제외하고는 가장 서열과 재주가 높은 사람이다. 둘째 제자는 어릴 때 크게 앓은 적이 있어서 몸이 수숫대같이 깡마른 사람으로 성은 하(河), 이름은 외자로 붕(鵬)이었다.

단흥주와 하붕은 윤극사에게도 눈인사를 한다. 윤극사는 마주 웃으며 그들과 나란히 이청무의 뒤를 따라갔다.

제일 신의 이청무가 물었다.

"내가 봐야 할 환자는 몇이나 되느냐?"

단흥주가 부끄러운 기색을 띠며 말했다.

"서른다섯 명입니다."

이청무는 대꾸하지 않고 붉은 패찰이 걸려 있는 침상으로 갔다. 단흥주와 하붕이 환자를 보다가 자신들이 도저히 알 수 없는 병이나 치료하기 힘든 상처를 가진 환자들의 침상에 붉은 패찰을 걸어놓는다.

이청무가 직접 손으로 붉은 패찰을 걸어서 뒤로 내밀자 하붕이 두 손으로 받았다.

"살려주십시오……."

눈이 퀭하고 피골이 상접하여 무덤 속에서 걸어나온 것 같은 환자다. 이청무가 말했다.

"약을 과하게 썼어!"

"사부님, 어떤 약을 말씀하시는지……. 이 환자는 제세원에 처음 온 사람인지라……."

하붕이 이청무의 눈치를 살피며 말했다. 그 환자의 침상에 붉은 패찰을 건 사람은 하붕이다.

이청무가 말했다.

"양기(陽氣)가 성한 사람이 내열(內熱)이 많은 약을 장복했다. 내원으로 옮겨서 볕이 들지 않는 방에 눕히고 새벽 샘의 겉물을 길어서 먹이고 씻기도록. 음식은 주지 말고 물만 먹이면 반 달 후에 차도가 있을 게야."

환자가 갈라 터진 입술을 달싹거리며 말했다.

"소, 소인은 워낙 말라서 먹지 않으면 금방 죽을 겁니다."

이청무가 환자를 향해 차가운 눈으로 쏘아보며 말했다.

"한 끼라도 굶어봤으면 내 말을 따를 필요가 없소."

환자가 입을 우물거렸지만 말을 하지 못했다. 언제나 자기가 말랐다고 남보다 배는 더 먹었으면 먹었지 굶는다는 건 생각도 못하고 살았기 때문이다.

이청무는 그 환자를 지나서 다른 환자에게 갔다. 하붕이 호사에게 처방을 지시하며 작은 소리로 말한다.

"낫거든 장가부터 가시오."

단홍주가 이청무에게 물었다.

"내열이 많은 약을 복용했다는 것은 어떻게 알 수 있습니까?"

"피부를 보고 짐작하고 눈을 보고 확신한다."

이청무가 짧게 말했다. 단홍주가 입으로 한 번 더 중얼거리며 말을 통째로 외운다. 하붕이 금세 뒤쫓아왔다.

이청무가 갑자기 한 여자 환자 앞에 멈췄다. 붉은 패찰을 달지 않은 침상 앞이다. 삼십 대 중반으로 보이는 여자 환자는 사람들의 시선을 의식해서인지 눕지도 않고 침상에 앉은 채 얼굴을 붉히며 고개를 떨궜다.

단홍주가 말했다.

"이 환자는 부인병이 있습니다. 처방을 냈으니 두 첩을 먹고 나면 나을 것입니다."

"진맥을 해보아라!"

이청무가 눈빛을 날카롭게 하며 말했다.

단홍주가 긴장한 기색으로 허리를 숙이고 환자의 맥문을 짚었다. 호흡을 환자와 맞추고 숨을 다섯 번 쉴 동안 맥을 읽은 후 고개를 들며 조심스럽게 말했다.

"신장에 결석이 있어 소변이 막혔습니다."

이청무가 하붕에게 명했다.

"너도 살피거라."

하붕이 여인의 손목에 세 개의 손가락을 세워 얹었다.

하붕이 말했다.

"비장이 팽창했습니다. 뜸과 약을 함께 써야 합니다."

이청무가 윤극사를 보았다.

윤극사는 가슴이 떨렸다. 백초곡에서 찰맥(察脈)의 비기를 배운 후 자기의 손목을 쥐어보고 잠자는 사형의 맥을 살펴보기도 했으며 마땅한 대상이 없어 강아지와 말, 닭의 맥까지 짚어보긴 했지만 실제로 환자의 맥을 짚어본 적은 없었다.

"잡아라."

이청무의 명이 떨어졌다.

윤극사는 마음을 진정시키고 환자의 맥문에 손가락을 얹었다.

"간신휴손(肝腎虧損)입니다. 환자는 귀에서 이명(耳鳴)이 있고 손바닥과 발바닥에 타는 듯한 열기를 느끼며 잠을 자지 못하고 허리와 무릎에 시린 통증이 있습니다."

윤극사는 불쑥 내뱉고 스스로 깜짝 놀랐다. 마치 신들린 것처럼 입에서 말이 튀어나왔다.

단홍주와 하붕이 놀라서 눈을 둥그렇게 뜨자 이청무가 눈을 반짝였다.

환자가 '아' 하고 비명처럼 소리를 질렀다.

이청무가 싸늘한 어조로 말했다.

"증상으로는 부족하다. 어떤 병이 있느냐?"

윤극사의 입에서 또 숨도 쉬지 않고 말이 튀어나왔다.

"일어서면 머리가 어지러운 빈혈이 있고 성미가 사나워지며 가끔 백일몽을 꾸는가 하면 월경(月經)이 순조롭지 못합니다."

숨이 가빴다. 자기도 얼떨떨했다. 생각지도 않았는데 말이 마구 쏟아진다.

이청무가 희미하게 미소 지으며 말했다.

"병은 어떻게 읽었느냐?"

윤극사는 손을 거둬 소매 속에 숨기고 얼굴이 빨갛게 되었다. 목소리도 컸기 때문에 모든 사람들이 자기를 바라보고 있었다. 기어들어가는 목소리로 작게 말했다.

"맥이 가늘고 많지만 무력한 것을 보고 십중팔구 짐작했고 환자가 놀라서 입을 벌릴 때 혓바닥에 붉은 반점이 생긴 것을 보고 확신했습니다."

이청무가 크게 고개를 끄덕였다. 제일 신의 이청무에게 인정을 받은 것 같아서 아주 기뻤다. 제일 신의 이청무는 백초곡과 제세원을 통틀어서 다섯 손가락 안에 드는 실력자였다.

"어떤 약을 써야 하느냐?"

윤극사는 고개를 푹 떨구며 말했다.

"모르겠습니다."

이청무가 약간 아쉬운 듯한 표정을 지었다. 그러나 이내 차가운 표정으로 돌아와 제자들과 윤극사에게 말했다.

"이 환자의 경우에는 두 종류의 치료법을 쓸 수가 있다. 환자가 임산부라면 탕약을 써야 하고 임산부가 아니라면 약술을 쓰는 것이 낫다."

환자도 가만히 듣고 있었다.

"환자는 임산부가 아니니 약당에서 계당주(桂當酒)를 한 되 가져다 드려라. 계당주는 발한과 두통을 치료하고 소화를 촉진시키며 위장 질환 등에 아주 좋다. 무엇보다도 간장과 신장 기능을 강화시켜 여인의 경우에 월경 부조를 치유하는 효과가 크다. 하나 임부가 마시게 되면 생리 분비를 촉진시켜 낙태를 유발하는 경우가 있다. 홍주는 처음에 본 게 옳았다. 부인병에 따른 약을 쓰면 이 부인의 증세는 호전되고 거의 나을 것이다. 그러나 의생은 병의 지단을 모두 살핀 후 뿌리를 찾아내서 제거하는 법을 알아야 한다. 그렇지 않으면 환자는 주기적으로 병을 호소하게 될 것이다."

"명심하겠습니다."

단홍주가 고개를 숙였다.

이청무가 하붕에게 말했다.

"비장이 부었다는 네 말은 지엽 중 가장 찾아내기 어려운 것을 찾았다. 지엽을 찾았으면 거슬러서 뿌리를 발견하고 전모를 찾아낸다는 마음을 가지면 네 성취가 빠를 것이다. 백병개생어기(百病皆生於氣)! 이 한마디를 잊지 말아야 한다. 모든 병은 기(氣)의 그릇된 움직임과 조화에서 생겨난다."

이청무는 윤극사에게는 아무 말도 해주지 않고 붉은 패찰이 걸려 있는 침상으로 갔다.

윤극사는 아주 부끄러웠다. 백초곡을 떠나 제세원에서 경험을 쌓으라는 명을 받았을 때 이곳에서 본격적으로 약초에 대해서 배우겠구나 생각했다. 이청무가 자기를 싫어하면 제세원에서의 생활이 여간 힘들 것 같지가 않았다.

이청무는 단홍주와 하붕에게 뭐라 말하고 있었지만 윤극사의 귀에는 들어오지 않았다.

하붕이 윤극사의 팔을 툭 쳤다. 화들짝 놀라니 이청무가 그를 쏘아보고 있었다.

하붕이 작은 소리로 말했다.

"빨리 맥을 잡아."

윤극사는 손이 떨렸다. 잠시 엉뚱한 생각을 하는 동안에 이청무가 환자의 맥을 짚으라는 명을 내렸던 모양이다. 손은 내밀었지만 아무 생각도 들지 않고 앞이 캄캄했다.

'첫날부터 이게 무슨 꼴이람.'

윤극사의 손이 닭 껍질 같은 피부에 닿았다.

순간 윤극사는 큰 소리로 외쳤다.

"백박풍(白駁風)입니다! 풍사(風邪)가 침범하여 생겼습니다! 다른 병은 없습니다!"

급환청 안이 그 목소리로 쨍 하고 울렸다.

이청무가 말했다.

"피부가 거친 것은 병이 아니냐?"

윤극사가 소리쳤다.

"병인이 같으니 백박풍의 다른 증상입니다! 백박풍만 치료하면 저절로 사라질 것입니다!"

이청무가 말했다.

"치유는 어떻게 하느냐?"

"이 병은 완만하게 진행되었기에 금방 소퇴(消退:소멸하거나 물러감)되지 않습니다. 여음(女陰)을 멀리하고 누설하는 것을 줄이며 몸을 보하는 약만 먹어도 자연히 나을 것입니다."

윤극사는 손을 뗀 후에 또 얼굴이 발갛게 되었다. 왜 환자의 손만 잡으면 목소리가 그렇게 커지는지 알 수 없었다.

이청무는 계속해서 윤극사에게 다른 환자를 진맥해 보게 했는데, 그때마다 윤극사는 신들린 것처럼 고함을 쳤다. 손을 대기 직전까지도 작게 말해야지 하고 속으로 다짐하건만 손만 환자의 맥문에 닿으면 다 잊어버린다.

하붕이 고개를 갸웃거리며 중얼거렸다.

"처음에 목소리가 기어들어 가는 경우는 있어도 저렇게 큰 경우는 못 봤는데······."

단홍주는 금방 글을 배운 아이가 큰 소리로 책을 읽는 것 같다고 말하며 웃었다.

소리치고 부끄러워하는 시간이 한동안 계속되었다.

윤극사가 제정신을 차리고 봤을 때는 벌써 깜깜한 밤이었다. 저녁을 어떻게 먹었는지도 생각나지 않았다.

머리가 왱 하고 울려서 그냥 침상에 엎드려 잠들어 버리고 말았다. 제세원에서의 첫 밤이었다.

새벽에 눈을 뜨니 하붕이 침대 옆에 와 있었다.

"사제, 깨어났는가?"

"예!"

대답하며 윤극사는 침상에서 뛰어내렸다.

사부는 달라도 같은 사문에 속해 있으니 항렬이 같으면 모두 사형이고 사제다. 윤극사는 옷을 입은 채 잠들었으므로 눈을 비비자마자 하붕을 따라 나갔다.

열대여섯 명 남짓한 젊은 의생들이 약당 앞에 모여 있고 다른 곳에서 뛰어오는 사람들의 발소리가 들렸다.

구신의의 제자들과 백초곡에서 경험을 쌓기 위해서 온 본곡의 제자들이다. 백초곡에서는 백초곡대로 제자를 받고 있었고 제세원에서는 구신의가 따로 제자를 받지만 모두 한 식구나 다름없었다. 신분상의 차별도 없었다. 그러나 백초곡의 제자들은 제세원에서 경험을 쌓은 후 돌아가서 다른 임무를 맡게 되고 제세원에서 거두어진 제자들은 평생 그곳에서 일하게 될 터였다.

그중에서 능력이 탁월하다고 인정되는 사람은 백초곡으로 가서 공부를 더 한 후에 제세원으로 돌아와 다음 대의 신의가 될 수 있었다.

꼭두새벽이라 얼굴은 서로 보이지도 않았다. 구신의의 제자가 열여덟 명이고 백초곡에서 나온 제자들이 아홉 명이라 모두 스물일곱이었다. 어제 윤극사가 제세원에 도착하고 대신 본곡에서 나와 제일 오래 있었던 나종보(羅宗寶)가 돌아갔다. 나종보는 제세원에서 7년 동안 있었다. 그래서 윤극사는 같은 본곡의 제자임에도 불구하고 스물여섯 살인 나종보가 기억에 없었다.

제일 신의의 큰 제자인 단홍주가 이곳에 모인 젊은 의생들 중 가장 큰사형이었다.

단홍주는 일일이 눈으로 사람을 헤아려 보고 모두 나왔다는 것을 확인하고 나서 입을 열었다.

"지금부터 삼득삼성공(三得三成功)을 연습한다. 의술을 배우는 사람은 모름지기 먼저 자기 속에 정(精)을 얻은 후에 득기(得氣)하고 득신(得神)하지 않으면 그 효를 얻을 수 없는 법이다. 다들 알고 있겠지만 새로 온 윤 사제를 위하여 한 번 더 말했다. 시작해라."

삼득삼성공은 정, 기, 신에 대해서 몸이 눈을 뜨게 하는 수행법으로 백초곡과 제세원의 사람이라면 누구나 새벽에 연습하는 것이다. 구신의처럼 이미 삼득삼성공을 이룬 사람은 더 이상 연습할 필요가 없었다.

윤극사는 일곱 살 때부터 삼득삼성공을 연습해 왔으니 올해로 십 년째가 된다. 새벽 찬기운을 손끝과 털 끝으로 느끼며 흐름을 좇았다. 눈을 감고 내민 손이 허공을 더듬어 기운을 짚고 따랐다. 이런 훈련 끝에 백초곡과 제세원의 의생들은 환자의 맥을 취할 때 눈으로 보지 않고 손으로 정확하게 짚어낼 수 있다.

사람마다 혈맥의 위치가 비슷하면서도 다르고 어떤 경우에는 경혈이 숨어버리거나 비켜서 있기도 한다. 용렬한 의생은 그런 경혈을 찾아내지 못하고 엉뚱한 자리에 침을 놓기 때문에 만 번을 놓더라도 병을 치유하지 못하는 법이다.

간혹 이리저리 눌러보면서 환자의 반응을 보고 찾아내는 의생들도 있기는 하지만 그들 또한 환자가 고통을 과장하거나 인내하는 정도를 모르기에 정확하게 짚어내지 못하는 경우가 많다.

날이 샐 무렵까지 삼득삼성공을 연습했다. 함께 우르르 몰려간 물가에서 먼저 고치(叩齒:이빨을 가볍게 두드려 건강하게 하는 방법)를 하고 왁자지껄하게 떠들며 세수를 했다.

윤극사에게 말을 걸고 장난을 치는 사형들도 있었다.

"오자마자 대단했다던데! 목소리가 아주 크다며?"

윤극사는 부끄러워서 못 들은 척하면서 얼굴을 몇 번 더 닦았다. 스물일곱 중에서 윤극사가 막내다.

제오 신의의 제자인 장인수(張仁秀)가 윤극사의 등을 손바닥으로 탁 치며 껄껄 웃었다.

"극사! 계집애처럼 숫기가 없구나! 얼굴도 예쁘장한데 엉덩이를 한 번 까봐야겠는걸?"

다른 사형들이 악의없이 껄껄 웃었다. 명성을 다투는 일은 있을지라도 힘을 다투는 법이 없는 제세원이다. 환자를 보는 솜씨에 따라 명성은 자연히 오르고 내리니 서로가 서로를 미워하거나 시기할 일도 없다. 막내가 귀엽다고 놀리고 웃는다.

윤극사도 그런 줄 익히 들어서 알고 있었기에 작은 소리로 말했다.

"그러지 마요."

"와하하하하!"

한바탕 웃음이 터져 나왔다. 자기가 들어봐도 꼭 여자 아이 말투 같았다.

단홍주가 윤극사의 손을 잡아끌면서 말했다.

"사부님께서 널 데려오라고 하셨다. 함께 가자."

윤극사는 도망치듯이 단홍주를 따라갔다. 밤을 새운 호사들은 침소로 가면서 피곤에 지친 얼굴로 단홍주와 윤극사에게 인사했다.

제일 신의 이청무는 천수당(天壽堂)에 있었다. 젊은 제자들이 잠든 시간에는 오히려 잠을 못 자고 가장 중환자들이 누워 있는 천수당에서 환자를 본 것이다.

문으로 들어서자 이청무가 불 같은 눈으로 쏘아보았다.

단홍주와 윤극사가 엎드려 아침 문안을 올렸다.

이청무는 대답 대신 고개를 가볍게 끄덕이고 가까이 오라는 시늉을 했다. 윤극사와 단홍주가 다가가니 침대에는 온화한 표정의 노인이 누워 있었다. 보기에는 천수당에 있을 정도의 환자가 아닌 것 같았다.

"옷을 벗겨라."

이청무가 준엄하게 명했다.

단홍주와 윤극사는 왜 자기들에게 환자의 옷을 벗기게 하는지 알 수 없었지만 그대로 따랐다. 원래 이런 일들은 호사들이 하는 일이었다.

노인은 칠십이 넘었다. 윤극사는 한 번도 남의 옷을 벗겨본 적이 없었지만 노인이 편하게 몸을 움직여 주었다.

수십 개의 상처가 노인의 몸을 장식하고 있었다. 온화한 표정과는 달리 그의 몸은 찔리고 베이고 찢어진 흔적들로 가득했다. 어떤 근육은 상처를 입은 후 아물었지만 모양이 변형되어 버린 것들도 있었다.

이청무는 노인의 배에 손을 댔다.

노인이 미소를 지으며 말했다.

"이 신의, 어떤가? 이제는 죽겠지?"

"명이 다했다면 죽을 것이오."

이청무는 노인을 풍혼노인(風魂老人)이라고 불렀다. 말투가 퉁명스러웠다.

"천명은 하늘에 있지 의원의 손에 있지 않소."

풍혼노인이 웃었다.

"그랬지. 내 손에도 달려 있었고 적의 손에 달려 있기도 했지. 자네 손에 달려 있기도 했고."

"귀하처럼 몸을 천하게 다루고도 살아 있는 게 명이 하늘에 있다는 증거 아니겠소."

이청무의 말투는 언제나 날이 서 있는 칼날 같다. 사람의 생명을 다루는 일을 하다 보니 언제나 신경이 곤두서 있기 때문이다.

풍혼노인이 말했다.

"어차피 언젠가는 죽을 목숨 아닌가? 죽기 전에 죽이고 싶은 놈들은 실컷 죽여야 내가 죽을 때 후회하지 않겠지. 내 걱정은 오직 그 한 가질세. 내가 죽을 때 죽이고 싶은 놈이 남아 있으면 어떡하나 하는 거지."

이청무가 엄지손가락으로 그의 상체를 여기저기 눌러보며 손짓하자 호사들이 달려왔다.

이미 그가 지시해 놓았는지 호사가 들고 있는 노루 가죽 주머니에는 새파란 빛을 발하는 칼과 갈고리, 바늘 같은 도구들이 머리를 삐쭉 내밀고 있었다.

침대 옆에 있는 네모난 탁자에 그 도구들이 가지런히 놓였다.

'의술을 펼치려는구나.'

윤극사는 아주 긴장했다.

백초곡은 세 가지 학문을 갖추고 있다. 첫째는 의(醫), 둘째는 약(藥), 셋째는 독(毒)이다. 의술은 칼로 살과 뼈를 갈라 병인을 제거하고 침과 뜸으로 기운의 조화를 이루어 병을 다스리는 수법이며 약술은 수천 가지 초목의 뿌리와 잎과 줄기, 꽃과 열매에 담겨 있는 음양과 오행의 성질을 깊이 알고 그 상관 관계를 이해한 후 인체를 보(補)하거나 사(瀉)하여 병을 다스릴 뿐 아니라 무병장수하게 하는 수법이며 또한 외부의 금단(金丹)을 만드는 비법을 포함하고 있었다. 또한 독술은 세월과 함께 신체의 기능이 떨어져 배출되지 못하고 자연히 몸속에 쌓이는 독을 독으로 해소하는 것을 근간으로 하며 한 방울의 독으로 백 마리의 소를 죽일 수 있는가 하면 백약으로도 고치지 못하는 병을 단숨에 고칠 수 있기도 하다.

신의라는 소리를 들으려면 이 세 가지 중 어느 것에도 막힘이 없어야 한다.

윤극사는 의술 중에서 진맥하여 병을 읽는 법과 침과 뜸을 쓰는 법을 배웠지만 칼과 고리, 바늘을 쓰는 법은 아직 배우지 못했다. 칼로 사람의 배를 가르고 바늘로 터진 내장을 깁는다는 말은 들었지만 본 적은 없었다.

온 지 이틀 만에 제일 신의 이청무가 의술을 펼치는 것을 보게 됐으니 큰 행운이라는 생각이 들었다.

이청무가 퉁명스럽게 말한다.

"배를 째야 하오. 갈비뼈를 자르고 가슴을 갈라야 할지는 일단 배를 짼 후에 봐야겠소."

풍혼노인이 '허허' 하고 사람 좋은 얼굴로 웃었다.

"노부가 만난 고수 중에는 자네가 최고일세. 내 몸에 상처를 남기고도 살아 있는 사람은 자네뿐이니 말일세."

"입을 다무시오. 나로 하여금 헛고생을 시킬 참이오? 기운이 새어 나가면 치료를 하고도 깨어나지 못할 수가 있소."

이청무는 풍혼노인을 불청객처럼 대했다. 풍혼노인은 사실상 불청객이 옳기도 했다. 제세원에 온 환자치고 누가 가서 모시고 온 사람은 없으니 모두 불청객인 셈이다.

풍혼노인은 마음 편한 얼굴로 단홍주와 윤극사를 보았다. 큰 의술이 펼쳐지는 것을 알고 있는 윤극사와 단홍주가 오히려 흥분하고 있었다.

이청무가 단홍주에게 명했다.

"발끝으로 피를 뽑아라. 양쪽 각기 한 홉씩이다."

단홍주가 흰 사기 그릇을 들고 가서 구리로 만든 날카로운 대롱을 풍혼노인의 엄지발가락 끝에 찔러 넣었다. 대롱을 타고 나온 붉은 핏방울이 사기 그릇에 똑똑 떨어진다. 단홍주는 약을 짓는 유기 젓가락으로 고이는 피를 저었다. 흰 유기 젓가락에 끈적거리는 것이 달라붙는다. 피 속에 있으면서 피를 굳게 하는 성분들이 젓가락에 붙어 나오는 것이다.

이청무가 윤극사를 보았다. 윤극사는 몸이 굳어지는 것 같았다. 무슨 영을 내릴지 몰랐다.

이청무가 명했다.

"침을 잡아라."

"예?"

윤극사는 자기가 잘못 들었는가 싶어 다시 물었다.

이청무가 버럭 소리쳤다.

"말귀도 못 알아듣느냐! 당장 침을 잡고 취혈(取穴:침을 놓을 혈도를 찾음)을 하란 말이다!"

윤극사는 정신이 하나도 없어서 허둥거리며 네모난 탁자 위의 침통을 열었다.

신의 이청무가 윤극사의 하는 양을 싸늘한 눈빛으로 쏘아보고 있기 때문에 더욱 허둥거렸다. 눈길을 이청무 쪽으로 돌리지도 못했다.

윤극사는 침통만 열었을 뿐 어떤 침을 잡아야 할지 몰라서 얼굴만 시뻘겋게 된 채 바보처럼 서 있었다.

이청무가 말했다.

"이 노인의 뱃속에는 고약한 것들이 있다. 배를 째지 않고는 꺼낼 수가 없다. 너는 침으로 노인을 마비시켜 고통을 느끼지 않게 해라. 고통이 나쁜 것은 아니지만 원기를 크게 손상시킨다."

윤극사는 안색이 변했다. 하라는 엄명을 받았으니 해야겠지만 침으로 고통을 느끼지 않게 할 자신은 없었다. 수족을 움직이지 못하게 하는 것도 아니고 아예 고통을 느끼지 못하게 하는 것이라니……. 그렇게 하지 않고서야 배를 가를 수 없을 것 같기도 했지만 막상 윤극사는 막막했다.

이청무가 소리쳤다.

"침으로 기운의 방향을 돌리거나 막으면 될 것 아니냐!"

"예? 예!"

윤극사는 놀라서 소리치며 왼손으로 풍혼노인의 가슴에 있는 혈을 취한 후 오른손으로 아무 침이나 들고 찔렀다.

이청무가 눈살을 찌푸리자 단홍주가 불안한 기색으로 보며 말했다.

"사부님, 마혈을 취하는 건 제자가 하는 것이 어떻……."

단홍주는 입을 다물었다. 이청무가 얼음장 같은 눈으로 쏘아봤기 때문이다.

윤극사는 풍혼노인의 안색을 살폈다. 빙그레 웃고 있었다. 오른손에 잡은 은침으로 풍혼노인의 혈도에 흐르는 기운이 느껴졌다. 깊이를 조절하여 방향을 바꾸었다.

윤극사는 진땀을 흘리면서 두 번째 침을 들었다. 열네 번째 침을 찔렀을 때 드디어 풍혼노인의 내장이 완전히 움직임을 멈춘 것을 알았다. 다시 스물다섯 개의 침을 더 꽂은 후에 땀을 닦았다. 뒤에 꽂은 침은 내장으로 가지 못하고 막힌 기운이 서로 통해서 돌게 하기 위한 것이었다.

어찌어찌 하기는 했지만 졸렬하기 짝이 없었다. 구멍이 많이 뚫린 술통을 어거지로 이리저리 막은 것과 같은 기분이었다. 지금 보니 혈도(穴道)가 아닌 곳에도 침이 여섯 개나 꽂혀 있었다.

"기분이 이상하군."

풍혼노인이 온화한 음성으로 말했다. 자기 말처럼 살인을 많이 한 사람으로는 전혀 느껴지지 않는 음성이다.

단홍주는 채혈한 피의 맛을 보고 있었다. 피 맛을 보는 것은 내장의 상태를 알아내는 또 다른 방법이다. 경맥을 막아서 내장으로 기운이 가지 못하는 상태에서는 내장을 읽어내는 방법으로 피 맛을 보는 것이 가장 정확하고 빠르다.

"탁합니다."

단홍주가 말했다.

이청무는 윤극사를 빤히 보면서 단홍주의 말에 고개를 끄덕였다.

"향을 피우고 한 치가 탈 때마다 새로 받은 피를 검사해라."

윤극사는 이청무의 앞에서 고개도 들지 못하고 눈을 이리저리 굴렸다. 옆에는 호사들이 향을 피워놓고 또한 화로를 가져다 놓았다. 호사 중 한 명은 부채를 들고 사기(邪氣)를 몰아내는 독한 약초들을 끓이는 솥 옆에 서 있었다.

이청무가 물었다.

"혈이 아닌 곳에 침을 꽂아 맥을 잇는 법은 언제 배웠느냐?"

윤극사는 흠칫 놀라며 작은 소리로 대답했다.

"배운 적 없습니다."

이청무가 아무 말도 하지 않았다. 더 묻지도 않고 소매를 걷은 후에 약이 끓고 있는 솥에 손을 담가서 씻었다. 부글부글 끓는 솥이었지만 이청무는 전혀 뜨거워하거나 고통스러워하는 기색이 없었다.

윤극사는 한 걸음 물러나서 신기한 눈으로 바라보았다.

'드디어!'

신의 이청무의 의술을 바로 옆에서 볼 수 있다는 생각만으로도 가슴이 뛰었다.

이청무가 작은 국자로 약액을 떠 담아 풍혼노인의 복부에 부었다.

치익 소리를 내며 풍혼노인의 복부가 열기에 의해 붉게 변했다. 그러나 풍혼노인의 얼굴에는 아무 변화가 없었다.

윤극사는 잘못되지 않았구나 생각하며 안도의 한숨을 내쉬었다.

"어떻소?"

이청무가 풍혼노인에게 물었다.

풍혼노인이 말했다.

"아무렇지도 않군. 어린 사람 재주가 뛰어난 모양일세. 뒷날 자네 못지않은 신의가 되겠어."

윤극사는 면전에서 칭찬을 받자 얼굴이 화끈 달아올랐다.

이청무가 차갑게 말했다.

"이 아이는 신의가 되지 않소. 본곡으로 돌아갈 거요."

풍혼노인이 웃으며 말했다.

"자네 얼굴에 봄 기운이 돌게 하는 약이나 의술은 없는가? 벌써 봄이 된 지 얼만데 아직도 찬바람이니……."

이청무는 대꾸하지 않고 끝이 파랗게 날이 섰으며 갈고리처럼 생긴 폭이 좁은 칼을 집어 들었다.

풍혼노인이 윤극사에게 말했다.

"내가 왜 배를 째야 하는지 소형제는 아는가?"

윤극사가 고개를 저었다. 이청무 앞에서 그가 말을 거는 것도 부담스러워 쭈뼛거렸다.

이청무는 신경 쓰지 않고 갈고리 칼을 풍혼노인의 복부 오른쪽 위, 가슴과 배가 나뉘는 곳 바로 아래로 가져갔다. 불을 지피라는 이청무의 명이 떨어지자 호사가 화로의 불을 강하게 했다. 약이 솥에서 끓어 넘칠 듯 부글거렸다.

호사가 부채로 약의 증기를 부쳐서 풍혼노인의 복부에 이르게 했다. 이청무의 손과 칼에 약이 응결되어 방울져 떨어졌다.

이청무가 칼로 살을 누르는 것이 보였다. 살이 움푹하더니 다시 올라오고 칼이 지나가면서 옆으로 살이 갈라졌다. 복부 위측에서 아랫배까지 이르는 한 뼘 길이였다.

칼이 지나가면서 피가 조금 흘렀지만 계속 흐르지는 않았다.

이청무는 칼을 호사에게 건네주고 엄지손가락만한 칼을 검지와 중지 사이에 끼운 채 풍혼노인의 뱃속으로 손을 집어넣었다.

윤극사는 그때 희고 붉은 내장을 보았다. 끔찍하면서도 묘한 흥분이 가슴에서 피어올랐다.

풍혼노인은 먼 산을 보는 시골 노인처럼 편안한 표정이었다. 이청무가 노인의 뱃속에서 손을 꺼냈다. 손가락 사이에는 예리한 소도가 번득였고 손아귀에는 세 살배기의 주먹만한 핏덩어리가 움켜쥐어 있었다.

호사가 쟁반을 내밀어 핏덩어리를 받았다.

이청무는 칼을 쥔 손을 약액 속에 한 번 더 담갔다가 꺼내 풍혼노인의 뱃속에 넣었다.

여섯 개의 크고 작은 핏덩어리를 꺼낼 때까지 단홍주가 피 맛을 보고하고 이상없다는 보고를 하는 외엔 숨 쉬는 소리조차 들리지 않았다.

호사가 둥글게 굽은 바늘에 금과 머리카락을 함께 꼬아서 만든 실을 끼워 이청무에게 건네자 이청무는 그것도 약액에 한 번 담갔다가 꺼낸 후 풍혼노인의 갈라진 복부를 깁기 시작했다.

윤극사는 사람의 내장을 덮고 있는 복부가 얼마나 두꺼운지 감탄스러웠다. 바늘은 그 두께를 감안한 듯 깊숙이 내려가며 커다란 원을 그렸다. 크게 깁는 것이 끝나자 이청무는 작은 바늘로 표면을 촘촘하게 기웠다. 호사가 발갛게 달아오른 인두를 건네주자 이청무는 왼손으로 인두의 끝을 만져 보며 온도가 맞춰지길 기다렸다가 갑자기 다림질하듯 인두로 상처를 한 번 문질렀다. 살이 타지도 않고 매끈하게 오그라붙었다.

이청무는 침상에서 한 걸음 물러서며 말했다.

"구피고(狗皮膏:현대의 찜질 팩과 비슷한 것임)를 발라주고 몸을 따뜻하게 해줘라."

풍혼노인이 말했다.

"노부가 살았는가?"

이청무가 퉁명스럽게 말했다.

"귀하 같은 사람은 죽어 마땅한데 왜 그리 명이 질긴지 모르겠소. 가슴은 쪼갤 필요가 없소."

풍혼노인이 껄껄 웃었다.

"이 신의 덕택이 아니겠는가?"

이청무가 냉소하며 말했다.

"감사하려거든 이 아이에게 하시오."

"은혜는 잊지 않겠네."

풍혼노인이 흔쾌하게 말하며 웃는다.

이청무는 그를 거들떠보지도 않고 호사에게서 붓을 받아 풍혼노인이 가져와야 할 약재들 이름을 죽 적어놓고는 가버렸다.

윤극사는 그를 따라가야 할지 어째야 할지 몰라 우물쭈물했다.

이청무가 말했다.

"따라올 것 없다. 오늘 너는 풍혼노인 옆에서 상태를 보며 지켜라. 기운이 지나치게 흐르는 것과 오랫동안 끊어지는 것만 경계하면 큰 탈은 없을 것이다."

어리둥절할 만큼 음성이 부드러웠다.

윤극사는 이청무도 원래부터 차가운 사람은 아니구나 싶어서 가슴이 뭉클했다.

"기운이 오래도록 끊어지면 내장이 죽는다."

하며 이청무는 천수당을 나가 버렸다.

윤극사는 인사를 할 틈도 없이 허둥지둥 노인의 몸에 박힌 침을 뽑았다.

단홍주가 놀라며 말했다.

"윤 사제! 멈춰라! 환자를 죽일 셈이냐?"

윤극사가 보니 풍혼노인의 얼굴이 시커멓게 변해 있었다. 막혔던 기운이 통하며 고통이 전달된 것이다. 내장에서 여섯 덩어리나 뭘 꺼냈으니 극도의 고통을 느낄 게 분명했다.

윤극사는 기절해 버린 풍혼노인의 몸에 다시 원래대로 침을 꽂았다. 옆에서 단홍주가 함께 거들어 몇 개의 침을 놓았다.

풍혼노인의 안색이 원래대로 돌아오자 단홍주가 가슴을 쓸어 내리며 말했다.

"윤 사제는 취혈(取穴:혈도를 찾아냄)과 시침(施鍼:침을 놓음)이 나보다 훨씬 낫구나. 이십 년 동안 사부님 밑에 있었지만 윤 사제한테처럼 사부님이 관심을 보인 경우가 없었지. 앞으로도 실수만 하지 않으면 사부님이 많이 가르쳐 줄 테니 잘 배워라. 다시는 이런 실수를 해서는 안 돼. 오늘 이분이 죽었으면 사제는 당장 백초곡으로 돌아가야 했을 거야."

윤극사는 고개를 푹 숙였다. 너무 한심하고 바보같이 행동했다. 금방 침을 뽑아버리다니……. 그것도 주의를 듣자마자.

속으로 다짐했다. 앞으로는 절대로 경솔하지 않고 절대 신중하겠다고.

단홍주는 천수당 내의 다른 환자들을 살피며 다녔고 윤극사는 고픈 배를 참으면서 풍혼노인의 침대 옆에 붙어 있었다. 혈을 오래 막으면 내장이 상하고 혈을 타통시켜 놓으면 풍혼노인이 죽을 것처럼 보였다. 얼굴과 배를 번갈아 살피며 그 양극 간에서 침을 놓았다 뽑았다를 반복했다.

호사가 아침을 가져와 침대 옆에 놓아주었다. 단홍주와 함께 아침을 먹으면서도 눈은 풍혼노인을 떠나지 못했다.

문득 신의 이청무가 풍혼노인의 속에서 빼낸 것이 무엇일까 싶은 생각이 들었다.

"단 사형, 그게 무엇이었을까요? 사람 뱃속에 오장육부가 아니면서 그런 덩어리가 있을 수 있어요? 이 사숙께선 나쁜 것이라고 했는데……."

단홍주가 그릇을 물리며 말했다.

"직접 한번 확인해 보자."

그도 모르고 있었다. 호사를 불러서 풍혼노인의 뱃속에서 빼낸 것을 가져오라고 했다. 호사가 땅에 묻으려고 치워놓았던 것을 다시 쟁반에 얹어서 가져왔다. 여섯 개의 시뻘건 만두 같다.

손으로 만져 보니 살덩어리인데 보기보다 무거웠다. 단홍주도 하나를 들고 살피다가 지니고 있던 소도(小刀)를 꺼내 쪼갰다.

스각 하면서 소도가 옆으로 비켜났다. 쇠를 서로 비비는 듯한 소리였다.

"엇!"

의외의 상황에 단홍주가 소리치자 윤극사도 눈을 둥그렇게 떴다.

단홍주가 쪼개려 하던 살덩어리는 조금만 베어졌다. 지나가는 호사도 의아한 눈으로 바라본다.

윤극사는 자기 품에 있던 소도를 꺼내서 살덩어리 하나에 대고 천천히 찔렀다.

안에 딱딱한 것이 있었다. 그 방향을 따라서 소도를 밀며 베니 살덩어리는 반으로 나뉘어지고 안에서 네모난 쇳조각이 바닥으로 떨어지며 팅 소리를 냈다.

"뭐냐?"

단홍주가 물었다.

윤극사는 손가락으로 집어서 단홍주에게 건네며 얼떨떨한 음성으로 말했다.

"칼 조각입니다."

단홍주가 쪼개려던 살덩어리도 소도가 살덩어리 속에 있던 칼 조각에 부딪쳐 미끄러진 것이었다. 나머지 다섯 개의 조각을 모두 베어보니 다 칼 조각이 나왔다. 어떤 것은 한 개가 나왔고 어떤 것은 두 개가 한꺼번에 들어 있었다. 한곳에 늘어놓고 보니 자루만 없었지 거의 온전한 검이었다.

단홍주는 호사와 다른 환자들이 보기 전에 살덩어리와 검 조각을 한곳에 쓸어 담아서 치워 버렸다. 혹시 쓸데없는 번거로움을 초래할지도 모른다는 생각 때문이었다.

"이물질이었군. 신경 쓸 것도 없는 거야."

단홍주가 어깨를 툭 치고 간 후에 윤극사는 풍혼노인의 몸에 침을 뺐다가 꽂는 일을 반복했다. 머리 속에는 토막 난 검들이 이룬 자루 없는 검이 어른거렸다.

풍혼노인은 길게 잠을 잔 후 오후가 되어서야 깨어났다. 안색은 평소의 얼굴이었다. 고통도 크게 없는 듯했다.

"어린 사람이 재주가 용하군."

풍혼노인이 웃으면서 말했다.

윤극사가 고개를 숙이며 말했다.

"제 실수로 하마터면 큰일 날 뻔했습니다."

풍혼노인이 껄껄 웃었다.

"큰일이 있을 게 뭐 있나? 고작 늙은 것 하나 땅에 묻는 건데."

윤극사는 풋 하고 따라 웃었다.

풍혼노인이 한쪽 눈을 찡긋하며 엄지손가락을 추켜 올렸다.

"침 놓는 솜씨가 최고야. 23년 전의 이 신의 침술보다 자네 솜씨가 더 나아."

윤극사는 당황하여 주위를 둘러봤다.

"전 아무것도 모릅니다."

겁이 왈칵 났다. 아무것도 모르는 자기를 23년 전이기는 하지만 감히 제일 신의인 이청무 사숙과 비교한다는 건 있을 수도 없는 일이었다.

풍혼노인이 또 웃는다.

"노부가 언제쯤 완치될 것 같은가?"

윤극사는 풍혼노인의 질문에 머뭇거리며 그의 맥문을 잡았다. 순간 윤극사는 또다시 이상한 느낌에 사로잡혔다.

머리 속에서 노인의 몸 상태가 훤하게 연상되었다. 어떤 곳이 얼마 만큼 아플 것인지도 느껴졌다. 어제 다른 환자들을 진맥할 때도 이런 느낌이 있었다. 윤극사는 후닥닥 손을 떼고 물러났다.

풍혼노인이 눈으로 뭔 일인지를 묻는다.

윤극사는 숨을 가다듬었다. 손을 떼니까 원래대로였다.

"아무것도… 아닙니다."

하고 말하며 다시 노인의 맥문에 손가락을 얹었다. 이번에도 벼락을 맞은 듯이 느낌이 전해졌다. 눈을 감아도 머리 속에서 노인의 모습이 떠올라 세세하게 알 수 있었다.

윤극사는 풍혼노인의 맥문을 짚은 채 일각 동안 꼼짝도 하지 않았다. 상자 속에서 움직이는 개미들을 보는 것처럼 환하게 노인의 몸에 흐르는 진기를 머리 속에서 볼 수 있었다.

눈을 감은 채 노인의 몸에 꽂았던 침을 뽑는가 하면 냉침을 집어서 다른 부위에 꽂기도 했다.

풍혼노인은 이상하다는 듯이 윤극사를 물끄러미 바라보았다.

윤극사는 느리지만 쉬지 않고 노인의 몸에 침을 새로 놓기도 하고 이미 놓인 침을 뱅뱅 돌리거나 깊이를 바꾸기도 했으며 또 뽑아버리기도 했다.

복부를 가르기 위해서 마비시키던 혈도를 벗어나 풍혼노인의 이마와 귀, 사타구니까지 침을 놓았다.

한 시진이 지났다. 윤극사는 더 이상 침을 놓지 않고 하나씩 뽑기 시작했다. 마지막 침을 뽑고 풍혼노인의 곁에서 물러서며 말했다.

"이제 다 나았습니다."

하고 기쁘게 말하며 눈을 떴다.

순간 윤극사는 차가운 눈빛들을 대하고 몸이 굳어졌다. 구신의가 모두 와서 그와 풍혼노인의 침상을 에워싸고 있었다. 구신의 뒤로는 사형들의 모습도 십여 명 보였다.

제일 신의 이청무가 풍혼노인의 맥을 짚은 후 제이 신의(第二神醫) 평일측(平日測) 등에게 고개를 끄덕였다.

구신의가 번갈아가면서 풍혼노인을 진맥했다. 숨 막힐 듯한 긴장 속에서 그들의 표정은 납덩어리처럼 굳어졌다.

"너는 오늘 네가 무슨 일을 했는지 아느냐?"

평일측이 예리하게 눈을 빛내며 물었다.

윤극사는 몸을 떨며 말했다.

"저는… 저는 다만 풍혼노인이라는 분을 진맥하고 시침했습니다."

평일측이 고개를 저었다.

"진맥을 언제부터 했느냐?"

"배운 것은 8년이지만 환자를 진맥해 본 것은 어제가 처음입니다."

"그전에는?"

윤극사는 얼굴을 붉히며 말했다.

"토끼와 강아지, 말을 진맥해 본 적은 있습니다. 하지만 그것도 6년 쯤 전에 그만두었습니다."

제팔 신의 최찬(崔贊)이 물었다.

"어제 진맥하기 전까지는 그사이에 진맥을 해본 적이 없단 말이냐?"

"예, 주로 의서를 외웠습니다."

제삼 신의 위한(衛翰)이 물었다.

"환자를 진맥할 때는 어떤 느낌이냐?"

윤극사는 잠시 동안 생각했다.

"어제는 아무런 생각 없이 느껴지는 대로 말했습니다. 한데 오늘 진맥을 해보니 마치 빛이 제 속으로 확 스며드는 것 같았습니다."

"그래서?"

하고 제육 신의 맹안국(孟安國)이 침을 삼키면서 물었다.

윤극사가 작은 소리로 대답했다.

"환자의 모습이 눈을 감아도 환하게 보이는 것 같았습니다. 몸속에 흐르는 기운이 세세하게 느껴졌습니다."

제삼 신의 위한이 이청무에게 말했다.

"사형, 오늘 이 아이에게 풍혼노인의 일을 맡겼다고 하셨소?"

이청무가 고개를 끄덕였다.

위한이 말했다.

"원래 있던 재주가 그때 눈을 뜬 모양이오."

전대욱이 윤극사에게 물었다.

"너는 아무것도 풍혼노인에게 먹이지 않았느냐?"

"예."

제사 신의 진국보(晉菊寶)가 말했다.

"소제가 진맥해 봤을 때 이미 풍혼노인은 잡병 하나 없이 말끔하게 나아 있었소. 침술로 기운을 다스려 병을 치료하는 것은 우리 중 누구도 못할 사람이 없겠지만…… 사형들과 사제들은 어떤지 모르겠소. 침술로 상처를 치유한다는 건 소제로선 생각도 못할 일이오."

"나도 못하네."

평일측이 바로 대답했다. 최찬과 위한, 전대욱 등도 못한다고 대답했다.

제구 신의 이융대(李隆臺)가 말했다.

"기운을 빚어 조화를 이뤘다고 말할 수 있는 경지가 되어야만 가능한 일이오."

다른 사람들이 고개를 끄덕여 수긍했다. 서로 시선을 교환한 후 제칠 신의 전대욱(全大旭)이 이청무에게 말했다.

"병을 읽는 신의 손가락 두병신지(讀病神指)가 틀림없소."

이청무가 묵묵히 고개를 끄덕였다.

제이 신의 평일측이 말했다.

"본곡에서도 이 사실을 알고 있는지 모르겠소."

이청무가 말했다.

"알고 있었다면 그냥 내버려 두지 않았겠지."

맹안국이 윤극사에게 소리쳤다.

"이 녀석아, 넌 정말 운이 좋구나. 본곡의 조사님께서 가지셨다던 두 병신지를 타고나다니."

윤극사는 깜짝 놀라서 몸을 움츠렸다.

구신의가 동시에 껄껄 웃었다.

평일측이 물었다.

"본곡에 알릴 것이오? 알린다면 당장 도로 데려가 버릴 것이오."

아깝다는 기색이 얼굴에 역력했다.

이청무가 말했다.

"알리지 않을 수야 없겠지. 다만 잠시 더 지켜보도록 하지."

"이 녀석, 앞으로 우리가 네 녀석 눈치를 봐야 할지도 모르겠구나."

윤극사는 전대욱에게 엉덩이를 철썩 손바닥으로 얻어맞고 존숭전을 쫓겨 나왔다.

쫓겨 나왔다기보다는 하늘 같은 사숙들한테서 해방되었다는 말이 더 옳았다.

엉덩이가 화끈거렸다.

밖으로 나오니 걱정스런 표정으로 단홍주 등이 기다리고 있었다. 제 오 신의 조창의 제자 장인수가 윤극사의 손을 덥석 잡으며 물었다.

"혼나진 않았어?"

"네."

윤극사는 다른 사람들이 보는 데서 장인수가 손을 잡는 게 쑥스러워

빼면서 말했다.

"하하하! 다행이군. 우린 네가 쫓겨나거나 큰 벌을 받을지도 모른다고 생각했는데."

장인수가 호탕하게 웃었다.

단홍주가 말했다.

"다행이다. 우린 네가 배우지도 않은 수법을 멋대로 펼쳐서 혼이 나는 줄 알았다. 우리 제세원에서는 절대 용납되지 않는 일이니."

윤극사는 뜨끔했다. 이마에 식은땀이 났다. 왜 상황이 그렇게 심각해 보였는지 이해가 되었다.

단홍주가 말했다.

"사부님께는 내가 알렸다. 혹시 잘못되는 일이 있어선 안 되겠기에. 사부님께서 오셔서 잠시 보시다가 사숙들도 모두 부르셨던 거지."

윤극사도 임의적인 치료가 얼마나 위험하고 잘못된 것인지 알고 있었다. 크게 잘못했다. 두병신지라는 걸 갖지 않았다면 자기가 쫓겨났을지도 모르겠다고 생각했다. 사숙들이 그의 두병신지를 확인하고서야 그 일을 덮어준 것이었다. 그러나 두병신지가 뭘 말하는지 이해되지 않았다. 어렴풋이 그 이상한 현상이겠거니 했다.

돌아보니 사숙들은 계속 존숭전에서 의논을 하는 모양이었다.

제2장 살마신전(殺魔神箭)

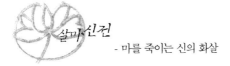

살마신전
- 마를 죽이는 신의 화살

우물가로 가서 두레박으로 찬물을 길어 올려 머리에 뒤집어썼다. 골이 쩡 하고 우는 것 같았다.

촤! 쏴아!

열기가 달아나면서 마음을 깨끗하게 씻어주었다.

"감모(感冒:감기)에 걸리면 어쩌려고?"

따라왔던 장인수가 기겁하면서 소리쳤다.

윤극사는 손바닥으로 눈을 쓸어 물을 뿌리며 말했다.

"상쾌한 걸요. 일곱 살 때부터 했으니 괜찮아요."

물을 두 번 더 끼얹고 나니 정신이 새로웠다. 제세원으로 온 후 굳어 있던 마음이 풀어지는 듯했다. 장인수가 주위에 사람이 있는지 없는지 살피며 다가와 그의 손에 월병(月餅)을 두 개 쥐어주었다.

"아까 내가 봐준 환자가 고맙다고 준 거야. 원래 받으면 안 되지만

난 가끔 못 이기는 척하고 받기도 해. 그럼 나중에 봐."

장인수가 씨익 웃고 뛰어가 버렸다.

"장 사형!"

윤극사가 소리치자 장인수는 뒤를 돌아보며 손을 한 번 흔들어 보이고는 모퉁이를 돌아갔다.

월병이 손에 있는 물기 때문에 녹으려 하고 있었다. 윤극사는 침을 꼴깍 삼켰다. 백초곡에서는 일 년에 한두 번 정도 월병을 구경할 수 있었다. 약 냄새는 코를 찔러도 음식 냄새는 드문 곳이 백초곡이었다.

그나마 백초곡에서 보는 월병은 모양도 밋밋했는데 장인수가 준 월병은 향긋하면서도 팔각에 찍힌 꽃 모양조차 예뻤다. 저절로 군침이 돌았다. 물에 젖지 않게 손가락 끝에 조심스럽게 끼우고 천수당으로 달려갔다.

천수당에는 환자가 서른 명이 있고 호사가 세 명 있으며 단홍주가 환자들 사이를 돌고 있었다.

"단 사형!"

윤극사는 물에 빠진 생쥐 꼴로 단홍주의 소매를 끌어당겼다. 단홍주가 눈을 찌푸리며 말했다.

"무슨 일이냐? 어쩌다가 물은……."

윤극사가 등 뒤에 감추었던 월병을 불쑥 내밀었다. 소년의 천진한 얼굴이 기쁨으로 가득했다.

단홍주가 웃으며 말했다.

"장 사제가 줬겠구나."

윤극사가 고개를 끄덕였다.

"사형이 드세요."

천수각은 중환자만 있어서 보통 음식을 먹을 수 있는 사람은 없다.

단홍주가 월병 하나를 집어서 네 조각으로 나누어 세 명의 호사들과 함께 한 조각씩 가졌다.

윤극사가 나머지 월병 하나도 들고 서 있자 단홍주가 머리를 툭 치면서 말했다.

"그건 네가 먹어야지."

윤극사는 기뻐하며 말했다.

"전 괜찮아요."

목소리가 약간 들떠 있었다. 단홍주는 하하 웃고는 환자를 살피러 가버렸다.

윤극사는 월병을 소중한 보물처럼 손에 든 채 풍혼노인의 침대로 갔다.

풍혼노인은 누워 있다가 고개를 갸웃거리며 물었다.

"그들이 네게 물을 씌웠느냐?"

윤극사는 입가에 미소를 머금고 머리를 저었다.

"드세요."

"넌?"

풍혼노인이 월병을 보며 말했다.

윤극사가 말했다.

"전 괜찮아요. 보는 게 더 즐거운 걸요."

"이상한 성미구나."

풍혼노인이 인자하게 웃으며 월병을 집었다.

윤극사는 재빨리 노인의 손목을 짚어보고는 작은 소리로 말했다.

"벌써 다 나았군요?"

풍혼노인이 고개를 끄덕였다.

"네가 치료해 준 덕택이지. 아니면 두 달은 점잖을 피우며 누워 있어야 했을 거야. 네가 바로 신의다."

"빨리 드세요."

윤극사가 방긋 웃으며 재촉했다. 풍혼노인은 월병을 입으로 가져가며 말했다.

"마치 딴사람이 되기라도 한 것처럼 즐거워하는구나."

윤극사의 눈에 생기가 반짝거렸다. 의생 노릇 하느라고 침을 들고 긴장해 있던 때와는 완전히 다른 모습이었다.

풍혼노인이 월병을 입에 넣기 전에 한 번 더 물었다.

"먹고 싶지 않느냐?"

윤극사가 빙그레 웃으며 고개를 저었다. 풍혼노인이 물끄러미 윤극사를 보다가 월병을 뚝 떼어서 입에 넣었다. 윤극사의 눈이 반짝반짝 빛을 발했다.

목이 마른 것처럼 보이자 윤극사가 달려가 물을 가져다 줬다.

풍혼노인이 말했다.

"아주 맛난걸? 노부가 먹어본 것 중에서 최고야."

윤극사가 아주 기뻐했다.

"피도 많이 흘리고 큰일도 겪었으니 몸에 아주 이로울 거예요."

풍혼노인이 웃었다.

윤극사는 흥이 나서 단홍주에게 다가가 자기가 도울 게 없는지를 물었다. 단홍주가 눈살을 찌푸리며 말했다.

"사부님께서 말씀하시길 네게 오늘 풍혼노인을 돌보라고 하지 않았느냐? 네 마음대로 판단해서 윗분들의 명을 거슬러선 안 된다."

단홍주는 제일 신의 이청무의 큰 제자로서 이미 사부인 이청무와 성미조차 비슷한 데가 있었다. 그래도 이청무보다 훨씬 다정다감했다.

"네."

하고 풀 죽은 소리로 대답하고 윤극사는 풍혼노인의 병상으로 돌아왔다.

풍혼노인이 윤극사를 보며 웃고 말했다.

"네 이름이 윤극사라지?"

윤극사가 눈을 둥그렇게 뜨자 풍혼노인이 턱으로 단홍주 쪽을 슬쩍 가리키며 작은 소리로 말했다.

"네가 없을 때 저놈한테 물어봤다."

윤극사는 힐끔 단홍주 쪽을 보았다. 그가 들으면 기분 나빠할 것 같았다.

풍혼노인이 말했다.

"노부는 남들이 풍혼이라고 부른다. 강호인이지."

윤극사는 단홍주가 분주하게 움직이는데 자기는 풍혼노인과 잡담이나 하려니 영 편치 못했다.

다만 다 나았다고 할 수도 있는데 아직 떠나지 않고 있는 게 이상해서 물었다.

"이 사숙과 잘 아세요?"

풍혼노인이 웃으며 말했다.

"모르지. 다만 내가 그를 한 번 구해줬고 그도 나를 한 번 구해준 적이 있지. 아주 오래전 일이다. 이번까지 두 번째구나."

이청무와의 일은 구체적으로 말하지 않고 풍혼노인은 황하(黃河)와 장강(長江)이 얼마나 크고 긴지 말했다.

언제나 얼음으로 덮인 천산에 대해서도 말했고 덥기만 한 해남도 이야기도 했다.

피부가 백지장처럼 하얗고 눈이 파란 사람들의 이야기, 까만 피부에 입술이 두툼한 사람들의 이야기도 했다.

윤극사는 단홍주가 일하는 것을 보며 안절부절못하는 심정으로 풍혼노인의 이야기를 들었다. 그는 백초곡과 제세원 외에는 아는 곳이 없었다. 세상이 넓은 줄은 알고 있었지만 그토록 신기한 게 많을 줄은 몰랐다.

걸어도 걸어도 끝이 없는 모래사막의 아지랑이 속에서 나타나는 신기루(蜃氣樓), 바다의 물안개 속에서 나타났다가 사라지는 해시신루(海市蜃樓)는 꼭 구경하고 싶은 생각이 들었다.

윤극사가 끝없이 이어지는 노인의 이야기를 듣다가 물었다.

"그 많은 걸 다 보았어요?"

"그럼."

풍혼노인이 자랑스럽게 말했다.

윤극사가 말했다.

"저도 한 번 보고 싶어요."

풍혼노인이 껄껄 웃고 윤극사의 귀에만 들리는 작은 소리로 말했다.

"노부와 함께 가면 다 볼 수 있단다."

윤극사가 깜짝 놀라 물러서며 두 손을 내저었다.

"안 돼요."

풍혼노인은 쓸쓸한 미소를 지었다.

윤극사는 풍혼노인이 불쌍하게 보여 위로의 말을 했다.

"뒤에 제가 의술을 다 배우고 나서 시간이 나면 갈 수 있을지도 몰라요."

풍혼노인이 물었다.

"의술은 왜 배우느냐?"

"그건……."

윤극사는 당황했다. 왜 배우는지 생각해 본 적이 없었다. 백초곡에서 자라면서 다른 사람들이 다 배우고 있었기에 자기도 당연히 배워야 하는 것으로 알았다. 의술을 배우는 외에 다른 삶의 방법도 알지 못했다.

백초곡 안에 있는 다른 사람들이 하는 이야기들을 들으면서 자기도 언젠가는 훌륭한 의술로 사람들을 많이 구해줄 수 있을 거라 생각했다. 아픈 사람이 자기의 치료를 받고 건강해지는 건 생각만 해도 기분이 좋았다. 그러나 남이 묻는데 그렇게 말하기도 적당하지 않고 답이 되는지도 몰랐다.

"잘 모르겠어요."

풍혼노인이 물었다.

"병을 치료하는 게 좋으냐?"

윤극사는 고개를 끄덕였다.

풍혼노인이 침상에서 가부좌를 틀고 앉았다. 그가 조용하지만 위엄 있는 음성으로 말했다.

"큰 의원이 되고 싶지 않으냐?"

윤극사는 이청무 같은 훌륭한 사람이 되고 싶다고 말했다.

풍혼노인이 고개를 저었다.

"이청무는 고작 사람의 몸이나 치료하는 작은 의원이다. 내가 말하는 건 그와 비교도 안 되는 큰 의원을 말한다."

윤극사는 눈을 크게 떴다. 이청무보다 훨씬 큰 의원이라니? 이청무는 백초곡과 제세원을 통틀어서 다섯 손가락 안에 꼽히는 실력자다. 과연 그런 사람이 있을까 하는 의심이 들었다. 그러나 가슴이 뛰었다. 될 수만 있다면 그런 사람이 되고 싶었다.

풍혼노인이 나직하게 말했다.

"몸을 치료하는 의원은 아무리 크다 한들 작다. 세상을 치유하려는 의원은 아무리 작아도 크다."

혼란스러웠다. 세상을 치료하는 의사라니? 역병 같은 전염병을 치료하는 의사라면 좀 더 큰 의사일 것 같았다. 위험하기도 하고 그 의미도 훨씬 크다.

풍혼노인이 말했다.

"몸은 의(醫)와 약(藥)으로 치료하겠지만 세상은 의(義)와 협(俠)으로 치유한다."

저녁을 먹고 제구 신의 이융대가 가르치는 섭생(攝生)과 양생(養生)의 술(術)을 배우는 동안에도, 손발을 씻고 침실로 돌아와 누웠을 때도 노인의 말이 머리 속에서 울렸다. 막연하게 가슴이 두근거렸다. 그러나 그 두근거림은 의원이 되어서 사람들을 고쳐 줄 때를 생각할 때의 두근거림만큼 생생하지는 못했다.

윤극사는 속으로 중얼거렸다.

'나는 작은 의원이 되겠구나.'

자신은 그릇이 큰 의원이 되지는 못하겠구나 하고 생각했다. 이런저런 생각 끝에 눈을 감고 잠을 청하는데 문득 이상한 느낌이 들었다. 살며시 눈을 떠보니 풍혼노인이 그를 내려다보고 있었다.

깜짝 놀라서 일어나려는데 몸이 굳어지며 꼼짝할 수가 없었다. 그러나 의식은 말똥말똥했다.

풍혼노인은 그를 겨드랑이에 끼고 이불 속에 베개를 넣으면서 작은 소리로 말했다.

"네 인연을 한번 시험해 보자꾸나. 의협이 될지 의원이 될지……."

말소리가 끝났을 때 윤극사는 찬바람에 몸을 움츠렸다. 거센 바람이 귀를 후려쳤다. 눈이 시리면서 눈물이 날렸다. 몸이 허공을 날고 있었다. 밤바람에 몸이 얼었다.

제세원에서 얼마나 멀리 왔는지 짐작할 수가 없었다. 갑자기 윤극사는 누가 자기를 아래쪽에서 끌어당기는 듯한 느낌을 받으며 머리가 핑 돌았다. 아래쪽을 바라보니 거꾸로 땅이 멀어지고 있었다. 풍혼노인은 날개 달린 사람처럼 높이 날아올랐다가 숲 속에 있는 작은 장원으로 솔개가 곤두박질치듯이 내려왔다.

윤극사는 속이 울렁거렸다. 장원의 마당에는 풀이 무성하고 지붕에는 기왓장 사이에서 자란 봄꽃들이 장원도 숲으로 만들어가는 중이었다.

풍혼노인이 윤극사의 등을 가볍게 두드렸다. 울렁거림이 씻은 듯이 사라졌다.

사람이 살지 않은 지 수십 년이 된 장원이었다. 윤극사는 풍혼노인의 겨드랑이에 끼어 가면서 폐장원의 모습을 거꾸로 보고 있었다. 인동초 덩굴이 기둥을 친친 감았고 담벽 아래서는 달빛을 받은 비단삼나무가 자라면서 벽을 허무는 중이었다.

한때는 호화로웠을 전각 앞에서 풍혼노인이 입을 열었다.

"바람 타고 구름 날고 구름 속에 용이 오른다."

전각 안에서 나직한 음성이 들려왔다.

"풍혼이오?"

음성으로 봐서 풍혼노인과 비슷한 연배의 노인인 것 같았다.

풍혼노인이 한숨을 내쉬며 말했다.

"그렇소. 소제 풍혼이 돌아왔소."

전각 안의 음성이 미미하게 떨렸다.

"들어… 오시오."

풍혼노인이 문을 열고 들어갔다. 문이 삐걱 하며 기분 나쁜 소리를 냈다.

어두컴컴한 방 안에 고양이같이 빛을 발하는 눈동자 한 쌍이 있었다. 윤극사는 몸이 얼어붙는 것 같았다.

풍혼노인이 눈동자의 주인 앞으로 다가가 윤극사를 내려놓고 두 손을 모아서 절을 했다. 빛을 뿜는 눈동자의 주인도 마주 절을 했다. 마치 서로가 신불(神佛)을 대하는 듯한 이상한 인사였다.

"용영(龍靈)께서는 그간 무고하셨소?"

풍혼노인이 말했다.

눈동자의 주인이 머리를 들면서 말했다.

"가만히 있기만 할 뿐인 병신에게 무슨 일이 있겠소? 풍혼이야말로 고생이 많으셨겠지요?"

풍혼노인이 한숨을 쉬었다.

"소제는 천지를 돌아다녔지만 소득이 없었소. 더구나 옛날 병이 도져서 용영을 뵙지 못하고 죽는 줄 알았소이다. 돌아오는 길에 제세원에 들러서 겨우 목숨을 부지했소."

용영노인이 말했다.

"하늘이 우릴 버리지 않았구려. 풍혼께서 돌아가시지 않은 것만 해도 큰 복이오."

풍혼노인이 용영노인에게 붉은 죽패(竹牌)를 내밀며 말했다.

"소제가 죽었다면 제세원의 제일 신의 이청무가 용영께 가져왔을 테니 큰 차질은 없었을 것이외다."

용영노인이 떨리는 손으로 죽패를 잡으며 말했다.

"드디어 혈죽패(血竹牌)를 찾았구려. 소득이 없었다는 말로 풍혼께선 저를 놀리시었소. 진정 대공(大功)을 세웠소."

풍혼노인이 한숨을 쉬었다.

"혈죽패는 찾았지만 구룡검(九龍劍)을 찾지 못했으니 구천십지를 돌아다닌 일이 모두 허사가 된 듯하오. 어찌 혈죽패 정도로 공을 말할 수 있겠소."

용영노인이 무거운 어조로 말했다.

"다만 진심을 다할 뿐 사람으로 태어나서 감히 마음먹은 바가 다 이루어지기를 욕심 부리겠소?"

풍혼노인이 말했다.

"오늘 소제는 금기(禁忌)를 범하면서 이 아이를 데려왔소이다. 용영께서 한번 자세히 봐주시지요."

용영노인이 웃었다.

"소제는 이룬 바도 없이 구룡검을 잃어버렸으니 후인을 세상에 남기지 못하고 죽는다 하더라도 아쉽지가 않소. 소제를 위해 인재를 구해오셨다면 헛일을 하셨소."

풍혼노인이 말했다.

"용영보다는 이 소년을 위해서 데려왔소이다. 소년의 운명을 한번 시험해 보게 해주시오."

용영노인이 윤극사에게 눈을 돌렸다.

풍혼노인이 윤극사를 용영의 앞에 반듯하게 눕혔다. 윤극사는 눈동자만 움직여서 용영노인을 보았다. 흰 눈썹과 수염이 얼굴을 덮고 있었다. 고양이 눈보다 더 강한 빛을 뿜는 두 눈이 눈썹 속에서 빛났다. 그의 손이 윤극사의 손을 만졌다가 놓았다.

"단명(短命)이오. 우리와는 인연이 없소."

풍혼노인이 말했다.

"마음이 어진 소년이오. 이미 의술의 경지도 아주 높소이다."

용영노인이 한숨을 쉬었다.

"그렇다면 참 아깝구려. 장차 협사를 하나 잃게 되는 셈이니……."

풍혼노인이 고개를 갸웃거리며 말했다.

"용영의 말씀이 틀릴 리 없지만 이 소년이 단명이라니 놀랍소."

"천지간의 일을 바라볼 수는 있어도 그 뜻을 짐작하기는 어렵소이다."

용영노인이 말했다.

"하지만 풍혼께서 간절히 원하는 듯하니 운명을 한번 시험해 보지요."

"소제 용영께 깊이 감사드리오."

풍혼노인이 다시 한 번 몸을 숙이는데 바닥에 앉아 있던 먼지가 일었다. 윤극사는 자기의 명이 짧다는 말을 듣고 속으로 놀랍고 무서웠다. 사람이 죽는 모습이나 죽은 모습을 본 적이 없었다.

용영노인은 자기가 앉은 자리 뒤에서 길이가 한 자에 너비는 두 치, 높이는 오 푼 정도인 새까만 목갑을 꺼내 앞에 놓았다. 목갑 위에는 살마신전(殺魔神箭)이라는 네 글자가 음각되어 있었다.

용영노인이 말했다.

"상의를 벗기시오."

풍혼노인이 윤극사의 가슴을 풀어헤쳤다. 용영노인은 단약을 하나 꺼내서 윤극사의 입에 물려주었다. 박하(薄荷)를 주 재료로 만든 해독약의 일종이었다.

풍혼노인이 윤극사에게 말했다.

"잘못된다 해도 보름 정도 앓고 나면 멀쩡할 것이니 걱정하지 마라."

윤극사는 알아들었다는 표시로 눈을 깜박였다. 풍혼노인이 희미하게 웃었다.

용영노인이 목갑의 뚜껑을 열었다. 목갑 속에는 길이가 한 자나 되는 채미충(蠆尾蟲:전갈)이 들어 있었다.

윤극사는 채미충을 보고 간이 오그라드는 것 같았다.

맹독(猛毒)을 가진 채미충은 날씨가 뜨거운 지방에 주로 살며 중원에서도 발견할 수는 있지만 보통 그 크기는 한 치 두 푼에서 아주 큰 놈은 일곱 치까지 되기도 한다. 그러나 한 자가 되는 채미충은 들어본 적이 없었다.

채미충이 꿈틀거렸다. 더운 지방에서 자란 놈이라면 아직 추운 지금 움직일 수 있을 리 없었다. 윤극사는 그 채미충이 조선(朝鮮)에서 온 놈일 거라고 생각했다. 약과 독에 대한 공부가 일천하기 짝이 없는 윤극사지만 그 정도는 알고 있었다. 조선은 더운 곳은 아니지만 채미충이 산다고 들었다.

용영노인은 채미충을 윤극사의 가슴에 올려놓았다. 탱자 가시 끝 같은 느낌을 주는 채미충의 발이 윤극사의 가슴을 따갑게 했다. 윤극사의 가슴패기 살이 저절로 푸들푸들 떨렸다. 심장 뛰는 소리가 고막을 울렸다.

용영노인이 말했다.

"이 채미충은 오백 년을 산 영물로 살마신전(殺魔神箭)이라 부른다. 하지만 두려워할 건 없다. 해약을 입에 물었으니 너를 해치진 않을 것이다."

커다란 채미충이 윤극사의 배와 가슴을 덮고 움직이며 서걱거리는 느낌을 주었다. 신경이 바늘 끝처럼 곤두섰다. 치가 떨렸다. 채미충의 가시 발이 닿는 곳마다 살이 패이는 것 같았다. 윤극사는 식은땀을 흘리며 몸을 덜덜 떨었다.

입에 물고 있는 박하향의 해독약은 채미충의 독을 해독하는 것일 리 없었다. 그런 효과도 조금 있을지는 몰라도 주로 채미충을 안정시키는 정도일 것 같았다.

채미충이 방향을 돌리며 꼬리가 턱을 스치고 지나갔다. 진저리 치는 느낌이 머리를 뻥 하고 터뜨려 버릴 것 같았다.

풍혼노인과 용영노인도 눈을 부릅뜨고 그 모습을 바라보고 있었다. 어수선한 움직임을 보이던 채미충이 윤극사의 배에서 멈추었다.

순간 윤극사는 벼락을 맞은 듯 온몸이 찌릿해졌다. 채미충이 꼬리에 있는 침으로 윤극사의 심장을 찔렀다.

평 하는 소리와 함께 풍혼노인이 두 걸음 뒤로 밀려났다. 용영노인이 '으음' 하며 미미한 신음을 뱉었다. 두 사람이 눈 깜짝할 사이에 한 수를 교환했던 것이다.

풍혼노인이 다시 손을 뻗어서 채미충을 낚아채려 하였다. 용영노인이 왼손으로 풍혼노인의 손을 막으며 말했다.

"이미 늦었소. 살마신전을 해쳐선 안 되오."

풍혼노인이 손을 거두면서 탄식했다.

"소제는 구룡검의 인연을 이어주려다가 그만 은인을 죽게 하고 말았소. 이 일을 어쩌면 좋단 말이오?"

윤극사의 몸이 활처럼 뒤감기며 채미충과 함께 벌벌 떨었다.

용영노인이 말했다.

"단명을 타고난 소년이오. 명이 다한 것이지 풍혼께서 죽인 것은 아니오."

풍혼노인이 허탈한 표정으로 말했다.

"살마신전이 심안단(心安丹)을 물고 있는 사람을 해칠 수도 있소?"

용영노인이 탄식하며 말했다.

"이런 경우는 나도 들어보지 못했소. 살마신전은 구룡검(九龍劍)의 주인이 될 자를 판별할 뿐 사람을 쏘아 죽게 한 적은 없었소."

윤극사는 몸을 활처럼 휘었다가 텅 소리를 내며 등을 바닥에 떨어뜨렸다. 그리고 죽은 사람처럼 꼼짝도 하지 않았다. 살마신전도 그의 배에 머리를 두고 꼬리를 심장 위에 얹은 채 붙어 있었다. 살마신전의 발들은 윤극사의 몸속을 뚫고 들어갔고 머리와 배, 꼬리는 윤극사의 몸에 찰싹 달라붙었다.

문득 용영노인이 곤혹스런 음성으로 말했다.

"살마신전도 죽었구려."

풍혼노인은 윤극사의 맥문을 잡으려 했다. 용영노인이 살마신전을 넣었던 목갑으로 가로막았다. 오백 년 묵은 채미충이 죽으면서 독을 발산했다. 그 독을 고스란히 받은 윤극사의 몸을 그냥 만진다는 것은 독물에 손을 담그는 것과 마찬가지다.

윤극사의 몸은 채미충이 붙어 있는 곳부터 시작해서 황갈색으로 물들어가고 있었다. 황갈색으로 변한 몸은 마치 채미충의 딱딱한 갑각(甲殼)처럼 보였다.

풍혼노인은 낡은 솜이불을 가져와 윤극사의 몸을 감았다.

용영노인이 물었다.

"어쩌시려오?"

"신의 이청무에게 가봐야겠소."

풍혼노인이 말했다.

용영노인이 말했다.

"그가 아무리 의술이 뛰어나다 해도 이미 죽은 사람을 살려내지는 못하지 않겠소?"

풍혼노인이 껄껄 웃었다.

"살려내지 못한다면 소제도 죽어야겠지요. 무고한 사람을 죽였으니 목숨으로 갚지 않을 도리가 있겠소?"

용영노인이 탄식했다.

"풍혼께서는 심하게 자책할 필요 없소이다. 더구나 중임을 맡은 분이 아니시오?"

풍혼노인이 허리를 숙여 용영노인에게 작별 인사를 했다. 용영노인도 마주 허리를 숙였다.

윤극사는 꿈을 꾸었다. 암흑 속에서 몸이 돌처럼 단단하게 변하며 죽어가는 꿈이었다. 혈관 속을 달리는 피가 외치는 생명의 함성이 들렸고 물속을 번지는 먹물처럼 스며드는 양강의 열기는 안개덩어리처럼 몸속의 구석구석으로 밀려 다녔다.

군마(軍馬)가 치닫고 궁시(弓矢)가 나는 전장(戰場)의 한가운데에 내쳐진 어린아이처럼 정신을 차릴 수가 없었다. 윤극사는 두 개의 기운이 싸우는 것을 보았다. 자기의 기운과 뜨거운 양강의 기운은 서로 밀고 당기다가 시간이 지나면서 점점 하나로 합해졌다. 기운은 의지에 따라서 움직인다. 윤극사는 자기의 의지로 기운을 움직여 정경 12맥과 기경 8맥으로 몰아넣었다. 하나로 합해진 기운 속에 다른 의지가 느껴졌다. 그러나 윤극사의 의지를 거스르지는 않았다. 다른 의지가 스며 있는 기운임은 분명하지만 순종하고 있었다. 그렇게 시간이 흘렀다. 몸은 편안해졌고 의식이 주변으로 점차 확산되었다.

주고받는 말소리가 들렸다.

"중독되지 않았소."

제일 신의 이청무 사숙의 차가운 음성이었다.

"살았단 말인가?"

나직하지만 기뻐하는 풍혼노인의 음성도 뒤따랐다.

이청무가 흥 하고 코웃음을 치며 답하지 않았다.

풍혼노인은 개의치 않고 감격한 어조로 말했다.

"살마신전에 쏘이고도 죽지 않다니……."

"대단치 않소, 채미충 따위."

이청무가 톡 쏜다.

풍혼노인이 다짐을 받듯이 말했다.

"그럼 이 아이는 정말 아무렇지도 않은 건가?"

"훌륭한 의원이 될 수 있는 아이요. 쓸데없는 바람일랑 넣을 생각 마시오."

윤극사는 눈을 떴다. 불도 켜지지 않은 자기 방의 어둠 속에서 풍혼노인과 이청무가 옥신각신하고 있었다.

"노부는 다만 이 아이의 운을 시험해 보고 싶었을 뿐이네."

"흥! 가소로운 소릴랑 마시오. 명과 운을 시험하는 것은 하늘을 조롱하는 일이오. 하늘이 정한 대로 갈 뿐인데 운을 시험해 보고 길을 택한다는 게 얼마나 천박한 생각이오?"

이청무가 풍혼노인을 콱 찌르듯이 말한다.

"풍혼께서 말하는 의(義)와 정(正)은 살아가는 방법이 되어야지 목적이 되어선 안 되는 거요. 그 목적을 위해서 생명을 우습게 아니… 귀하는 죽어서 틀림없이 지옥에 떨어질 거요."

풍혼노인이 껄껄 웃었다.

"자네 말이 옳네. 노부는 죽이는 데 명수고 자네는 살리는 데 명수니 훨씬 고명하지. 한데 오늘 내가 아는 어떤 분께 이 아이를 보였더니 명이 짧다고 하더군. 자네는 짐작되는 바가 있는가?"

"생사는 하늘에 있소. 길다고 좋은 것도 아니고 짧아서 나쁘지도 않소. 길든 짧든 천수를 누리고 죽는다면 아쉬울 것도 없소."

하고 이청무가 말했다.

풍혼노인이 말했다.

"노부는 자네 사질이 세상을 고칠 큰 의협이 될 길을 열어주고 싶었네. 단명이라는 말을 듣고 아쉬웠지만 살마신전에 찔리고도 죽지 않은 걸 보면 혹시 단명이 아닐 수도 있지 않겠나 싶네. 또 이 아이가 무공을 배우면서 함께 의술을 하는 것도 가능하지 않겠는가?"

풍혼노인은 어둠 속에서 이청무와 윤극사를 번갈아 보며 말했다.

"노부가 원래 맺어주려던 큰 인연은 이미 사라졌네. 하나 노부의 작은 재주라도 익혀놓으면 장차 도움이 되지 않을까 싶으이."

풍혼노인의 눈빛이 간절했다. 이청무가 차갑게 말했다.

"무공은 거친 사람들의 것이오. 무공을 익히게 되면 기운이 거칠고 투박해지기 때문에 정묘하게 병을 읽지 못하오. 귀하는 젊은이의 앞날을 망칠 생각을 하고 있는 거나 다름없소."

풍혼노인이 물러나지 않고 말했다.

"무공이 다 강성(剛性)인 것은 아니네. 상승의 무공일수록 오히려 기운을 정묘하고 부드럽게 다루는 걸 중시하네. 득이 되면 득이 됐지 실은 없을 걸세."

어둠 속에서 이청무의 눈이 한광을 발하며 풍혼노인을 쏘아보았다. 풍혼노인도 시선을 피하지 않았다.

"일어나라."

이청무는 눈을 풍혼노인에게 고정한 채 나직하게 말했다.

윤극사는 이미 두 사람 다 자기가 깨어난 걸 알고 있었구나 생각하면서 몸을 일으켰다. 옷을 걸치지 않은 알몸이라 이불로 앞을 가리며 발끝을 보았다.

이청무가 차갑게 말했다.

"우리 말을 거의 들었겠지?"

윤극사는 '네' 하고 대답했다. 목소리가 자기 귀에도 들릴락말락했다.

"무공을 배우고 싶느냐?"

이청무의 차가운 음성이 귓전을 때렸다. 풍혼노인이 윤극사를 따스한 눈으로 응시했다.

윤극사는 고개를 저었다. 이청무의 입가에 그것 보라는 듯한 조소가 걸렸다. 풍혼노인이 한숨을 쉬고는 창문 밖으로 훌쩍 날아서 사라져 버렸다. 윤극사는 풍혼노인에게 미안했으나 선택을 바꿀 마음은 들지 않았다.

"자거라. 곧 일어나야 할 시간일 터인즉."

이청무는 그 한마디를 남기고 소매를 흔들며 문을 열고 나갔다. 윤극사는 그가 나간 후에 촛불을 밝히고 면경을 보았다.

한 자 길이의 황갈색 채미충이 앞가슴에서 배까지 차지한 채 붙어 있었다. 폐장원에서 보았던 그놈이었다.

가슴이 두근거렸다. 손가락만한 채미충일지라도 한 번 쏘이기만 하면 죽고 만다는 그 채미충이었다. 끔찍했다. 커다란 머리와 가슴, 좁고 긴 배와 꼬리, 마디들, 철갑 같은 딱딱한 껍질……. 가슴에 있는 것이지만 손을 댈 엄두가 나지 않았다. 흉측하고 무서웠다. 얼마간 망설이다가 손으로 채미충을 만져 보았다. 딱딱한 화석처럼 꼼짝도 하지 않았다. 채미충의 다리가 그의 몸속에 박혀서 떼어낼 수도 없었다. 그러나 아프지도 않았고 불편한 것도 없었다.

'어떻게 해서 이런 일이 생길 수 있을까?'

윤극사는 시험을 당하기 전의 상황과 채미충에 찔린 후의 상황을 기억나는 데까지 기억해 보았지만 이해가 되지 않았다. 이청무가 벗겨낸 것 같은 자기의 옷이 한쪽에 가지런히 개어져 있었다. 옷 속을 뒤져 보니 소도(小刀)가 있었다. 소도로 채미충의 다리를 끊으려고 했지만 소용없었다. 소도가 미끄러지는 바람에 가슴을 찌를 뻔했다.

평생 이렇게 살아야 할지도 모른다는 생각이 들자 몸이 부르르 떨렸다. 윤극사는 옷을 입었다. 침대에 누웠지만 잠을 이룰 수가 없었다. 날이 새고 있었다.

제3장 뜻을 정하다

뜻을 정하다

새벽 안개가 제세원의 넓은 마당 안에 자욱했다. 늦지 않게 달려가
는 중에 머리카락이 촉촉하게 젖었다.

단홍주가 일일이 돌아다니며 의생들의 상태를 확인했다. 모두 나왔
고 이상이 없었다.

윤극사는 삼득삼성공을 연습하면서 지난밤 자기의 의식 속에서 느
꼈던 기운을 다시 확인했다. 마음을 따라서 기운을 흘리고 기운을 따
라서 느낌을 가져갈 때 기운이 흐르는 곳마다 심줄이 돋는 것처럼 선
명하게 느낌이 왔다. 다른 때와 달랐다. 기분이 묘했다. 좋지도 않고
싫지도 않았다.

끝난 후에 우르르 몰려가서 씻었다. 윤극사는 머리를 물속에 담갔
다. 상쾌했다. 무슨 일이 있었든 간에 찬물을 끼얹으면 열기와 함께 날
아가 버린다. 이청무가 별도로 부르지 않았으므로 사형들과 함께 몰려

가 아침을 먹었다. 오늘도 천수당에서 일하라는 명을 받고 천수당으로 갔는데 풍혼노인은 보이지 않았다.

서운한 생각도 들었지만 다행이라는 생각도 동시에 들었다. 하붕과 함께 환자들을 진맥하고 돌봤지만 침을 놓지는 않았다.

그 일이 있었던 날로부터 한 달이 지났다. 그동안 제세원의 여러 곳을 번갈아가면서 환자를 보며 일을 배웠다. 눈코 뜰 새 없이 바빴기 때문에 가슴에 손을 가져가서 채미충을 문득문득 느낄 때를 제외하고는 그 일을 다시 생각할 시간조차 없었다.

환자의 맥을 짚으면 병이 환하게 읽혀졌고 그 병을 어떻게 치료해야 할지를 골몰했다. 제세원의 의서들이 보관되어 있는 의경각(醫經閣)을 출입하며 자신이 읽은 병을 치유하는 방법들을 찾아보곤 했다.

찾아낸 방법에 따라 처방전을 쓴 다음에는 이청무와 평일측 등에게 물어서 그 처방전이 옳은지 부족한지를 알았다.

이청무는 윤극사의 가슴에 채미충이 붙어 있다는 사실을 알고 있음이 분명한데도 전혀 내색하지 않았다. 윤극사도 개의치 않았다. 다만 용영노인이 말한 자기의 단명이 가슴에 붙은 채미충 때문일지도 모른다는 생각은 이따금씩 해보았다.

그날도 환자에게 줄 약을 달이며 불을 조절하는 법을 익히고 있던 중이었다. 뒷꼭지가 가려운 듯한 느낌에 돌아보니 이청무가 서 있었다.

"개의치 마라."

이청무는 그 한마디를 하고 입을 다문 채 윤극사가 약을 다 달여내고 환자에게 갖다 주고 올 때까지 기다렸다. 윤극사가 숨을 헐떡이며 달려오자 이청무는 나무 그늘로 앞서 걸었다. 윤극사는 두 걸음 뒤에서 따라갔다.

오월도 중순으로 접어들고 있었다. 낮에는 가만히 있어도 땀이 날 정도로 기온이 높아졌다. 이청무는 땀 한 방울 흘리지 않았지만 나무 그늘로만 걸어서 제세원을 벗어나 종남산 자락의 숲으로 걸어갔다. 윤극사는 감히 그에게 무슨 용무며 어디로 가느냐를 묻지 못했다.

녹음 속에서 새가 울고 발 아래는 씨앗이 맺힌 포공영(蒲公英:민들레)이 군락을 이루고 있었다.

인적이 완전히 끊어진 곳에 이르러 이청무가 불쑥 입을 뗐다.

"의원의 길은 어렵다."

윤극사는 공손히 머리를 숙였다.

이청무의 음성이 꼿꼿하게 선 회초리 같다.

"의원은 염라대왕과 맞서는 것도 아니고 하늘의 덕을 대신 행하는 자도 아니다. 하늘에 호생지덕(好生之德)이 있다고 하지만 그 말은 의원과는 상관없다. 너는 이런 것들을 생각해 보았느냐?"

윤극사는 이청무가 하는 말들이 의술이나 의원과 어떤 연관이 있는지 알지 못했다. 다만 의생이 되는 것을 당연하게 받아들일 뿐이었다. 생각해 본 적이 없노라고 대답했다. 발끝이 풀잎을 헤치는 소리가 한동안 계속되도록 이청무는 말이 없었다.

윤극사는 속으로 후회하는 마음이 일었다.

'이 사숙께서 중요한 가르침을 주시려 했는데 내가 생각이 부족해서 그만두시는구나. 일찍 이런 방면에 대한 공부도 해두었더라면 좋았을 것을……'

이청무에게 직접 가르침을 받는다는 건 이만저만한 영광이 아니다.

윤극사는 자기에게 큰 기회가 왔다가 사라져 버렸다고 생각하며 의기 소침해졌다. 발소리에 놀라 토끼가 달아난다.

"의원은……."

이청무가 입을 열었다.

"어떤 사람이냐?"

"사람을 살리는 사람입니다."

윤극사가 대답했다.

이청무가 단호하게 말했다.

"아니다!"

음성이 너무 단호해서 가슴을 주먹으로 맞은 것 같았다. 속으로 '윽' 하고 소리를 질렀다.

이청무가 느리면서도 날이 선 음성으로 말했다.

"의원은 사람이 제 명에 죽도록 돕는 사람이다. 죽지 않는 사람은 없고 명이 다한 사람을 살릴 의술 또한 없다."

윤극사는 고개를 숙였다. 살짝 들려서 풀을 밟는 이청무의 발꿈치가 보인다.

이청무는 떡갈나무 옆으로 난 소로로 접어들었다.

"의술은 반드시 죽음, 필사(必死)를 근본으로 하고 그 영역을 벗어난 것은 의술이 아니라 신선의 방술(方術)이라 한다."

윤극사가 말했다.

"십만 팔천 종의 초목(草木)과 삼천 종의 금석(金石)을 모두 사용할 줄 알면 신선이 될 수도 있다고 들었습니다."

흐르는 말을 들었고 지나가는 말을 했다. 이청무가 뒤로 돌아보며 호통 쳤다.

"너는 의술을 배우느냐, 신선술을 배우느냐!"

윤극사는 놀라서 땅에 엎드렸다.

"제자가 감히 입을 함부로 놀렸습니다. 용서해 주십시오."

사부와 같은 항렬의 사람들 앞에서 자기를 칭할 때는 사부 앞과 마찬가지로 제자라고 말하는 것이 제세원과 백초곡의 전통이다. 무공과는 달리 의술은 한 사람에게 기초를 배우더라도 그 특성상 다른 사람들의 도움을 받으며 발전하기 때문이었다.

윤극사는 입을 굳게 다물었다.

이청무의 싸늘한 눈매가 뒤통수에서 느껴졌다. 윤극사는 큰 소리로 외쳤다.

"제자는 의술을 배우려는 마음뿐입니다!"

이청무가 차가운 음성으로 물었다.

"확고하냐?"

윤극사는 엎드린 채 소리쳤다.

"손끝으로 병자를 만질 수 있는 한 제 마음은 변치 않을 것입니다! 천지신명께 명세할 수 있습니다!"

이청무가 부드러운 음성으로 말했다.

"일어나라."

윤극사는 무릎을 일으켰으나 다리가 후들거렸다. 이청무가 두려웠다. 눈이 마주칠까 싶어서 고개를 들 수가 없었다.

이청무가 다시 걸었다.

"사람으로 태어나서 사람을 위해 살다가 죽는 것보다 더 나은 삶은 없다. 한 번만 깊이 생각해 봐도 알 일이다. 의원의 길이 어려운 까닭은 이에 있다. 의술을 배우는 것보다 의원으로서의 바르고 큰마음을 가지기가 어려운즉 술(術)만 배우고 큰마음을 가지지 못한 자는 사람을 위해 술을 쓰는 것이 아니라 명예를 위해 술을 쓰고 황금을 위해 술을 쓰게 되니 배우지 않음만도 못하다. 의술이 수천 년을 이어온 까닭이 제 한 몸의 영달을 위해서일 리가 있겠느냐?"

윤극사는 이청무의 말 한마디도 빼뜨리지 않고 가슴속 깊이 새겼다. 옳고 그름을 떠나서 한 생의 좌우명으로 삼아야 한다고 다짐했다. 이청무의 말이 계속되었다.

"마음은 크지만 술을 배우지 못한 자는 자기가 병들기 마련이다. 술을 풀어서 고치지 못하는 환자가 늘어나는 만큼 자기 속에서도 병이 자란다. 하지만 큰마음을 갖지 못해서 세상을 병들게 하고 더러움을 뿌리는 자보다는 제 한 몸 망하는 것이 나을 테지."

종남산의 어느 쯤에 이르렀는지 윤극사는 몰랐다. 숲을 헤치고 나가자 앞이 탁 트이면서 들판은 발 아래에 보이고 하늘은 눈앞에 보였다. 깎아지른 단애 끝에 사람 키보다 조금 큰 소나무 한 그루가 서서 이청무와 윤극사를 맞았다.

이청무는 소나무 옆의 바위에 앉으며 말했다.

"앉아라."

윤극사는 이청무의 앞에 무릎을 꿇고 앉았다. 선선한 바람이 소매 속으로 들어왔다. 햇살이 이청무의 어깨와 등을 두드렸다.

이청무가 말했다.

"입이 무겁다는 건 큰 덕을 쌓을 수 있는 근본이다. 경거망동하지 않았으니 장차 네 복을 스스로 차 던지는 일은 없겠구나."

윤극사가 고개를 들자 이청무가 미미하게 웃으며 말했다.

"가슴의 채미충은 걱정하지 마라. 영문은 알 수 없다만 내가 보기에

너를 해치려는 것은 아니다. 저마다 가진 마음속의 보이지 않는 벌레보다 훨씬 낫지 않으냐?'

역시 이청무는 알고 있으면서도 가만히 있었다. 윤극사는 심장이 쿵쿵 소리를 내면서 뛰는 것을 느꼈다.

"네."

작은 소리로 대답했다.

이청무가 품에서 황색 통을 꺼냈다. 길이는 한 뼘이고 굵기는 어린아이의 손목만한데 양쪽 끝은 둥글게 모가 죽어 있는 침통(鍼筒)이었다. 원래는 흰색이었을 것이지만 손때가 묻고 세월이 길게 흐르면서 노랗게 변해 버린 것이었다.

"받아라."

"사숙!"

윤극사가 놀라며 내뱉었다.

이청무가 차갑고도 준엄한 눈으로 내려다보고 있었다. 윤극사는 손을 떨면서 침통을 받았다.

이청무가 말했다.

"내일부터는 급환청에서 그 침을 사용해서 치료해라."

윤극사가 말했다.

"제자는… 배움이 얕습니다. 감당할 자신이 없습니다."

이청무가 미미하게 웃었다. 그가 아무 말도 없자 윤극사도 묵묵히 있었다.

'침을 받았다.'

침을 받았다는 흥분이 간간이 부는 바람처럼 전신을 휩쓸었다. 침을 받는다는 것은 이제 침을 이용한 의술은 자의로 펼칠 수 있다는 것을 말한다. 배운 대로 펼치는 의술이 아닌 자기가 느낀 대로 의술을 펼칠 수가 있다.

이청무가 건조한 음성으로 물었다.

"황혼(黃琿) 사형은 여전하시냐?"

황혼은 윤극사의 사부 성함이었다. 윤극사가 제세원에 온 지 한 달이 지났지만 건너가는 말로조차 아무도 묻지 않았던 사부에 대한 안부였다.

윤극사가 대답했다.

"사부님께선 잘 계십니다."

이청무가 말했다.

"황 사형이 네게 본곡의 조사(祖師)님에 대한 이야기를 했느냐?"

윤극사는 머리를 저었다.

윤극사의 사부 황혼은 백초곡에 있는 다른 사람들의 표현을 빌리자면 강아지를 방치하듯이 윤극사를 방치하고 길렀다. 사부라고 불렀지만 사부에게 배운 것은 천자문뿐이었다. 여기저기, 이 사람 저 사람 기웃거리며 비슷한 또래의 사형이나 사제들한테도 엿듣고 배웠다. 황혼은 그에게 의술에 관해서는 일언반구도 말한 적이 없었고 윤극사도 왜 의술을 가르쳐 주지 않는지 묻지 않았다. 조사에 대한 이야기가 있었을 턱이 없다.

이청무가 말했다.

"조사께서는 의성자(醫聖子)라고 불리셨다. 백초곡에 거하시며 제자들을 길러내셨지. 의술이 신의 경지에 달하셔서 죽은 사람도 살려낸다는 말이 있었다. 조사께서 가진 궁극의 의술은 그 첫째가 두병신지(讀病神指)였지."

"아!"

윤극사는 자기도 모르게 소리치고 말았다. 그러다 급히 입을 다물었다. 존숭전에서 사숙들이 두병신지라는 말을 했던 것이 기억났다.

이청무가 말했다.

"둘째는 심병혜안(尋病慧眼), 셋째는 생사조수(生死操手), 넷째는 지극간심(至極看心)이라 한다."

처음 듣는 말이었다. 백초곡에 있을 때 다른 사람들의 이야기를 듣고 궁극의 의술은 신선의 술법인 줄 알았지 두병신지, 심병혜안과 생사조수, 지극간심 같은 것일 줄은 전혀 몰랐다.

의술을 다루는 사람들은 한 번쯤 불사(不死)를 생각지 않을 수가 없고 불사는 바로 신선술(神仙術)과 이어져 백초곡의 사람들이 모여서 잡담을 할 때면 연기(煉氣), 연단(鉛丹)에 이르곤 했다.

"의성자 조사 이후로 그 네 가지 궁극의 의술 중 단 한 가지일망정 터득한 사람이 없었다. 그런 의미에서 너의 두병신지는 천 년 만에 세상에 나타났다고 할 수 있다."

윤극사는 숨을 쉬기가 어려웠다. 궁극의 의술 중에 한 가지를 지녔다니……. 기쁘고도 두려워서 외쳤다.

"제자는 아무것도 모릅니다!"

우연일 뿐 사실은 두병신지가 아닌 것으로 판명나게 되면 그것도 감당하기 어려울 것 같았다. 그럴 경우 사문의 존장들을 본의 아니게 속이고 실망케 한 죄를 어떻게 감당할 수 있단 말인가? 윤극사는 자기처럼 평범한 제자에게 그런 능력이 있을 리 없다는 생각이 들었다.

이청무가 윤극사의 머리에 손을 얹었다.

"큰마음을 가지고 사람을 위하여 네 재주를 다 펼쳐라."

윤극사는 몸이 부르르 떨렸다. 머리를 땅에 닿도록 내리면서 이청무에게 절했다.

"큰마음은… 환자가 어떤 사람인지를 묻지 않는다. 병이 어떤지를 물을 뿐."

이청무가 나직하게 말했다.

"명심하겠습니다!"

윤극사가 결연한 어조로 말했다.

"먼저 가거라."

이청무는 시선을 먼 곳으로 돌리며 말했다.

윤극사는 고개를 들고 일어섰다. 오후의 햇살 아래에서조차도 이청무는 얼음으로 깎아놓은 사람 같았다. 절한 후에 먼저 산을 내려왔다.

숲에서 침통을 열어보았다. 칠백삼십 개의 크고 작은 은침이 있었다. 크기는 구분이 있었지만 가늘기는 구분이 없었다. 어느 것이나 머리카락보다 가늘어서 웬만한 솜씨로는 살갗조차 뚫기 어려울 것 같았다.

'보배다!'

윤극사는 속으로 외쳤다. 명장(名匠)이 대공(大功)을 쏟아서도 긴 세월이 걸려야 만들어낼 수 있을 그런 침이었다. 뚜껑을 닫고 품에 넣어도 흥분으로 가슴이 자꾸 떨려왔다. 자기 침을 가진 건 구신의를 제외하고 제세원의 사형제들 중에서는 윤극사가 다섯 번째였다.

제세원으로 돌아와 환자를 돌보고 저녁을 먹었지만 밥이 입으로 들어가는지 코로 들어가는지도 몰랐다. 밤이 되어 존숭전에서 광물약에 대해서 공부하는 중에 허둥거리다가 몇 번이나 실수를 저질러 사형들을 웃게 했다. 장인수가 기념이라며 윤극사의 얼굴에 주사(朱沙)로 점을 몇 개 찍어서 새색시처럼 만들기도 했다.

며칠이 지났다. 그동안 윤극사는 급환청에서 환자들에게 침술을 베풀었다. 침은 급환청에 구비되어 있는 것을 썼다. 이청무에게 받은 침은 아직 사용할 능력이 되지 않아서 밤마다 침실로 돌아온 다음 자신의 몸을 찌르며 연습했다.

혈의 크기는 좁쌀보다도 작았다. 손톱만한 크기에서 압축하여 좁쌀보다 더 작은 정확한 점을 찾아내는 것도 어렵지만 살 속을 파고들어간 침이 휘어지지 않고 원하는 깊이에 다다르게 하는 것은 몇십 배나 더 어려운 일이었다. 가느다란 은침은 시술하는 도중 조금만 흔들려도 휘어지고 굽었다.

윤극사는 닷새 만에 자기의 몸에 은침을 찔러 넣는 데 딱 한 번 성공했다. 다시 사흘이 지났을 때는 둘에 한 번은 성공할 수 있었다. 다시 열흘이 지났을 때는 열에 일곱은 성공했다. 그사이에 그가 보는 환자들은 아주 많이 늘어났으며 윤극사를 소신의(少神醫)라 부르는 사람들이 생겨났다.

밤마다 가느다란 은침으로 연습한 것이 급환청에서 쇠침으로 환자를 치료할 때 크게 효과가 있었다. 단홍주조차 윤극사의 치밀한 솜씨에 감탄해 마지않았다.

윤극사가 침을 쓰면 언제나 즉효를 거두었다. 윤극사는 침을 놓을 때 무아지경에 빠진 듯했으며 그가 무아지경에서 깨어날 때쯤에는 환자는 멀쩡한 사람으로 변하곤 했다.

윤극사는 사형들과 사숙들 눈에 띄지 않으려고 애를 썼다. 격려하고 축하하며 또 어떤 경우에는 등을 철썩 쳐서 놀라게 하기도 하는 사형들을 만나고 보기가 쑥스러웠다. 갑자기 얻은 명성이 끝 모르고 높아졌지만 자기와는 상관없는 것처럼 느껴졌다. 이청무에게 받은 지 한 달이 지났으나 아직도 은침을 열에 여덟 정도밖에 성공하지 못하고 있었다.

무더운 여름이 시작되고 있었다. 벌써 환자들 중 웃통을 벗고 있는 사람이 많았다. 급환청에서도 양쪽으로 칸을 나누어 남자와 여자를 분리해서 받았다.

윤극사는 급환청에서 하루에 환자를 평균적으로 삼백 명 정도 치료했다. 사형제들 사이에서는 윤극사 때문에 일이 편해졌다고 농담하는 사람들도 있었다. 그러나 윤극사에게는 다 부끄러운 일일 뿐이었다. 종남산 인근 수백 리에 소신의 윤극사의 이름이 알려졌지만 과분한 이름이라는 걸 알고 있었다. 침은 자신이 있는 편이었지만 약초와 독초, 광물약, 그리고 칼과 가위와 바늘을 사용하는 부술(剖術)은 안다고 감히 말할 정도도 못 되는 편이다.

존숭전에서 구신의의 가르침을 한마디도 놓치지 않으려고 노력했으며 잠들기 전에는 반드시 은침을 연습했다. 침으로 낫게 할 수 있는 병이 있는가 하면 반드시 가르고 뽑아내고 긁어내야 하는 병도 있으며 약물로 씻어야 할 병도 있는 것이다.

여름이 다 갈 무렵에야 은침을 백 번 놓아서 백 번 성공할 수 있게 되었다. 일단 그렇게 성공하고 나자 환자의 몸이 움직이더라도 혈을 놓치지 않고 찌르는 것은 생각보다 어렵지 않았다. 자나 깨나 의술을 생각하며 지내노라니 침술 외에 다른 재주도 부쩍 늘었다.

어느날 사형들과 함께 삼득삼성공 연습을 마친 후 머리에 찬물을 끼

없는 중이었다. 윤극사는 풍혼노인이 또 왔다는 소식을 들었다. 하붕에게서였다. 점심때 이청무가 불러서 가니 그 옆에 풍혼노인이 함께 있었다.

이청무의 흰 살결 아래로 푸른 핏줄이 돋아 있었다. 격한 논쟁을 벌였던 게 틀림없는 모습이었다.

이청무가 윤극사를 노려보며 카랑카랑한 음성으로 말했다.

"풍혼노인이 너한테 긴히 할 말이 있다는구나. 무슨 말인지 잘 들어 봐라."

음성에 가시가 돋쳐 있다. 평소의 차가운 음성과는 또 달랐다. 윤극사는 송구스러워 어쩔 줄을 몰랐다.

이청무는 휑하니 찬바람을 일으키며 방을 나가 버렸다. 윤극사는 원망스런 한숨을 내쉬며 풍혼노인을 바라보았다.

풍혼노인이 인자한 웃음을 지었다. 마땅치 않았다.

"왜 자꾸 저를 괴롭히세요?"

윤극사가 작은 소리로 말했다.

풍혼노인이 윤극사의 손을 잡으며 말했다.

"큰 기회가 왔다. 나와 함께 가자."

윤극사는 손을 빼면서 고개를 저었다.

"전 여기가 좋은걸요. 또 저한테 다른 기회 같은 건 필요없어요."

풍혼노인이 윤극사의 어깨를 잡으며 말했다.

"용영이 다시 너를 보길 원한다. 그가 네게 절기를 전수해 줄 것이다."

윤극사는 물러나면서 말했다.

"전 의술을 배우는 것으로 족해요. 제 마음은 사람을 치유하기에도 작은데 어떻게 세상을 치유하는 의협이 될 수 있겠어요? 그만 돌아가세요."

풍혼노인의 낯빛이 변했다.

윤극사는 '미안해요' 하고 작은 소리로 말했다.

풍혼노인이 엄숙한 표정을 짓고 말했다.

"용영의 구룡검은 고금에서 제일가는 무공이다. 네가 구룡검을 익히기만 하면 구주팔황을 주름잡을 수 있을 뿐 아니라 만악(萬惡)과 만마(萬魔)를 누르고 다스려서 억조창생을 편안케 할 수 있다. 어찌 작은 의원만을 고집하느냐?"

윤극사는 마땅히 대답할 말이 없어서 고개만 저었다.

풍혼노인이 말했다.

"이 신의도 어쩔 수 없다는 걸 알고 이미 반 승낙한 상태다. 너만 응락하면 그도 아무 말 않는다."

윤극사가 말했다.

"다른 사람을 찾아보세요. 전⋯ 안 돼요."

윤극사는 품에서 황색 침통을 꺼내서 보여주었다.

"이미 전 의원이 되었어요. 그리고 평생 의원으로 환자를 돌보며 살겠다고 맹세했어요."

풍혼노인의 안색이 무섭게 변했다.

"이청무가 먼저 재주를 피웠구나."

"전 아무 특점도 없어요. 다만 침을 좀 잘 놓을 뿐이죠. 제발 그냥 가세요."

윤극사가 애원하듯이 말했다. 이 일로 이청무가 미워할까 봐 겁도 났다.

풍혼노인이 화난 음성으로 말했다.

"너는 살마신전에 찔리고도 죽지 않았다. 우린 네 운명을 시험했지만 그 결과가 우리가 알고 있던 것과 달랐을 뿐 네가 구룡검의 주인이 되기에 부족하다는 건 아니었다. 너는 정말로 네 운명이, 네 길이 지금과 다르다는 것을 느끼지 못하겠느냐?"

"모르겠습니다."

윤극사는 빠르게 대답했다.

"전 다만 환자들을 돌보길 바랄 뿐입니다."

풍혼노인이 탄식했다.

"내 불찰이로구나. 그날 너를 여기 데려오지 말았어야 했던 것을……."

윤극사는 미안해서 고개를 떨구었다.

풍혼노인이 괜찮다는 듯이, 아쉽다는 듯이 그의 어깨를 토닥였다. 윤극사는 고개를 들었을 때 풍혼노인이 창밖으로 둥실둥실 날아가는 것을 보았다. 바람을 탄 듯이, 바람을 부리는 듯이 날아가고 있었다.

방을 나와서 이청무를 찾았다. 이청무는 냇가에 앉아서 돌을 감상하고 있었다. 돌을 감상하는 건 이청무의 취미였다. 일전에 윤극사가 '돌에 뭐가 있습니까?' 하고 물었을 때 이청무는 돌을 보며 마음이 어떤 모습인지를 짐작해 본다고 말했다. 가끔 구름을 보는 것도 마찬가지 이유였다.

"갔느냐?"

이청무가 물었다.

윤극사가 '예' 하고 대답했다.

이청무가 또 물었다.

"왜 함께 가지 않았느냐?"

윤극사는 고개를 숙이고 대답하지 않았다. 대답하지 않아도 될 말 같았다.

이청무는 돌을 내려놓고 말했다.

"풍혼은 기인이다."

윤극사는 이청무를 다시 보았다.

이청무가 뒷짐을 지면서 말했다.

"말을 천금같이 여기는 사람이고 의리와 정의를 하늘 모시듯 하는 사람이지."

윤극사는 혼란스러웠다. 이청무는 자기가 풍혼노인을 따라가지 않은 것을 꾸짖는 것 같았다.

조심스럽게 물었다.

"사숙께선 그 노인을 싫어하시지 않습니까?"

"싫어하지."

이청무가 단호하게 말했다.

"풍혼은 생명을 가볍게 여겨. 남의 목숨은 물론이고 자기 목숨도 가볍게 여기지. 의원이 되어서 생명을 가볍게 여기는 자를 어떻게 좋아할 수 있겠느냐? 내가 그를 싫어하는 이유는 그뿐이다. 하나……."

이청무는 잠시 말을 끊었다가 이었다.

"그는 나와 길이 다를 뿐 나쁜 사람도 아니고 용렬한 사람도 아니다. 남을 위해서 기꺼이 자기를 희생하는 마음에서 보자면 그는 가히 성인이란 말을 들을 수 있는 사람이지."

윤극사가 말했다.

"지난번 사숙께서 그분을 치료하신 후에 나온 그 덩어리를 헤쳐 본

적이 있습니다."

"놀랐겠구나."

이청무가 말했다.

"그는 그런 사람이다."

핏덩어리 속에 있던 것이 토막 난 검이라는 사실 역시 이청무는 알고 있었다. 윤극사는 고개를 끄덕였다.

이청무가 말했다.

"맹세의 증거로 검을 삼켰다지. 그의 공력이 높지 않았다면 나를 만나기도 전에 죽었을 것이다."

윤극사는 간담이 서늘해졌다. 온 얼굴에 피를 묻힌 채 이빨로 검을 뚝뚝 끊어서 삼키는 풍혼노인의 모습이 연상되었다.

"가보거라!"

이청무가 차갑게 말했다.

윤극사는 이청무의 음성이 전만큼 힘이 있는 것 같지 않다고 느꼈다. 중기(中氣)가 부족한 음성이었다.

제4장 독을 깃는 우물

독을 깃는 우물

이청무의 음성에서 중기(中氣)가 부족하게 들렸던 것이 오후 내내 마음에 걸렸다. 중기의 부족과 관련된 여러 가지 생각이 머리를 뒤숭숭하게 했다. 밤에 존숭전에서 광물약을 배운 후 돌아가지 않고 남아서 중기를 보충할 수 있는 약을 찾아보았다.

제세원은 몇몇 병사(病舍)에만 불이 켜져 있을 뿐 어둠 속에 잠겨 있다. 윤극사는 불을 멀리 두고 의경각에 가득한 의서들을 뒤적였다.

중기는 통상 중초(中焦), 비위(脾胃)의 기(氣)를 말하고 중기가 부족하다고 하면 바로 비위허약(脾胃虛弱)이다. 나타나는 증상으로는 식욕부진이나 식후의 복부 뒤틀림, 또는 안색이 창백해지거나 늘 배가 아픈 중 어쩌다가 편안할 때가 있는 것 등이다.

몇 권의 의서를 뒤져 그 증상을 찾았지만 중기가 부족한 증상은 이미 윤극사도 이청무의 음성을 듣고 알았기 때문에 관심할 바는 아니었다. 윤극사가 찾는 것은 중기 부족의 원인이었다. 의서에서도 그렇고 의원들도 그렇고 종종 증세와 병을 혼동하여 말하기 때문에 두 번, 세 번 생각하지 않으면 안 될 것들이 많았다.

증세만 보는 의원은 증세가 호전되는 것을 보고 병이 낫는다고 생각해 버리는 경우도 있지만 증세는 어느 특정 병과 상관없이 좋아질 수 있는 경우도 있기 때문에 환자가 낫는 듯하다가 갑자기 사망하는 경우도 없잖아 있는 것이다.

윤극사는 한참을 뒤지다가 병인은 찾지도 못했는데 보비의 처방을 찾았다. 누군가 표시를 해놓은 대목이었다.

산약, 목향, 단삼, 복령, 백술, 진피, 반하 등을 쓰는 방법이 먼저 있었는데 그 정도는 윤극사도 짐작하고 있던 것이었다. 하지만 그 아래쪽에 적혀 있는 몇 글자가 윤극사를 놀라게 하고 있었다. 아직 배운 바 없는 독약공사(毒藥攻邪)의 비결이었다. 독을 잘 쓰면 그 하나하나가 영약(靈藥)이라는 말은 들어서 알고 있었다. 그러나 직접 독약공사의 비결을 보니 놀랍기만 했다.

백초곡은 의, 약, 독에 대한 연구가 모두 깊은 곳이라서 윤극사도 귀동냥으로 조금은 알고 있으나 본격적으로 독을 배운 적은 없었다. 독을 사용하는 것 중에서도 독약공사는 가장 심오한 비법이라 할 수 있었다. 독약공사는 약초나 독초 속의 독기만을 사용하는 것으로 독성의 열(熱)과 한(寒)을 잘 가려서 써야 한다. 예를 들어 건강은 편열하고 황금은 편한한 것 등이다.

독약공사의 비결에 쓰여 있는 약초는 건강이나 황금, 부자 같은 정도가 아니었다. 윤극사는 그 이름도 모르는 독초들을 접하며 간이 떨렸다. 세상에 무수한 독이 있다고 하지만 그것들 중 사람 눈에 쉽게 띄는 것은 거의 없다. 확고한 효력을 가진 독초를 갖는다는 것은 보이지 않는 칼을 가진 것이나 다름없다.

윤극사는 백초곡에서 사형들이 주고받던 말을 기억해 냈다. 독을 가지면 끝없이 누군가를 독살하고 싶은 유혹에 빠진다는 말이었다. 그것을 두고 사숙들 중 한 사람은 독이란 마음을 가지고 있어서 사람이 독을 지니면 그 독의 마음까지 속에 품게 된다고 설명해 준 적이 있었다.

윤극사는 의서를 더 뒤적일 엄두가 나지 않았다. 의서를 모두 제자리에 놓아두고 등불을 끈 다음 의경각을 나왔다.

늦더위가 밤까지 기승을 부린다. 가슴은 독 때문에 서늘해졌지만 몸에는 땀 냄새가 짙게 배였다. 우물가에서 물을 길어 머리에 뒤집어썼다. 여름은 여름대로, 겨울은 겨울대로 머리가 쩡 하며 울린다.

제세원에는 우물이 네 개가 있지만 그중 세 개만 사용된다. 사용되지 않는 하나는 제세원의 후미진 곳에 있는데 사람의 발길이 끊어진 지 오래라고 한다.

윤극사는 물을 뒤집어쓰면서 우물마다 용도가 다른데 그곳은 원래 무슨 용도였을까 하고 생각했다. 지금 쓰이는 세 개의 우물은 식용하는 우물이 있고 씻을 때만 사용하는 우물이 있으며 약을 달일 때 쓰는 우물이 있었다. 시험 삼아 맛을 봤을 때 각기 물맛이 달랐다. 사람들이 오랫동안 쓰지 않은 우물은 더 깨끗하고 정할 것 같았다.

윤극사는 쓰지 않는 우물물을 맛보고 나서 좋으면 그 물로 이청무에게 바칠 약을 달여야겠다고 마음먹었다. 물을 떠야 할 시간은 샛별이 뜨기 전의 이른 새벽이지만 쓰지 않는 우물의 물맛을 확인하기 위해서 윤극사는 신발 속에 물을 질척거리며 걸어갔다.

우물에서 이십여 장 거리에 다다랐을 때였다. 두런두런 주고받는 말

소리가 들렸다.

"불은 껐는가?"

"확실하오."

"한 번 더 확인해라. 불씨가 조금이라도 남아 있으면 우린 모두 죽은 목숨이다."

"확인했소."

"처음에는 도관을 조금만 열어야 한다. 숨을 쉬지 말아야 하지. 숨을 들이키게 되면 환각 증상을 일으키기도 하니."

"젠장, 벌써 몇 달째인데 아직도 손이 떨리니… 난 이 일이 체질에 맞지 않는가 보오."

"쓸데없는 소리. 나도 처음에 나종보 사형을 따라왔을 때는 사제보다 더 떨었어. 자꾸 하다 보니 이제는 이골이 났군."

윤극사는 은밀한 일을 목격한 듯하여 나무 뒤에 숨었다가 나종보의 이름을 들었다. 나종보는 윤극사가 제세원으로 오던 날 백초곡으로 돌아간 사람이었다.

귀를 기울이고 들어보니 목소리를 낮춘 음성이라 누군지 분간하기 어렵기는 하지만 제이 신의 평일측 밑에 있는 마진곤(馬鎭坤)과 제삼 신의 위한 밑에서 배우는 동추선(董追善)인 것 같았다. 그들은 모두 제세원의 신의들 제자가 아니라 본곡에서 나온 제자들이었다.

"열흘에 한 번씩 이 짓을 해야 한다니, 젠장……. 나 사형이 돌아가면서 그렇게 기뻐했던 이유를 알 만하오."

동추선의 음성이다.

윤극사는 우물로 다가가며 말했다.

"사형들, 여기서 뭘 하는 중입니까?"

"으악!"

동추선이 놀라서 비명을 지르자 마진곤이 동추선의 입을 막았다.

마진곤이 말했다.

"막내냐?"

윤극사는 제세원에 있는 모든 사형제들 중에서 제일 막내다. 구신의의 제자는 대체로 나이가 많고 백초곡에서 나온 제자들은 그들보다 젊지만 그중에서 제일 늦게 온 윤극사가 열여섯 살로 가장 어리다.

"예."

대답하며 윤극사는 두 사람 앞으로 걸어갔다. 불도 없는 어둠 속에서 마진곤과 동추선은 우물을 몸으로 가리고 있었다.

마진곤이 물었다.

"여긴 어쩐 일이냐?"

윤극사가 대답했다.

"전 물맛을 보려고 왔습니다."

"물맛?"

동추선이 의아한 표정으로 물었다. 윤극사가 머리를 끄덕였다. 입으로 대답하는 것보다 머리를 끄덕여 대답하는 경우가 더 많은 윤극사다.

마진곤이 말했다.

"여기 물은 마시지 못한다. 냄새를 맡는 것조차 위험하기 때문에 철저하게 봉해놓은 것이다."

윤극사가 웃으며 물었다.

"우물물이 그럴 수도 있어요?"

마진곤은 손짓으로 윤극사를 가까이 불렀다. 윤극사가 가까이 가자 마진곤이 물었다.

"네가 여기 온 걸 아는 사람이 있느냐?"

윤극사는 고개를 저었다.

동추선이 '휴' 하고 한숨을 내쉬며 긴장을 풀었다.

"녀석아! 간 떨어질 뻔했잖아!"

동추선이 윤극사의 머리에 알밤을 깠다.

"잠이나 잘 것이지 어린 녀석이 뭔 밤길이야, 밤길이."

"아야!"

윤극사는 눈물이 찔끔 났다. 두 대나 연거푸 꿀밤을 맞고 보니 머리 가죽이 벗겨질 것처럼 화끈거렸다.

마진곤이 말했다.

"음성을 낮춰라."

윤극사는 작은 소리로 물었다.

"뭐 하는 거예요?"

동추선이 굳은 표정으로 마진곤을 쳐다보았다. 마진곤은 어쩔 수 없다는 듯이 말했다.

"막내도 언젠가는 해야 할 일이다. 미리 알아버린 꼴이 되었지만."

"설마 나쁜 짓은 아니죠?"

윤극사가 긴장으로 침을 꼴깍 삼키면서 물었다. 동추선이 한 번 더 윤극사의 머리에 알밤을 깠다.

마진곤이 말했다.

"넌 잠시 기다려라. 일을 끝낸 후에 말해 주마."

윤극사가 보고 있는 중에 마진곤과 동추선은 우물 테두리 아래쪽에서 밀봉된 도관을 찾아서 장치를 해제했다. 쉬이이이 하고 바람 새는 소리가 나기 시작했다.

동추선의 손짓에 따라서 윤극사도 자기의 입과 코를 막았다. 그래도 머리가 좀 어질어질했다.

마진곤과 동추선의 얼굴이 어둠 속에서도 굳어 있는 게 보였다. 도관을 열고 마진곤이 주먹만한 두레박을 도관 속으로 넣었다. 두레박은 환자들이 침을 뱉을 때 사용하는 타통(唾筒)에 명주실을 달아 만든 것이었다. 살살 풀려나는 명주실의 하얀 끈이 이슬에 젖은 거미줄처럼 아름다웠다.

마진곤이 명주실을 빨리 감으며 두레박을 건져 올렸다. 두레박이 나오자마자 동추선이 도관을 막았다. 윤극사는 동그란 두레박 속에 새까만 물이 있고 그 물에 까만 하늘이 비치는 것을 보았다. 마진곤은 두레박을 가죽 주머니에 넣고는 끝을 단단히 묶었다. 숨을 쉬지 못해서 세 사람 다 얼굴이 뻘겋게 변했다.

동추선이 도관을 밀봉하고 마진곤이 주머니를 다 묶은 후 세 사람은 뛰어서 우물가를 벗어났다.

"허억! 헉! 헉!"

동추선이 심장을 토할 것처럼 숨을 헐떡거렸다. 냄새가 옷에 배어 있었다. 윤극사는 옷을 털었지만 그 냄새만 심하게 났다. 아주 이상한 냄새였다. 후각을 자극하는 성질이 아주 강했다. 머리가 아찔하기도 하고 토할 것 같기도 한데 또 한편으로는 자꾸 들이키고 싶은 생각도 드는 냄새였다.

마진곤이 작은 나무 아래서 새장을 꺼냈다. 커다란 비둘기 한 마리가 들어 있었다. 백초곡에서 자주 보았던 것과 같은 종류의 비둘기였으며 제세원과 백초곡을 오가는 새였다.

마진곤은 가죽 주머니를 비둘기의 다리에 묶어서 흔들리지 않게 한 후에 날려보냈다. 새장을 다시 나무 아래에 넣고 나더니 마진곤은 털썩 주저앉았다.

"몸을 씻자."

마진곤이 말했다.

제세원의 담을 넘어서 계곡으로 갔다. 윤극사는 마진곤과 동추선을 따라서 옷을 입은 채 물속에 들어가 흐르는 물에 냄새를 씻었다.

동추선이 마진곤에게 물었다.

"마 사형, 막내에게 다 말해 줄 거요?"

마진곤이 고개를 끄덕이며 말했다.

"어쩔 수 없지."

동추선은 아무 소리 하지 않고 물속으로 머리끝까지 집어넣었다.

마진곤이 말했다.

"이리 오너라."

윤극사는 마진곤의 가까이 갔다.

마진곤이 웃으며 말했다.

"언젠가는 알 일이지만 너무 빨리 알았다. 최소한 명을 받은 후에 알았어야 했는데, 그래서……."

갑자기 윤극사의 뒤에서 동추선이 불쑥 솟아오르며 윤극사의 목을 팔로 감았다.

"캑!"

윤극사는 목젖이 눌러져 숨을 칵 뱉었다. 허리가 뒤로 휘어지고 물이 얼굴 옆에서 흔들렸다. 동추선의 굳은 얼굴이 보였다.

마진곤의 표정이 살기를 띠고 있었다. 윤극사는 두려운 생각이 왈칵 들었다.

"사, 사형……."

목 뒤의 뇌호혈이 뜨끔했다. 정신이 아득해지다가 점차로 돌아왔다. 그러나 수족에 힘을 쓸 수가 없었다. 몸을 마비시키는 혈도도 찍힌 모양이었다.

동추선이 안아서 물가로 나왔다. 마진곤이 동추선에게 말했다.

"잘했다."

동추선이 한숨을 쉬면서 말했다.

"막내는 아무것도 모르겠지요?"

마진곤이 침통을 꺼내 들면서 말했다.

"모르는게 나아. 알게 되면 아직 나이가 어린 만큼 본의 아니게 내색하게 될 수도 있어."

윤극사는 마진곤이 자기의 머리를 더듬어서 몇 개의 침을 꽂는 것을 보았다. 머리 속에 깊이 새겨지지 않은 기억을 흩어버리는 침술이었다. 윤극사는 침이 찔러지는 위치를 모두 기억했다. 침을 맞기는 했지만 어쩐 일인지 정신을 잃거나 하지는 않았다.

동추선이 한숨을 쉬며 말했다.

"나도 밀명을 받은 건 고작 삼 년밖에 되지 않았소."

마진곤과 동추선은 더 이야기를 주고받지 않았다. 은밀히 윤극사를 그의 침실로 데려가 침대에 눕혀놓은 후 가버렸다.

윤극사는 몸을 움직일 수는 없었지만 정신은 말짱했다. 그러나 마음이 혼란스러웠다. 더 생각하고 싶지 않고 더 알고 싶지도 않은 말을 여러 마디 들었다. 자기가 모르는, 또는 알아선 안 될 어떤 흐름이 제세원에 있다는 사실을 안 것만으로도 그동안 알고 있던 모든 것이 다 낯설게 생각되었다.

잠을 이루지 못했다. 손발에 감각이 돌고 움직일 수 있게 되었지만 그냥 침대에 누워서 캄캄한 천장만 응시했다. 그 기분은 이청무에게 침을 받던 날 밟아보았던 절벽 끝에서 느낀 것과 비슷한 기분이었다. 뛰어들어선 안 될 허공이었다.

얼마 후에 발소리가 들렸다. 일어나서 삼득삼성공을 연습하러 갈 시간이 된 것이다.

윤극사는 벌떡 일어나서 달려갔다. 동추선과 마진곤보다 앞줄에 섰다. 그들을 정면으로 보지 않기 위해서였다. 걱정을 했지만 마진곤과 동추선은 그에게 어떤 내색도 하지 않았다.

그러나 윤극사는 아침을 먹을 때 음식이 목구멍에 걸린 듯 잘 넘어가지 않았다. 들었던 말과 엿보았던 비밀의 흔적이 숨통을 짓누르는 것 같았다. 우물로 가서 어젯밤의 일을 거듭 확인해 보고 싶은 충동이 불끈불끈 치솟곤 했다. 잠깐 맡았던 특이한 냄새가 아직도 후각에 남아 있는 듯 느껴졌다.

가보고 싶었지만 윤극사는 검은 물을 퍼낸 우물 근처로는 가지 않았다.

돌봐야 할 환자들을 본 후에 짬을 냈다. 독약공사는 자신이 없어서 쓰지 못하고 보익중기의 방법에 따라 약을 지어서 이청무에게 가져갔다.

"거기 두고 가거라."

이청무의 어투가 거칠었다. 윤극사는 자기가 괜한 짓을 했구나 하고 후회했다. 이청무가 어떤 사람인데 자기가 달인 약을 먹겠는가 싶은 생각이 들었다. 자기를 진단하고 직접 약방문을 내면 여측없을 일인데 주제넘은 짓을 했다.

물러 나오는데 이청무가 불렀다.

"잠깐 섯거라."

윤극사가 멈추자 이청무는 윤극사가 달인 약을 조금 마신 후 물었다.

"불은 무엇을 썼느냐?"

"초를 사용했습니다."

윤극사가 대답했다.

이청무가 약사발을 내려놓으며 말했다.

"물은 아는 것 같다만 불이 잘못됐다."

처음처럼 그렇게 거친 음성은 아니었다. 윤극사는 속으로 안도의 한숨을 내쉬었다. 꾸지람이라도 이청무의 관심은 반가운 일이었다.

이청무가 말했다.

"물이 아홉 가지가 있는 것처럼 불도 아홉 가지가 있다. 상지상의 물을 써야 할 병이 있고 하지하의 물을 써야 잘 듣는 병도 있다. 불도 그와 마찬가지다."

윤극사가 물었다.

"아홉 가지 불은 어떤 것입니까?"

이청무가 눈살을 찌푸리며 자기의 양손을 내밀었다.

"물을 어떻게 알았느냐?"

"맛을 보고 알았습니다."

"불도 마찬가지다."

이청무가 차갑게 말했다.

"다만 맛을 손으로 보는 것만 다르지."

윤극사는 이청무가 풍혼노인에게 부술을 펼칠 적에 펄펄 끓고 있는 약물에 손을 씻던 모습을 떠올렸다. 그때 이청무는 살을 녹일 듯한 약물 속에 손을 넣고도 아무렇지 않았다.

윤극사는 이청무가 비워 버린 약사발을 받쳐 들고 밖으로 나와 바로 탕제방(湯劑房)으로 가서 약을 끓일 때 사용하는 땔감들을 살펴보았다.

초가 있었으며 쇠똥과 말똥을 말린 것이 있었고 참나무 장작과 소나무 장작도 있었다. 소나무 잎도 있었으며 단풍잎과 은행잎도 있었다. 말린 은행잎은 약재로만 쓰는 줄 알았는데 놓인 장소로 봐서 땔감으로도 쓰는 게 분명했다. 그러나 탕제방에 준비되어 있는 땔감의 종류를 어림잡아 봐도 예순 가지가 넘었다. 이청무의 말에 따르면 불은 물과 마찬가지로 아홉 종류라고 했는데 왜 땔감이 그렇게 많은지 선뜻 이해가 되지 않았다.

한참을 생각해 보고 몇 가지 땔감에 불을 붙여서 손바닥을 대본 후에 윤극사는 자기 이마를 탁 쳤다.

"이거구나!"

탕제방에 있던 호사들이 윤극사의 목소리에 놀라서 쳐다봤다. 윤극사는 부끄러워서 아무것도 아니라고 말했지만 기쁜 표정을 감추지 못했다.

탕제방의 책임 호사가 껄껄 웃으며 말했다.

"소신의께서 큰 깨달음을 얻으신 모양이구려. 축하하오."

윤극사는 쑥스러워서 대답도 하지 않고 밖으로 나와 버렸다. 기쁨을 표현하고 싶었다. 가슴에 담아놓고 있으려니 환호성이 터져 나올 것 같았다. 가까스로 억눌렀다. 온몸에 기쁨이 가득 찬 것 같았다. 불에 데인 손바닥이 화끈거렸지만 고통스럽지는 않았다.

불이 아홉 가지라는 말은 약의 기운을 조절하는 데 쓰는 불이 아홉 가지라는 것이지 세상의 모든 불이 아홉 가지 중의 하나라는 의미는 아니었다. 하나의 불을 만들기 위해서 때로는 두세 가지의 땔감을 써야 할 수도 있고, 어떤 경우에는 열 가지가 넘는 땔감을 사용해야 할 수도 있다. 탕제방에 육십 가지가 넘는 땔감이 있는 이유도 그 때문이었다. 탕제방에서 얼핏 봤던 몇 개의 약방문은 그의 생각이 옳다는 것을 증명해 주었다. 신의들이 직접 쓴 그 약방문에는 어떤 땔감을 사용해서 얼마나 달일 것인지도 적혀 있었던 것이다.

생각해 보면 약을 만들어내는 것만큼이나 불을 만들어내는 것도 중요할 것이 틀림없다.

윤극사는 약당(藥堂)으로 달려가서 열두 가지의 약초를 챙겨 탕제방으로 돌아갔다.

"소신의, 저녁은 들지 않으실 참이오?"

탕제방의 늙은 호사가 물었다.

"전 괜찮아요."

윤극사가 작은 소리로 말했다.

호사들은 저녁을 먹기 위해서 갔다. 윤극사가 남아 있는 것을 알기 때문에 한 사람도 남지 않고 몰려갔다. 윤극사는 오히려 그게 다행스러웠다.

약과 물을 넣은 탕기를 화로에 올리고 먼저 초봄에 베어서 말린 잡풀에 불을 붙였다. 이른 봄에 자라난 풀은 겨울 동안 뿌리에 간직한 한기(寒氣)를 머금고 있다. 이때의 불은 겉 열만 왕성할 뿐 그다지 뜨겁지도 않고 열기가 깊이 스며들지도 않는다. 그러나 약이 든 탕기를 그 주변의 바람과 냄새, 그릇된 기운으로부터 분리하고 보호하는 효과가 있었다.

윤극사는 여러 가지 땔감을 조합하여 불에 첨가한 후 손을 불속에 넣었다 뺐다 하면서 불의 기운을 읽었다. 불의 맛을 조금은 알 것 같았다.

저녁을 거르고 약을 달여서 존숭전에서의 공부가 시작되기 전에 이청무에게 가져갔다.

이청무는 불도 켜지 않은 방에서 손가락으로 자기의 손등을 두드리며 깊은 생각에 잠겨 있는 중이었다.

윤극사는 그가 생각을 마칠 때까지 가만히 서서 기다렸다. 이윽고 이청무가 말했다.

"가져오너라."

윤극사는 두 손으로 약사발을 바쳤다.

이청무가 약사발을 입으로 가져갔다. 윤극사는 가슴을 두근거리며 이청무를 바라보았다.

한데 갑자기 이청무가 약사발을 바닥으로 휙 집어 던져 버리더니 윤극사를 쏘아보며 준엄한 목소리로 말했다.

"네가 감히 나를 독으로 죽이려 드느냐?"

윤극사는 이미 이청무가 약사발을 던질 때 놀라서 몸을 떨고 있었다. 이청무의 서슬에 놀라서 무릎을 꿇으며 말했다.

"제자는 감히 그런 마음을 먹지 못합니다. 제자는 독을 알지 못합니다."

이청무가 윤극사를 노려보았다. 윤극사는 몸이 오그라붙는 것 같았다. 전신이 땀으로 젖었다.

이청무는 탁자에 앉아서 손등을 두드리며 창밖을 본다. 어둠이 내렸다. 이미 존숭전에서는 공부가 시작되었을 시간이다. 윤극사는 이청무의 영이 떨어지기를 기다렸다.

이윽고 이청무가 입을 열었다.

"마음에도 냄새가 있다."

음성이 조금 온화했다.

"마음 그 자체에 냄새가 있을 리는 없지만 마음은 몸을 빌려 냄새를 짓는다. 네가 두려워하면 두려워하는 냄새를 내고 내가 나쁜 마음을 갖거나 악한 생각을 하면 그것 또한 그에 걸맞는 냄새를 풍기는 법이다."

마음에 냄새가 있다는 이청무의 말은 윤극사에게 불에도 여러 가지가 있다는 말과는 비교할 수도 없을 정도로 큰 충격을 주었다.

이청무가 말했다.

"의(醫)를 표방하는 사람은 교만을 경계해야 한다. 소중히, 아주 소중히 자기 앞에 맡겨진 생명을 다루고 조심해야 한다. 세상에는 큰 병에 쓰러지는 사람은 적고 작은 병에 평생을 고통받는 사람이 대부분이다. 재주를 믿고 교만해지게 되면 큰 병을 이겨 이름을 낼 수는 있어도 많은 사람을 구하는 작은 병을 이기지 못한다."

윤극사는 머리를 조아리며 말했다.

"각골명심하겠습니다."

이청무가 희미하게 웃었다. 너무 차가워서 웃는 것 같지도 않은 웃음이다.

"교만이 아닌 정성을 담아라. 병의 반은 마음이 만들고 마음이 고치느니라."

손등으로 눈물이 뚝뚝 떨어졌다. 이청무의 말이 모두 옳았다. 그의 호된 꾸지람에는 두려웠을 뿐 눈물은 나지 않았다. 그러나 그가 화를 풀고 베푸는 가르침에는 자신의 경솔함에 대한 후회와 함께 눈물이 흘렀다.

이청무는 손을 내저어 가라는 시늉을 했다.

윤극사는 깨어진 약사발을 치우고 엎질러진 약을 닦아낸 후 물러 나왔다. 우물가에서 물을 길어 머리에 부으며 소리를 내지 않고 울었다. 불의 성질을 알아낸 나머지 기뻐서 약을 달이는 동안 불만 생각했지 이청무를 생각지 않았다. 조금도.

그저 이청무에게 약을 선보일 생각만 했던 것이다. 자신이 부끄럽고 미웠다.

물을 몇 번이나 뒤집어썼다. 눈물이 아닌 가슴속의 부끄러움을 씻어 버리고 싶었다.

쓸쓸한 바람이 불고 낙엽이 바람을 따라 딩굴었다. 윤극사는 물방울이 떨어지는 옷을 입은 채 존숭전으로 들어갔다. 제팔 신의 최한이 영사와 운모의 사용에 관해서 가르치고 있는 중이었다. 윤극사에게 잠깐 시선이 모였지만 공부 중이라 아무도 말을 걸지는 않았다.

머리 속에서 사고가 원활치 않아 이해하기가 힘들어 입속으로 중얼거리며 암기했다. 그러나 그 사이사이에 마음이라는 소리가 자꾸만 골안에서 맴돌았다.

공부가 끝난 후 침실로 돌아오자마자 소도를 꺼내 침대 맡에 '의원의 마음이 담기지 않은 의술은 독이다' 하고 새겼다. 불에 덴 손바닥이 화끈거려서 고약을 바르고 침을 놓아 손바닥에 스며든 화기를 뽑았다.

한데 막 침상에 몸을 누이려는 순간이었다. 어느 틈에 들어왔는지 전포를 걸친 인물이 문 안에 들어와 있었다.

윤극사는 놀라서 '앗' 하고 비명을 질렀다. 그러나 비명 소리는 입 밖으로 나오지 못했다. 전포(戰袍)를 입은 사람이 어느 틈에 윤극사의 입을 손으로 막고 있었다. 짧고 억센 구레나룻이 얼굴을 다 덮고 있는 중년 남자였다.

"네가 소신의 윤극사냐?"

윤극사는 눈을 깜박했다.

전포를 입은 사람이 손을 떼고 물러나며 나직하고도 힘있는 음성으로 말했다.

"내 이름은 담대백옥(膽大白玉)! 쫓기고 있는 중이다. 나를 치료해 다오."

확 하니 피 냄새와 땀 냄새, 그리고 먼지, 바람 냄새가 코로 몰려왔다. 담대백옥이 전포의 앞자락을 와락 열어젖혔다. 양쪽 가슴에 새까만 손바닥 자국이 하나씩 찍혀 있었다. 한데 왼쪽 가슴의 손자국은 반 치가량 솟아 있었고 오른쪽의 손자국은 반 치가량 파고들어 있었다.

윤극사는 놀란 가슴을 진정시키고 낮은 소리로 말했다.

"우리 제세원은 환자를 가리지 않아요. 옆방의 사형들이 깰지도 모르니까 급환청으로 가요."

담대백옥이 눈썹을 꿈틀거리며 말했다.

"그들은 모두 깊이 잠들었다. 걱정할 것 없다."

윤극사는 담대백옥이 그들을 모두 잠들게 했다는 걸 알았다. 억지를 쓰는 환자를 상대하는 건 아주 피곤한 일이다. 속에 의심을 품고 억지를 부릴 때 의원이 할 수 있는 처방은 호통을 치거나 그가 병에 굴복한 후에 치료하는 것이다.

담대백옥은 가부좌를 하고 바닥에 앉았다. 움직일 때마다 짙은 피냄새가 풍긴다. 너무 강한 패기와 살기가 불안했다. 윤극사는 긴장한 음성으로 담대백옥에게 물었다.

"설마… 사형들을 해치진 않았겠죠?"

"나는 무공이 없는 자는 죽이지 않는다."

담대백옥이 무거운 음성으로 말했다.

윤극사는 담대백옥에게 손을 내밀었다. 그가 오른손을 뻗어주었다. 손목의 굵기가 윤극사의 세 배는 넘을 것 같았다. 윤극사는 그의 맥문을 잡아본 후에 깜짝 놀라며 물러섰다.

담대백옥이 눈을 부릅뜬다.

"다, 당신은 살아 있는 사람… 인가요?"

윤극사의 음성이 잘 나오지 않았다.

담대백옥이 씨익 웃었다. 피를 뒤집어쓴 듯한 모습에 하얀 이빨이 더욱 공포스러웠다.

담대백옥이 천천히 말했다.

"나 담대백옥은 이 정도 상처에 죽는 사람이 아니다."

윤극사는 혼란스러웠다. 담대백옥의 상처는 겉보기에도 이상했지만 진맥을 해보자 더욱 이상했다. 두 개의 손자국이 있는 부근의 경락들이 가닥가닥 끊어져 있었다. 정상적인 사람이라면 그런 상태로 살아 있을 수가 없었다. 두 손바닥 자국 안에 들어가 있는 주요 혈도만 해도 열셋이다. 그중 한 혈도만 크게 상처를 입어도 사람이 죽는데 눈앞에 있는 담대백옥은 그 혈도들을 잇는 경맥이 모두 단절된 상태에서도 버젓이 살아 있었다. 심장을 감도는 한줄기 이상한 기운에 의지해서 한 목숨이 버티고 있는 것이었다.

윤극사는 인체가 간직한 신비는 의술의 신비와 경이를 넘어서는 것을 알았다. 길은 여전히 까마득하다.

자부심 강한 담대백옥을 자기 침대에 눕게 한 후에 다시 맥을 잡았지만 뒤엉킨 명주실 뭉치를 보는 것처럼 어지러웠다. 손자국 근처에서 도무지 기운을 종잡을 수가 없었다. 등과 옆구리에도 찔리고 베인 자국이 있었지만 모두 요혈을 비켜 나가 생명과는 상관없었다.

윤극사는 두병신지로 담대백옥의 몸을 읽으면서 침으로 끊어진 경맥을 잇고 겹쳐진 부분을 갈라놓으며 막힌 부분을 뚫었다. 그 사이사이 오장과 육부가 크게 상하지 않도록 주기적으로 기운을 그쪽으로 통하게 했다.

담대백옥은 눈을 부릅뜨고 입을 꽉 다문 채 천장을 응시하고 있었다.

마흔두 개의 침을 꽂아놓고 서른 개의 침을 뽑은 다음에 윤극사가 말했다.

"상처를 째서 나쁜 피를 뽑아야 해요. 그렇지 않으면 오랫동안 고생할 것입니다."

"편안하군."

담대백옥이 호쾌하게 말하면서 차가운 푸른 빛을 흘리는 비수를 내밀었다. 한 뼘도 되지 않는 크기였다. 받아 쥐고 보니 손잡이에는 좁쌀만한 크기의 보석이 촘촘하게 박혀 있었다. 쓰는 칼이 아니라 보배로 간직하는 칼이다. 담대백옥에게 돌려주고 자기의 소도를 사용했다.

상처에서 덩어리 진 검은 피가 쌀알처럼 몽글몽글 솟았다. 윤극사의 몸에서 땀이 줄줄 흘렀고 담대백옥의 몸도 땀과 피로 거듭 젖었다. 마른 수건으로 땀과 피를 함께 닦아냈다. 검은 피는 수건을 여섯 개나 적신 후에야 더 이상 나오지 않았다.

담대백옥의 가슴에 있는 두 개의 손자국은 이제 선홍색을 띠고 있었다. 윤극사는 물러나면서 안도의 한숨을 쉬었다.

"이제 거의 다 됐어요. 다섯 달을 요양하시면 원래의 몸을 회복할 수 있겠어요."

담대백옥은 전포를 여미며 일어나 앉았다.

"소신의라 불릴 만하군. 운기행공을 해야겠다. 그동안 무슨 일이 있어도 내 몸에 손대지 마라."

어투가 투박하고 뚝뚝 부러지는 느낌이 든다. 무림인들이 운기행공을 한다는 말은 사형들한테서 들은 적이 있다. 어떤 사형도 운기행공을 한다면서 쉬는 날을 택해 하루 종일 앉아 있는 경우가 있었다. 윤극사는 고개를 끄덕이고 탁자에 엎드렸다. 몸이 아주 피곤했다. 엎드리는 순간에 이미 잠이 들어버린 모양이다.

눈을 떴을 때는 삼득삼성공을 익힐 시간이 가까웠다. 하루도 거르지 않는 일이다 보니 아무리 피곤해도 몸이 저절로 깨어났다. 반 시진 정도 잤을 뿐이다. 온몸의 관절이 뻑뻑했다.

윤극사는 무심코 고개를 돌려 침상을 보다가 입을 딱 벌렸다. 하얀 안개가 커다란 항아리 모양을 이룬 채 침상에 뭉쳐져 담대백옥을 중심으로 빙빙 돌고 있었다.

윤극사는 넋을 잃고 담대백옥을 보았다. 가슴이 쿵쾅거렸다. 저게 바로 무공이구나 하는 생각이 들었다.

몸속에 흐르고 있어야 할 진기가 담대백옥의 경우에는 몸 밖으로도 흐르고 있었다. 윤극사는 담대백옥의 손목을 잡아보고 싶은 충동을 억지로 눌렀다. 그가 손대지 말라는 말을 하지 않았다면 반드시 잡아보 았을 것이다.

담대백옥의 맞은편에 서서 뚫어지도록 응시했다. 느끼는 기운이 아 닌 볼 수 있는 기운이 담대백옥의 몸 밖을 돌고 있었다. 윤극사는 더 자세히 보기 위해서 등불의 심지를 높였다.

자세히 보니 하얀 기류만 흐르는 것이 아니었다. 오색의 기운이 모 두 돌고 있었다. 그러나 흰색만 강할 뿐 다른 색은 거의 눈에 보이지도 않을 정도였다. 윤극사는 다섯 가지 기운이 어느 혈에서 나와서 어디 로 흐르는지를 자세히 살폈다. 나오는 것과 들어가는 것을 살피니 몸 안에서도 어떻게 흐르는지가 짐작이 갔다. 갑자기 흰색 기류가 약해지 며 빛을 잃자 다른 기류도 더욱 희미해졌다. 뚫어지게 쳐다보면 기류 의 흐름이 아지랑이처럼 미미하게 느껴졌다. 만약 그런 것이 있다는 걸 모르고 본다면 결코 찾아낼 수 없을 것 같았다.

담대백옥뿐만 아니라 다른 사람들에게도 그런 기운이 돌고 있을 것 이라는 생각이 들었다. 다만 그 기운은 미약해서 보기 어려울 가능성 이 많았다. 윤극사는 인간이 지닌 신비에 다시 한 번 매료당했다.

담대백옥이 눈을 떴다. 맹호 같은 빛줄기가 눈에서 폭발하듯 한 번 쏟아진 후에 담담해졌다.

윤극사는 담대백옥에게 넙죽 엎드리며 말했다.

"맥을 다시 한 번 잡아보게 해주십시오."

담대백옥이 침대에서 훌쩍 내려와 무릎이 바닥에 닿으려는 윤극사 의 뒷덜미를 잡아서 번쩍 들었다.

"나를 부끄럽게 하지 마라. 담대백옥은 은인에게 절을 받을 만큼 염 치없는 자가 아니다."

담대백옥은 윤극사를 내려준 후에 손목을 내밀었다. 그의 맥은 윤극사의 짐작대로였다. 다섯 달은 고사하고 닷새만 지나도 몸이 정상으로 회복될 것 같았다. 치료를 끝냈을 때와는 비교도 되지 않을 정도로 좋아져 있었다.

윤극사가 입을 열었다.

"저는 담대……."

담대백옥을 뭐라고 불러야 좋을지 몰랐다.

"백옥! 그냥 담대백옥이라 불러라."

담대백옥이 말했다.

윤극사는 고개를 끄덕이고 간곡하게 말했다.

"운기행공을 하는 것을 보았습니다. 운기행공을 하는 중에 제가 한 번만 손목을 잡아볼 수 있게 해주십시오."

윤극사의 눈에는 열망이 담겨 있었다.

담대백옥이 고개를 저었다.

"내가 익힌 내공은 천원무극신공(天元無極神功)이라는 것이다. 천원무극신공으로 행공하는 중에는 아무도 손을 댈 수 없다."

"그건 왜 그렇습니까?"

윤극사가 물었다.

담대백옥이 말했다.

"심맥이 터진다, 내 심맥이 아니라 손댄 사람의 심맥이."

윤극사는 해연히 놀랐다. 그의 맥을 잡고 싶은 충동을 누르지 못했더라면 죽음을 면치 못했을 것 같았다.

담대백옥이 말했다.

"그러나 방법이 전혀 없는 것은 아니다. 네가 천원무극신공을 익힌 후에라면 크게 놀라긴 해도 죽지는 않을 것이다."

담대백옥은 천원무극신공을 전수할 듯했다.

윤극사가 아쉬운 한숨을 내쉬었다.

"저는 무공을 배울 수가 없습니다. 무공을 배우면 기가 강성해져서 의원으로의 길이 가로막힌다고 하더군요."

담대백옥이 묵묵히 고개를 끄덕였다. 그때 옆방에서 다른 사람들이 일어나는 소리가 들렸다.

윤극사가 말했다.

"저는 나가봐야 해요. 급환청에 가 있으면 제가 약을 지어드리겠습니다."

담대백옥이 단호하게 말했다.

"필요없다."

담대백옥의 모습이 사라졌다. 열린 창문으로 새벽 찬바람이 들어왔다. 윤극사는 피 묻은 수건들을 한쪽으로 겹쳐 놓고 방을 나갔다. 방문 바로 밖에서 하붕이 기다리고 있었다.

그날 밤에 얼굴을 수건으로 가린 네 사람이 찾아와서 담대백옥에 대해서 추궁했다. 윤극사는 순순히 자기가 그를 치료했지만 어디로 갔는지는 모른다고 말했다. 네 사람 중 한 사람이 윤극사를 죽이려고 했지만 다른 사람들이 만류하여 별일은 없었다.

―제세원에서는 싸울 수 없다!

그 한마디가 윤극사를 살려준 것이었다.

제5장 십독십이약(十毒十二藥)

십독십이약(十毒十二藥)

소신의 윤극사라는 이름은 그의 의술과 함께 그가 아직도 어린 소년
이고 여자 아이처럼 수줍음이 많다는 등등의 이유와 더불어 제세원 구
신의의 이름을 압도할 정도로 커져 있었다.

급환청으로 온 환자는 대부분 윤극사의 이름을 알고 있었으며 그에
게 치료받기를 원했다.

윤극사는 환자를 보고 침을 놓고 자기가 쓸 수 있는 간단한 약을 처
방하는 등의 일을 할 때면 시간이 어떻게 가는지도 몰랐다. 단홍주가
단호한 어조로 윤극사에게 나가서 쉬라고 하며 환자들을 자기가 떠맡
고 나서야 점심도 걸렀다는 사실을 알았다.

오후 늦은 시각이었다. 간단하게 요기를 하고 약당으로 가서 약재를
챙긴 후 탕제방으로 갔다. 온갖 약 냄새가 탕제방을 가득 채우고 있었
다. 윤극사는 먼저 불을 피워서 손으로 불 맛을 익힌 다음에 탕기를 얹

어서 약을 달였다.

이청무에게 약을 가지고 갈 때는 또 호된 꾸지람을 들을 것이라 생각하고 미리 단단히 마음을 다졌다.

이청무가 약사발을 들 때 윤극사는 간이 오그라붙는 것 같았다. 조마조마한 마음으로 윤극사가 바라보는 중에 이청무가 약사발을 깨끗하게 비우더니 약사발 대신 파란 자기 병을 하나 건네주며 말했다.

"손에 발라라."

자기 병 속에는 병 색깔과 똑같은 파란 고약이 들어 있었다. 이청무가 원했기 때문에 윤극사는 그 자리에서 고약을 손에 발랐다. 손에서 바람이 나는 것처럼 시원한데 한편으로는 손 안이 뜨끈뜨끈한 것 같았다.

탕제방으로 돌아온 후에도 손은 계속 뜨거웠다. 이청무는 그 고약을 하루에 두 번 아침 저녁으로 손에 바르라고 했다. 약을 지어서 바친 데 대한 상인 것처럼 느껴졌다.

윤극사는 다음날도 약을 지어서 이청무에게 갔다. 이청무가 약을 마시는 모습을 보면서 그의 증세에 차도가 있는지를 살폈다. 지난밤에 늦게까지 의경각의 의서를 뒤적여 몇 가지 약을 더 첨가한 약이었다.

이청무는 약에 대해서 아무 말도 하지 않았다. 저녁을 먹기 전에 이청무를 따라서 병자들을 살폈다.

가을이 깊어갈 즈음 윤극사는 손으로 불 맛을 완전히 구분할 수 있었다. 입으로는 다섯 가지 맛을 더욱 정밀하게 볼 수 있었고 눈으로는 담대백옥을 치료할 때 조금 볼 수 있었던 오색 기운들을 조금 더 분명하게 볼 수 있게 되었다.

환자들을 볼 때면 가까이 가서 냄새를 맡는 것만으로도 그들이 며칠 전에 먹은 음식을 알아낼 수 있었다. 환자의 몸을 감싸고 흐르는 기운을 보면 반드시 진맥해 보지 않더라도 어느 정도 병을 짐작했다. 불 맛을 볼 때도 손이 뜨거움을 느끼긴 하지만 고통스럽거나 화상을 입지는 않았다. 스스로 생각해 봐도 이제 어느 정도 의원으로서 구실을 할 수 있겠구나 싶었다.

그러나 계속 약을 지어다 바쳤음에도 이청무의 증세는 호전되지 않았다. 그 바람에 윤극사는 계속 의기소침할 수밖에 없었다. 이청무의 몸에 흐르는 기운을 보면서 약을 지어서 바쳤지만 병인(病因)을 짐작할 수가 없었다. 손을 잡아본다 하더라도 그건 마찬가지일 것 같았다. 이청무에게 물어보려고도 했지만 용기를 내지 못했다. 이청무의 태도는 스스로 알라고 말하는 듯했다. 밤마다 사형들과 함께 존숭전에서 구신의에게 배우고 자기 전까지 의경각의 의서를 뒤적이며 연구했지만 이청무의 병인은 도무지 찾아낼 수가 없었다.

가까이 있는 사람의 병마저 돌보지 못한다는 생각 때문에 남들이 소신의라고 불러도 부끄럽기만 했다. 그가 아닌 다른 사형들을 보더라도 침술을 제외하고는 그보다 실력이 뛰어난 사람이 대부분이었다. 그들도 자기가 맡고 있는 환자들에게 여러 가지 칭호로 불리며 큰 신임을 얻고 있었다. 제세원이 천하에 이름을 떨치고 있는 것은 그들 같은 사람이 있기 때문이었다.

일정이 단순하기가 짝이 없는 제세원의 생활은 환자가 다양하지 않다면 말 그대로 다람쥐 쳇바퀴 도는 것과 비슷했다.

언제나 그렇듯이 이날도 삼득삼성공을 연습하고 세수를 했다.

윤극사는 아침을 먹을 때만 해도 이청무가 단홍주와 하붕, 그리고 자기를 부를 줄은 꿈에도 생각지 못했다. 사람을 시켜서 불렀다는 말을 듣고 가보니 구신의가 전부 이청무의 방에 모여 있었고 이청무는 침대에 죽은 듯이 누워 있었다.

"사부님!"

단홍주와 하붕이 놀라 소리치며 달려갔다.

제이 신의 평일측이 호통 쳤다.

"경거망동하지 마라!"

윤극사는 그곳에 있는 신의들의 지친 표정을 보고 그들 모두 밤을 새웠다는 것을 알았다. 심장이 급하기 뛰면서 앞이 잘 보이지 않았다. 어제 약을 달여서 가져다 드렸을 때만 해도 평소와 다름없는 모습이었다. 약을 잘못 썼을지도 모르겠다는 생각이 들었다. 어제 사용한 약재와 물을 모두 생각해 보았으나 몸에 해가 될 만한 어떤 것도 들어가지 않았다.

제사 신의 진국보가 말했다.

"임시로 위험한 고비는 넘겼다. 와서 뵙거라."

가까이 가서 보니 이청무는 핏기없는 얼굴로 가만히 천장을 바라보고 있다. 평일측이 윤극사에게 나직한 소리로 말했다.

"밖에 아무도 없는지 보고 오너라!"

윤극사는 문밖으로 나가 한 바퀴 돌아본 다음 다시 방으로 들어왔다. 아무도 없다는 뜻으로 고개를 끄덕이자 평일측이 한숨을 내쉬며 말했다.

"학정홍(鶴頂紅)이다."

'독!'

소리가 입에서 튀어나올 뻔했다. 학정홍이면 해독약이 없는 극독이다.

평일측이 말했다.

"어제 이 사형께서 드신 약에 학정홍이 들어 있었다."

윤극사는 몸을 휘청였다. 옆에서 하붕이 붙잡았다. 윤극사의 입술이 파랗게 질리고 몸이 떨렸다.

"저는… 저는……."

말이 잘 나오지 않았다.

제팔 신의 최찬이 말했다.

"네 짓이 아니라는 건 알고 있다. 염려할 것 없다."

제삼 신의 위한이 탄식을 했다.

"한동안 잠잠해서 이제는 괜찮으려니 했거늘."

이런 일이 이전에도 있었다는 말이다.

단홍주가 스승의 창백한 얼굴을 보며 입술을 깨물었다.

"흉수가 누군지 말씀해 주십시오."

제구 신의 이융대가 꾸짖었다.

"의원은 병을 묻지 흉수를 묻지 않는다."

단홍주가 눈물을 속으로 삼켰다. 그의 실력은 아홉 신의를 제외하고 제세원에서 제일이다. 비록 특정 부분에서 다른 사제들보다 못한 것이 있기는 하더라도 총체적으로 그가 가장 낫다는 것은 자타가 인정하는 사실이었다. 위험한 고비를 넘겼다고 평일측이 말했지만 단홍주의 눈에는 죽을 시간을 좀 뒤로 미룬 것으로 보일 뿐이었다.

윤극사는 고개를 숙인 채 훌쩍훌쩍 울었다. 아무도 달래려 하지 않았다.

평일측이 이청무의 귀에 대고 말했다.

"사형, 아이들이 왔소. 할 말을 하시오."

유언하라는 소리다. 이청무가 눈을 깜박이며 입술을 달싹거린다.

평일측이 귀를 이청무의 입가로 가져갔다. 간간이 평일측이 고개를 끄덕였다.

이윽고 평일측이 고개를 들며 말했다.

"이 사형께서는 십독십이약 외엔 홍주에게 더 가르칠 것은 없다고 하셨다."

단홍주가 스승의 침대에 엎드렸다.

평일측이 말했다.

"스스로 갈고닦는 것만이 남아 있을 뿐이니 한시도 게을리 해선 안 되겠지. 하붕은 모르는 것이 있으면 홍주에게 물으라고 하셨다."

하붕이 무릎을 꿇고 머리를 조아렸다.

평일측이 윤극사를 보면서 말했다.

"너는 원래 황 사형의 제자로 잠시 와 있을 뿐이라 이 자리에 있지 않아도 무방하다."

윤극사의 가슴에 찬바람이 일었다. 버림을 받은 기분이었다. 설움에 목이 콱 막혀왔다. 이청무는 자기에게 사부나 마찬가지라고 외쳤지만 생각 속의 메아리였다.

평일측이 말했다.

"하지만 네가 만약 본곡으로 돌아가지 않고 여기 남겠다고 한다면 이 사형께서는 네게도 십독십이약을 가르치겠다고 하셨다."

윤극사는 이청무의 시선을 따라서 천장을 올려다보았다. 지난 몇 달 간의 생활이 주마등처럼 지나갔다. 백초곡보다 제세원이 좋았다. 정신 없이 바쁘고 힘들긴 해도 배우는 기쁨과 일하는 보람이 있었다. 몇 달

만에 얼마나 많은 환자를 치료하고 돌봤는지 이루 헤아릴 수가 없다.

윤극사는 백초곡으로 돌아가면 어떤 일을 하는지 모른다. 백초곡 안에는 나이 든 노인들과 여자들, 그리고 어린아이들이 대부분이고 젊은 사람은 열 명도 되지 않는다. 제세원에서 경험을 쌓고 돌아온 젊은 사람들은 곡주의 명을 받아서 어디론지 떠나간다. 가족을 데리고 가는 사람도 있고 혼자서 갔다가 간혹 백초곡에 다녀가는 사람도 있었다.

윤극사는 그들이 얼마나 기쁜 일을 하면서 사는지는 몰라도 제세원에서보다 더 기쁠 것 같지는 않았다.

남을 수만 있다면 제세원에 남아서 평생 환자를 돌보고 싶다는 생각이 들었다.

십독십이약이라는 이청무의 비법을 얻고 싶어서가 아니라 그냥 있고 싶었다. 제육 신의 맹안국이 윤극사의 표정을 살피며 말했다.

"네가 선택하면 선택한 대로 될 것이다. 돌아가고자 하면 돌아갈 것이고 남기를 원한다면 남을 수 있다. 응당 본곡의 제자는 본곡으로 돌아가는 것이 원칙이지만 우리가 돕는다면……."

윤극사가 작은 소리로 말했다.

"전… 여기 있고 싶어요."

평일측이 손뼉을 두 번 치며 말했다.

"그럼 더 말할 것 없다. 너희들은 오늘부터 나와 이 사형과 함께한다. 사제들은 그만 돌아가서 미리 약조한 대로 하게."

구신의의 나머지 사람들이 대답하자 평일측은 윤극사와 단홍주, 하붕을 침대가로 더 다가서게 한 후에 침대의 장식을 이상한 방식으로 돌렸다.

순간 그륵그륵 하는 소리가 나면서 침대가 있는 주변의 바닥이 밑으로 가라앉기 시작했다. 기관 장치였다. 옆으로 떨어질 것 같아서 침대를 꼭 붙잡았다. 위를 올려다보니 우물 속에서 하늘을 보는 것처럼 이청무의 방 안 천장이 보였다.

쿵!

캄캄해졌다. 덮개가 덮인 모양이었다. 그런데도 그들이 선 곳은 흔들리며 더욱 밑으로 내려가고 있었다. 윤극사는 빛이라곤 한줄기도 없는 그곳에서 평일측과 단홍주, 하붕의 몸에서 흐르는 희미한 오색 기운을 보았다. 어둠 속에서도 그건 빛과 상관없이 볼 수 있었다.

가느다란 숨소리가 그륵거리는 기관 소리 속에서도 들렸다. 하붕과 단홍주도 긴장하고 있었다.

평일측이 무거운 음성으로 말했다.

"너희들은 십독십이약을 완전히 성취하기 전에는 나올 생각을 말아야 한다. 하지만 내가 옆에서 도울 것인즉 아주 어렵지는 않을 게야."

단홍주가 물었다.

"제자는 십독십이약이 있다는 말을 아직 듣지 못했습니다. 어떤 것인지요?"

"십독십이약은 이 사형의 생각으로 나를 비롯한 아홉 사람이 십칠년을 연구한 결정이다. 우리 제세원의 전부라고 할 수 있다."

평일측이 말했다.

"이 사형이 십칠 년 전에 중독당한 후에 깨달음을 얻은 데서 시작되었지. 이 사형이 말하길 만독(萬毒)은 무성한 잎에 불과하고 실상 그 뿌리가 되는 것은 십독(十毒)뿐이라고 하더구나. 이 사형은 독은 열 가지, 약은 열두 가지만 깊이 알면 모든 독과 약을 다 안다고 생각했어. 우리가 연구해 본 결과도 마찬가지였지. 다만 십독십이약의 전체를 아는 사람은 현재 이 사형뿐이다. 우린 각자가 부분을 나누어 연구했기에 다 알지를 못한다. 둘째인 나도 몇 가지 핵심적인 내용은 알지 못한다."

덜컹 하더니 흔들림이 멎었다. 땅이 치솟아 몸을 받치는 것 같은 느낌이 들었다. 평일측이 앞서 가며 말했다.

"다 왔다. 침대를 들고 내 뒤를 따르거라."

말이 끝남과 동시에 평일측의 손에서 눈부시게 환한 빛이 솟았다. 말로만 들었던 야명주(夜明珠)였다. 단홍주가 침대의 앞을 들고 하붕과 윤극사가 뒤에서 침대의 한쪽을 나누어 들었다.

그들이 내려온 곳은 말라 버린 아주 커다란 우물 같은 곳이었다. 옆으로 뚫린 동굴이 있었다.

땅속 깊은 곳에 내려와 머리 위에 흙을 두고 있다는 사실은 기묘한 압박감을 느끼게 했다. 몸이 눌린 것도 아닌데 심장이 터질 듯이 갑갑했다. 윤극사는 마음을 가라앉히며 아무렇지도 않은 척하려고 애를 썼다. 십 장쯤 걸은 것 같았지만 실제로는 삼 장도 안 되는 거리일지도 몰랐다. 윤극사의 인식은 그만큼 심리적인 영향을 받고 있었다.

크고 둥근 토실(土室)에 이르렀다. 평일측은 야광주를 토실 가운데 있는 약사여래(藥師如來)의 손바닥에 놓았다. 제자리를 찾은 양 토실이 환하게 밝아진다.

토실의 둥그스름한 벽을 따라서 흙으로 빚은 인형들이 서 있다. 실제 사람 크기인데 모두 아홉 개다. 그 아홉 개의 인형들의 앞에는 무릎과 비슷한 높이의 단(壇)이 하나씩 놓여 있으며 단 위에는 각기 위패와 향로가 놓여 있고 향로 옆에는 저마다 몇 권씩의 책들이 쌓여 있었다.

평일측이 말했다.

"여기 계신 분들은 항렬로 너희들에게 태사조가 된다. 우리 제세원을 세웠던 첫번째 구신의이시지."

인공으로 만든 것인지 저절로 만들어진 것인지 모를 커다란 지하 공동이다. 습기는 없었지만 볕도 들지 않는 적막한 곳인데 성스러운 삶을 살았던 맨 처음의 구신의들의 위패가 모셔져 있었다. 제세원이 만들어질 때 함께 만들어진 이곳을 평일측은 사야동부(師爺洞府)라고 불렀다. 처음의 구신의들이 모두 죽은 후에 붙여진 이름인 것 같았다.

윤극사 등은 평일측이 시키는 대로 아홉 개의 위패 앞에 향을 태우고 절한 후에 이어진 다른 방으로 들어갔다.

그곳에도 약사여래의 상이 서 있었고 평일측이 가져왔던 야명주를 역시 약사여래의 손바닥에 올렸다. 아홉 개의 침대가 덩그렇게 놓여 있는 방이었다.

사야동부에 있는 방은 전부 다섯 개였다. 삼황오제(三皇五帝)의 한 명인 신농씨의 상과 함께 약재와 의술 도구들과 한옥 침상이 놓여 있는 방은 연구를 하는 곳이었고 말린 음식들과 작은 샘, 그리고 땔감이 있는 부엌이 있었으며 백초곡의 조사 의성자의 상이 있으며 이상하게 생긴 솥들과 그릇이 가득한 방도 그 다섯에 포함되어 있었다. 연기는 어디로 빠져나가는지와 크고 작은 생리 문제는 어떻게 해결하는지는 수수께끼였다.

이청무는 한옥 침상에 누웠다. 평일측이 윤극사와 단홍주, 하붕에게 말했다.

"시간이 없다. 이 사형은 고비를 한 번 넘겼지만 오늘을 무사히 넘길 수 있을 거라고 단정할 수가 없다. 우린 당장 공부를 시작해야 한다. 마지막 가르침을 베풀 스승께 아홉 번의 절을 올려라."

세 사람이 절을 마치자 평일측이 또 말했다.

"너희들은 이제 맹세해라. 이제 배우게 될 재주는 반드시 만 사람을 위해서 쓰고 사욕을 위해 쓰지는 않겠다고."

"맹세합니다."

윤극사는 입을 꽉 다물면서 말했다. 단홍주와 하붕 역시 맹세했다.

평일측이 또 말했다.

"십독십이약은 이 사형의 특출한 공부다. 너희 세 사람은 이 공부를 후세에 전하되 반드시 전인의 사람됨을 살펴야 한다. 사람이 아닌 자가 이 공부를 익히게 되면 오로지 세상에 해가 될 뿐 득은 없기 때문이다."

"명심하겠습니다."

평일측이 아주 엄숙한 표정으로 말했다.

"또한 너희들은 훗날 재주를 잘못 쓰는 자를 보거든 반드시 죽여라. 사람을 살리는 것만이 의술은 아니다. 때로는 죽이는 것으로 의도(醫道)를 바르게 할 수 있다는 것을 명심해라. 그러나 의원이 아닌 자에 대해서는 관여하지 마라. 그렇게까지 하는 것은 주제넘은 짓이니."

윤극사가 놀라며 평일측을 바라보았다. 평일측의 말은 전에 들었던 풍혼노인의 말과 일맥상통한 데가 있었다.

평일측이 한숨을 쉬면서 말했다.

"의원의 삶은 가장 힘들고 고통스러운 삶이니라. 아는 것도 몰라야 할 때가 있고 본 것도 못 본 것으로 해야 할 때가 있다. 가슴에 묻고 살아야 하는 것이 너무 많다는 걸 너희들도 알 날이 있겠지. 됐다. 이제 그만 다른 이야기는 집어치우고 공부를 하자."

평일측의 어조는 어쩐지 자비감(自卑感:자기를 낮고 천하게 보는 마음)

으로 가득했다. 윤극사는 그의 태도가 이청무의 중독 때문일 거라고 생각했다.

갑자기 단홍주가 침중한 어조로 말했다.

"평 사숙, 제자는 배우지 못하겠습니다."

"무슨 소리냐?"

평일측이 눈을 부릅뜨면서 말했다.

단홍주가 말했다.

"사부님께서 목숨이 경각에 달려 있는데 어떻게 우리를 가르치시고 우리는 또 어떻게 배우겠습니까? 제자는 배우지 않겠습니다."

평일측이 벌컥 화를 내며 말했다.

"천지를 모르는 아이처럼 구는구나! 홍주 너는 장차 제세원을 이끌 인재인데 그렇게 약한 소리를 하다니 내가 네 그릇을 잘못 봤구나!"

단홍주가 고개를 떨구었다.

평일측이 쩌렁쩌렁한 음성으로 호되게 질책했다.

"네 말은 일변 옳은 듯하지만 그것이야말로 극독으로 이 사형을 해치려 한 자를 돕는 것이라는 걸 왜 모르느냐? 너 자신의 작은 인정을 꺼내어 이 사형이 죽어도 눈을 감지 못하게 할 참이냐?"

단홍주와 하붕, 윤극사는 주먹을 불끈 쥐고 몸을 떨었다.

평일측이 단호하게 말했다.

"사형은 죽더라도, 아니, 우리 구신의가 모두 죽더라도 십독십이약은 남아야 한다!"

평일측의 음성에서 찬바람이 풀풀 일었다. 이청무의 중독에는 깊은 사연이 있다는 것을 다시 한 번 짐작할 수 있었다.

"제자가 잘못했습니다."

단홍주가 절하며 빌었다.

평일측은 거듭 탄식했다.

"너희들은 모른다. 아직 몰라야 하고. 공부하자. 각기 이 사형을 진맥하고 한 시진 안으로 약을 달여 와라. 너희들의 본초학(本草學)에 대한 공부를 내가 먼저 봐야겠다. 침으로 찔러야 물러가는 병도 있고 약으로 씻어야 하는 병도 있다. 약의 효능이 어디 씻는 것뿐이겠냐만서도 간단히 말하자면 그런 것이다. 십독십이약을 공부하는 중에는 사람이 다만 가죽 포대일 뿐이라는 사실을 잊지 마라. 위가 터지고 밑이 이따금 열리는 가죽 포대란 사실을."

본초학은 초목의 약과 독을 모두 포함한 학문이다. 근본은 신농본초경(神農本草經)이며 그 안에는 삼백육십다섯 가지의 약초와 독초가 기록되어 있다. 이후 약초와 독초의 종류는 점점 늘어나 제세원이 다루는 초목의 종류는 사천 종에 육박하고 있었다.

윤극사는 두 사형이 먼저 진맥한 후에 이청무를 진맥했다. 학정홍의 독기는 몸 밖으로 배출된 것 같았지만 독은 이청무의 내장을 이겨놓은 밀가루 반죽처럼 여리게 만들어놓았다.

이청무가 원래 건강하고 기운이 넘치는 사람이었다면 침술로 기운을 내장으로 돌려서 크게 효과를 볼 수 있겠지만 이청무의 몸에는 남는 기운이 없었다. 풍혼노인이나 담대백옥 같은 무림인들의 경우와는 전혀 달랐다. 평일측이 먼저 약을 지으라고 한 것도 그런 이유 때문이리라 생각되었다.

단홍주가 약방문을 적어서 평일측에게 보이고 있었다. 평일측이 고개를 끄덕이며 말했다.

"홍주는 큰 약의 여러 효능을 아는구나. 가서 지어라."

단홍주가 인사를 한 후 약재를 챙겨서 부엌으로 갔다. 소매로 자꾸만 눈물을 닦는 게 보였다.

하붕은 깊이 생각하며 선뜻 약방문을 내지 않았다. 윤극사가 약방문을 다 썼을 때에야 하붕은 약방문을 쓰기 시작했다.

윤극사는 약방문을 다 쓰고도 하붕이 먼저 약방문을 바치길 기다렸다가 함께 바쳤다.

평일측이 하붕의 약방문을 읽고 말했다.

"네가 환자를 보는 눈을 조금 떴구나. 사람마다 그 몸이 비슷한 듯해도 서로 다르다는 것을 알았으니 앞으로 발전이 있겠구나."

평일측은 또 윤극사에게 말했다.

"의생은 모험을 모른다. 언제나 생사의 언저리에 서 있기 때문이다. 네 사형들에게 많이 배워라."

칭찬인지 질책인지 모를 말이었다. 그냥 '예, 명심하겠습니다' 하고 대답했다.

하붕과 윤극사는 저마다 약을 챙겨서 그 방을 나왔다. 그들의 뒤에서 평일측이 이청무에게 말을 건네고 있었다.

"사형은 복이 많은 줄 아시오. 내 큰 제자 상연이 그놈은 사형의 둘째인 하붕에게도 미치지 못하는 것 같소. 나이는 훨씬 많은 녀석이……."

하붕도 들었겠지만 표정에 아무런 변화가 없었다.

부엌에 들어가니 단홍주가 불을 지피고 있었다. 윤극사는 단홍주도 자기가 하는 것처럼 손바닥을 불에 넣고 불 맛을 보는 것을 보고 놀랐다. 하붕이 태연한 것을 보니 하붕도 알고 있는 것이 틀림없었다. 자기 혼자만 이청무에게 몇 마디 말로 듣고 배웠는 줄 알았다. 이청무가 가르치는 것이 원래 그런 방식이었구나, 생각하며 부끄러워졌다.

오히려 윤극사가 불 맛을 볼 때 단홍주와 하붕이 놀랐다.

윤극사가 몇 가지 땔감을 고른 후에 불을 피우고 손을 불속에 넣었을 때 하붕이 기겁하며 외쳤다.

"사제, 그건 함부로 하면 손을… 엇!"

윤극사는 그제야 자기와 사형들이 불 맛을 보는 방법이 조금 다르다는 것을 알았다. 하붕과 단홍주도 윤극사의 방법이 자기들의 방법과는 차이가 있다는 것을 알았다.

윤극사는 뜨거움을 느껴도 불속에서 고통스럽지는 않았는데 두 사형들은 손을 넣었다 뺐다 하고 있었다. 그들은 오랫동안 불속에 손을 넣고 있지 못했다.

윤극사는 왼손을 불속에 넣고서 오른손으로 땔감의 양을 조절하며 불을 가꾸었다.

단홍주가 물었다.

"고통스럽지 않느냐?"

"예, 견딜 만해요."

단홍주와 하붕이 놀라서 입을 벌렸다. 윤극사도 곰곰히 생각해 보니 이상했다. 불속에 계속 넣어두면 쇠도 빨갛게 달아오를 텐데 그의 손은 뜨거움을 느낄 뿐 아무렇지도 않았다. 나중에 빼서 보면 그을음은 묻어도 다른 손으로 잡았을 때조차 뜨겁지 않았다. 즉, 뜨거움을 느낄 뿐 뜨거워지지는 않았던 것이다.

조금씩 조금씩 늘어서 그렇게 된 것이다 보니 그 과정에서는 신기한 줄도 몰랐다. 윤극사는 벌겋게 된 숯을 손 안에 움켜잡았다가 놓았다. 불이 너무 빨라지는 것을 막는 방법이었다.

단홍주가 물었다.

"손으로 스며드는 화기를 어떻게 흩느냐?"

윤극사가 말했다.

"처음에는 고약과 침으로 했습니다. 그 후 이 사숙께서 파란 고약을 주셔서 손에 발랐더니 화기가 쉽게 빠져나가더군요."

하붕이 머리를 저으며 말했다.

"그 고약은 우리도 받았다. 하지만 손을 불속에서도 타지 않게 할 만한 공능은 없다."

윤극사는 잠시 생각하다가 말했다.

"어쩌면 제가 기운을 바꾸었는지 모르겠습니다."

"기운을 바꾸다니? 무슨 말이냐?"

단홍주가 물었다.

윤극사는 담대백옥이 찾아왔을 때 치료해 준 이야기를 했다. 기운이 몸 밖으로 흐르는 것을 봤다고 하자 다들 놀라움을 금치 못했다.

"그 무공을 배웠단 말이냐?"

하붕이 물었다.

윤극사는 머리를 저었다.

"배우진 않았지만 아마 관련은 있을 것 같습니다. 저는 손이 뜨거울 때 제 손에도 그때 담대백옥이란 사람의 몸 밖에 흰 기운이 감싸고 있었던 것처럼 기운이 보호하면 얼마나 좋을까 하고 생각하곤 했습니다. 그러다 보니 점점 불속에서 견디는 시간이 길어졌고 이제는 아무렇지도 않게 되었습니다."

단홍주가 머리를 절레절레 흔들었다. 손이 불속에서 타지 않는 것도 이상하지만 기운을 눈으로 봤다는 것은 도무지 믿음이 가지 않는 이야기다.

하붕이 단홍주에게 물었다.

"사형, 이럴 수도 있습니까?"

단홍주가 말했다.

"막내가 가졌다는 두병신지와 연관이 있을지도 모르겠다. 시간이 날 때 펑 사숙께 여쭤보자."

약이 다 달여질 때까지 세 사람은 다른 이야기를 주고받지 않았다. 탕기에 들어간 약만큼이나 중요하다는 간절한 마음을 담고자 애썼다.

펑일측은 세 사람이 달여 온 약을 이청무에게 먹였다. 동시에 세 가지 약을 먹을 수는 없는 것이지만 세 사람 다 독한 약을 쓰지 않았기 때문에 해가 없었다. 이청무는 그사이에 조금 더 좋아진 것 같았다. 약을 먹고 나자 얼굴에 불그스름한 빛이 감돌았다.

윤극사가 이청무에게 침을 놓았다. 펑일측이 그의 솜씨를 보고 감탄해 마지않았다.

"침술로는 당세에 너를 능가할 사람이 없겠구나. 복이다, 복이야."

윤극사는 침을 거두고 주먹을 꽉 움켜쥐었다.

"어쩌면……."

이청무를 살릴 수 있지 않을까 하는 생각이 들었다.

이청무의 하단전에 맑은 기운이 숨어 있었다. 아주 적은 양이고 미세하긴 했지만 맑고 깨끗한 기운이었다.

"무슨 일이냐?"

단홍주가 불안한 어조로 물었다.

윤극사는 숨을 들이키고 말했다.

"이 사숙의 하단전에 맑은 기운이 있습니다."

"뭣?"

펑일측이 소리치며 윤극사의 팔을 덥석 잡았다.

윤극사가 말했다.

"막혔던 우물에 물이 새로 고이는 것처럼 기운이 모이고 있습니다. 그 기운을 잘 이끌면……."

뒤의 말을 듣는 사람은 없었다. 들을 필요도 없는 말이기 때문이다. 펑일측과 단홍주, 하붕이 이청무를 새로 진맥했다. 윤극사의 말대로였다. 펑일측이 뛸 듯이 기뻐했다.

이청무가 회복할 기미를 보이면서 지하 동굴 속의 분위기는 확 변했다. 펑일측은 서둘러 십독십이약을 가르치려 하지 않았다. 이청무가 일어난 후에 직접 가르치게 하기 위해서였다. 이청무의 몸을 네 사람이 번갈아 진단하고 약을 쓰고 침을 놓았다. 약을 마신 이청무는 약에 취해서 깊은 잠에 빠져들었다.

하룻밤을 꼬박 새웠다. 땅속에서 뜨고 지는 해가 보일 리 없지만 의원으로서 단련된 그들의 몸은 시간의 변화를 여측없이 느끼고 있었다. 계명성(啓明星)이 뜰 무렵 그 기운을 받았는지 이청무도 눈을 떴다. 윤극사는 핏덩어리가 가득한 이청무의 변을 받아내고 오리 깃털을 이용해서 소변을 받았다. 소변에서도 덩어리 진 피가 뚝뚝 떨어졌다. 윤극사는 속이 후련해짐을 느꼈다. 약으로서 병을 씻는다는 말의 참 의미를 깨닫는 것 같은 기분이었다.

이청무는 혈변을 보면서 그 고통이 말로 표현할 수 없을 것임에도 불구하고 코 한 번 찡그리지 않았다.

윤극사가 받아낸 변을 땅에 묻고 돌아올 때였다. 방 안에서 펑일측의 음성이 들려왔다.

"다행히 살긴 했소만 처음부터 독인(毒人)이 되었더라면 아이들을 놀래키지 않아도 됐을 것 아니오. 사형은 듣기에 못마땅할지 몰라도 내가 보기엔 홍주조차 아직 사형만 쳐다보고 사는 것 같았소."

"십독십이약 외에는 내가 그 아이에게 가르칠 게 없다. 다 가르쳤다."

이청무의 건조한 음성이었다.

윤극사는 대화를 방해하지 않기 위해서 까치발로 걸어서 방으로 갔다.

평일측의 음성이 들렸다.

"그 말은 전했소. 그래도 홍주는 그렇게 믿는 눈치가 아니었소. 자기가 다 배웠다는 줄도 모르고 있는 거요."

윤극사는 걸음을 멈췄다. 두 사람이 주고받는 대화는 당사자가 있는 곳에서 하는 말이 아니라는 생각이 들었다. 방에 단홍주와 하붕이 없다면 자기도 가선 안 된다.

잠깐 멈춘 사이에도 평일측의 말이 들려왔다.

"사형이 죽었더라면 무엇보다 십독십이약을 다 아는 사람이 없어졌지 않겠소? 자기 목숨을 그렇게 경솔히 해서야……."

"사제가 나를 질책하는군. 내가 죽었다고 해도 오 년이면 사제들이 다시 십독십이약을 완성할 텐데 무슨 걱정인가?"

"이번은 뭐라 해도 사형 잘못이 크오. 이제 사형이 죽지 않을 것 같으니 나도 속에 있는 말을 좀 한 것뿐이오. 너무 서운해하지 마시오."

평일측이 말했다.

이청무가 말했다.

"내가 독인이 되었다면 십독십이약을 시험해 볼 수가 없지 않은가?"

윤극사는 엿들으면 안 된다고 생각하면서도 걸음을 떼지 못했다. 사숙들이 주고받는 이야기들이 그의 발을 붙잡고 있었다.

평일측이 말했다.

"십칠 년 전에는 공작담(孔雀膽)을 먹었고 이번엔 학정홍을 드셨으니 천하의 극독이란 극독은 고루 드셨소이다."

"십독십이약을 시험하기 위해서는 이보다 나은 방법이 없어."

이청무의 말에 평일측이 격앙된 음성으로 물었다.

"그래서 학정홍이 든 줄 알면서도 약을 마시고 우리를 불렀단 말이오?"

이청무는 대답하지 않았다. 윤극사는 그만 '아!' 하는 소리를 내고 말았다.

제6장 백초곡 비사

백초곡 비사

갑자기 문이 벌컥 열렸다. 평일측이 윤극사를 노려보았다. 윤극사는 고개를 푹 떨구고 작은 소리로 말했다.

"잘못했습니다."

"허허!"

평일측이 기가 막힌 듯 헛웃음을 웃으며 말했다.

"홍주가 너를 못 만난 모양이구나."

단홍주에게 윤극사를 데리고 다른 곳에 가 있으라고 명을 내렸던 모양이다. 그런데 단홍주는 감히 어른들의 말을 엿듣게 될까 봐 문앞에서 윤극사를 기다리지 못하고 찾아나섰다가 만나지 못한 것이었다.

윤극사는 평일측 앞에 무릎을 꿇고 말했다.

"제자, 드릴 말씀이 있습니다."

"들어와라."

이청무가 나직한 소리로 안에서 말했다.

윤극사는 이청무 앞으로 나아가서 역시 무릎을 꿇었다. 이청무는 침대에 일어나 단정히 앉아 있었다. 여느 때처럼 한기가 감도는 모습이었다.

윤극사가 입을 열었다.

"제가 사숙께 처음 약을 올리기 전날 밤이었습니다. 물을 생각하다가 네 번째 우물의 물맛은 어떤지 알고 싶어 밤에 갔다가 보지 말아야 할 것을 봤습니다."

평일측이 혀를 찼다.

"너는 듣지 말아야 할 것도 잘 듣고 보지 말아야 하는 것도 잘 보는구나. 의원의 길이 쉽지 않음을 벌써 안 것같이."

어제 여기로 와서 평일측이 의원의 길이 어렵다면서 했던 말도 바로 그 말이었다. 윤극사는 부끄러움에 낯이 뜨거워 고개를 들 수가 없었다. 자기가 남의 비밀을 엿보고 엿듣는 사람으로 평일측과 이청무가 생각할 것 같았다.

"제자는… 혹시 그 일이 사숙께서 중독되신 것과 관련이 있지 않을까 싶어서……."

윤극사는 그날 밤에 있었던 일을 다 이야기했다. 그 때문에 마진곤과 동추선이 추궁을 받을지도 모른다는 생각이 들었지만 사문의 어른이 드시는 약에 독이 들어간 일이 발생한 만큼 숨기지 않는 것이 더 옳은 도리일 것 같았다. 더구나 그 약을 지은 사람은 바로 윤극사 자신이었다. 구신의가 원흉을 미리 짐작하고 있지 않았더라면 윤극사가 제일 먼저 의심을 받고 고문을 당했을 수도 있는 일이었다.

이청무가 윤극사를 빤히 보고 있었다. 평일측도 무거운 표정이었다.

마진곤은 현재 본곡에서 나온 제자들 중 가장 연장자로 평일측에게 배우고 있는 중이었다.

이청무가 입을 열었다.

"홍주와 붕을 데려오너라."

윤극사는 방을 물러 나왔다. 이청무와 평일측은 서로 생각에 잠긴 듯 입을 다물고 있었다.

단홍주와 하붕을 데리고 방으로 다시 돌아오자 이청무가 평일측에게 물었다.

"사제는 그런 일이 있다는 걸 알고 있었는가?"

평일측이 머리를 저었다.

"몰랐소. 그 아이들이 감히 그런 짓을 할 줄이야."

윤극사의 말을 들어보면 아주 오랫동안 꾸준히 일어난 일인 것이 분명함에도 평일측 등 구신의는 전혀 모르고 있었던 것이 틀림없었다. 빈틈없이 바쁘면서도 단조로운 규칙적인 생활이 의외로 그런 빈틈을 만든 것이기도 했다.

평일측이 한숨을 내쉬었다.

"상황이 더 심각한 듯하오. 이왕 내쳐진 일이오. 아마 이 아이들에게 숨김없이 말하라는 하늘의 뜻이 아닌가 싶소. 사형도 뜻만 고집하지 말고 흐름에 맡기고 상황에 순종해 보기도 하시오. 그가 네 번째 우물의 비밀을 이미 알고 있었으니 이제 십독십이약으로는 완전히 안심할 수도 없소."

이청무가 고개를 끄덕였다. 단홍주가 이청무를 침대에 눕혔다.

이청무가 가만히 천장을 보며 숨을 고른 후에 말했다.

"지금부터 내가 하는 말을 잘 들어라."

세 사람이 즉시 무릎을 꿇었다.

이청무가 말했다.

"나는 홍주가 내 뒤를 잇고 붕이 홍주를 지탱할 수 있게 하기 위해서 가르치는 것을 서로 조금씩 달리했다. 또 기간이 얼마 되지는 않았지만 극사를 잘 가르쳐서 본곡으로 돌아간 후에 곡주의 뒤를 잇게 하려는 생각을 가졌다."

윤극사는 깜짝 놀라서 고개를 들었다. 자기를 백초곡의 곡주로 만들려고 했다니……. 단홍주와 하붕도 놀란 표정을 지었다.

단홍주가 한숨을 쉬면서 말했다.

"저는 사부님께서 막내로 하여금 뒤를 잇게 하시려는 줄 알았습니다."

이청무의 음성이 약하고 탁했다. 말하는 데 힘이 많이 드는 까닭이었다. 속삭이는 소리 같았다.

"극사에 대해서는 황 사형과도 서신으로 한 번 이야기가 있었다. 황 사형도 내 제안에 기뻐하셨다. 그러나 요 얼마간 황 사형에게서 연락이 오지 않는구나. 아마 내게 이런 변고로 봐서 황 사형은 깊은 곳으로 숨었거나 변고가 생겼을 것이다. 이제 사제가 우리 백초곡에 대해서 자세히 알려주게. 그동안 나는 잠시 쉬어야겠어."

"알겠소. 휴……."

평일측이 긴 한숨을 내쉬었다.

"백초(百草)… 백초……. 너희들이 익히 알고 있겠지만 전설에 의하면 옛날 의약의 시조인 신농씨(神農氏)는 백 가지 풀을 직접 맛보아서 약초와 독초로 구분했으며 그 때문에 하루에 백 번 죽었다 살아났다고 한다. 우리 백초곡의 백초는 신농씨의 백초에서 따왔다. 그리고 천산(天山)에서 그 기초를 닦았지."

"예?"

윤극사가 어리둥절한 표정을 지었다.

"이상하게 생각할 것 없다. 원래 천산에 있던 것을 중악으로 옮겨 지금의 백초곡이 됐으니까."

평일측이 말했다.

"천산은 산이 깊어 온갖 약초와 이물(異物:기이한 동물)이 많지만 변방이라서 사람이 거칠어진다는 문제가 있었지. 또한 의술을 펼치려 해도 깊은 산중에야 다만 다친 짐승들이나 어슬렁거릴 뿐이지 환자가 찾아올 리 없지 않겠느냐? 간혹 몇 사람이 세상에 나가서 의술을 펼치다가 돌아올 때는 책과 종이나 여자들이 쓰는 물건들을 사 오곤 했어. 그래서 젊은 사람들의 불만이 대단했다. 물론 나도 들은 이야기일 뿐이다만서도."

평일측이 혼자 웃고 말을 이었다.

"의성자 조사 이후로 천 년 동안 천산에 박혀서 의술을 갈고닦았으니 어린아이부터 여자나 노인에 이르기까지 세상을 놀래킬 만한 재주가 없는 사람이 없었다. 그러나 의생이란 건 원래 병이 있어야 재주가 빛나고 자기를 뽐낼 수 있는 법인데 천산 백초곡에는 의생은 수백이었지만 병은 거의 없었지. 어쩌다가 작은 병이 생기면 자기가 고치거나 먼저 본 사람이 고쳐 버리니 세상의 병자들은 의원을 만나기 어렵고 의원들은 병은 봐도 약을 구하지 못한다면서도 백초곡에서는 약이 있고 의원이 있어도 병이 없는 형세였어."

윤극사는 지금의 백초곡도 마찬가지라고 생각했다. 환자가 없어서 토끼의 맥을 짚어봤던 자기의 처지를 떠올리면 천산 백초곡에 살았을 조상들의 심정이 이해가 되었다. 그러나 한편으로는 병과 고통이 없는 그런 곳이야말로 세상이 진정코 바라는 이상향이라는 생각이 들었다. 제세원에서 날마다 꾸역꾸역 밀려드는 환자들을 보면 세상 천지가 병자와 아픈 사람으로 가득 차 있을 것이라는 생각을 절로 하게 되었다.

평일측이 말했다.

"하지만 다른 방법은 없었다. 조사(祖師)께서 남기신 말씀 때문에 백초곡을 함부로 떠날 수가 없었어. 조사께서 엄명을 내리시길 본초학은 의약의 근본이니 장차 세상에 크게 쓰이려면 적어도 사천 가지 약초의 성질과 재배 방법을 모두 알고 난 후에 세상에 나가라고 하셨으니까. 사천 가지 약초를 채집하기 위해서 천산 준령을 오르내리고 멀리 천축까지 갔다 오는 사람도 있었다. 그러나 사천 약초는 쉽게 이루어지지 않았지. 그건 우리 제세원의 본초학이 아닌 세상의 약을 보면 쉽게 알 수 있다. 신농본초경에 처음 365가지가 있었으며 이후 증보되어 1,558가지, 기타 의원이 저마다 알고 있는 약초와 처방이랬자 고작 한두 가지에서 많아야 서너 가지인데 그나마 서로 입을 열고 보면 중복되기 마련이다."

윤극사는 평일측의 말을 들으며 속으로 생각했다.

'아홉 사숙들께서 연구하여 만들었다는 십독십이약은 조사의 뜻과 거꾸로 간 것이구나. 특히 십독십이약이면 만독과 천약을 어우를 수 있다는 이 사숙의 생각은 조사의 뜻에 정면으로 맞서는 것이기도 하구나.'

평일측이 한숨을 쉬고 말을 이었다.

"백초곡에서는 약을 채집하고 연구하는 한편 하지 말아야 될 장난들이 은밀한 곳에서 이루어지기 시작했다. 가까운 사람들끼리 서로 병에 걸리게 하거나 상처를 입히고 치료하는 끔찍하기 이를 데 없는 짓이었지. 그 와중에 죽는 사람들도 있었지만 위에서 금지한다고 해도 될 일이 아니었다. 그 이후의 세세한 일들은 헤아릴 수도 없었다만 상세히 알 필요는 없다. 조사의 명이 결국은 완수되었고 여기 제세원이 세워졌으며 백초곡은 중악으로 옮겨가 지금의 백초곡 모습이 되었다."

하붕이 말했다.

"그 말씀으로 생각하면 예전에는 문제가 있는 듯하지만 지금은 아무 문제도 없는 듯합니다."

이청무가 작은 소리로 말했다.

"구신의가 곡주를 두려워한다는 것이 문제지."

윤극사는 속으로 생각했다. 백초곡의 곡주 방철군(方鐵君)은 조사로부터 49대이며 나이는 올해 마흔한 살이다. 부자 전승의 전통이 있는 것은 아니었지만 전대 곡주의 외아들로 아버지의 뒤를 이어서 곡주가 되었다. 윤극사가 알기로 곡주 방철군은 어질고 순한 사람이었지 남을 무섭게 할 만한 행동을 하는 사람이 아니었다. 평일측과 이청무의 이야기는 선뜻 받아들이기 어려운 부분이 너무 많았다.

평일측이 무거운 음성으로 말했다.

"우리는 구신의로서도 삼대(三代)다. 우리는 우리의 운명을 알고 있거니와 두 윗대 분들과 마찬가지로 우리도 죽을 때에는 시신조차 부지하지 못할 것이다."

단홍주가 눈을 번쩍 뜨면서 물었다.

"무슨 까닭입니까?"

평일측이 싸늘한 어조로 말했다.

"여기 누워 있는 네 사부가 말하고 있지 않느냐? 우리는 언젠가는 독살당하기 마련이다. 독을 마시고도 몸을 온전히 보존할 수 있겠느냐? 윗대 열여덟 분의 사부와 사조들은 모두 한 줌의 핏물로 화해서 돌아가셨다."

"그럴 수가!"

윤극사와 단홍주, 하붕은 너무 놀라서 입을 다물지 못했다. 정말인지를 묻는 눈으로 이청무를 보니 이청무의 입가에 씁쓸한 미소가 걸려 있었다.

하붕이 흥분하여 소리쳐 물었다.

"왜? 누가? 왜 그렇게 합니까? 곡주입니까?"

"그렇다."

평일측이 대답했다.

쿵 하고 가슴이 무너지는 듯한 소리가 윤극사와 단홍주, 하붕의 귀에 들린 것 같았다. 충격이었다.

기묘한 침묵 속에서 평일측이 말을 이었다.

"우리 제세원을 세운 분들은 천산 백초곡 시절 죄를 범했던 분들이다. 감히 하지 말아야 할 짓, 서로를 병들고 고통스럽게 한 후 치료하는 호사스런 짓을 하셨던 분들이지. 중악으로 백초곡을 옮기기로 결정했을 때 그분들은 제세원을 만들게 해달라고 당시 곡주께 간청을 드렸고 곡주께서 허락하여 제세원이 생겼다. 한데 그 후에 문제가 생겼다. 제세원의 의술이 본곡을 앞지르기 시작했던 것이다. 날마다 수많은 환자를 대하며 미친 듯이 연구하고 치료했으니 의술이 더 깊어지지 않을 도리가 없었던 것이지. 본곡에서는 죄인들의 의술이 오히려 더 깊고 정묘해지는 걸 방치해선 안 된다고 생각했어. 그래서 본곡의 젊은 사람들을 제세원으로 보내서 실제 경험을 많이 쌓게 하는 한편 능력이 곡주를 뛰어넘는다고 판단된 사람은 독살해 왔던 거지. 이 사형이 십칠 년 전에 공작담으로 조제된 독약을 마셨고 그저께 학정홍으로 된 독약을 마시게 된 것도 그런 이유야."

윤극사는 머리를 저었다. 어떻게 그럴 수가 있단 말인가? 사람이 할 짓이 아니다. 뛰어난 의원이 많으면 많을수록 세상에 이로운데 그 재주를 시기해서 해친다는 것은 헛된 이름을 탐하는 것에 지나지 않는다. 시기심이 사람을 죽일 만큼 큰 힘이 있다는 것이 무섭다. 더구나 평온한 속에 그러한 시기의 칼이 소리없이 흐르고 있었다는 것은 전율하지 않을 수 없게 한다.

"부당합니다!"

단홍주가 단호한 음성으로 말했다.

"부당하지 않다."

이청무가 침상에서 입을 열었다.

"우리 대까지는 적어도 부당하다는 말을 쓸 수 없다. 세상에는 남의 죄를 크게 보고 죄인은 아무렇게 다루더라도 된다는 생각이 있다. 탓할 바도 못 된다."

"천산 백초곡 시절 사조들께서 저지른 잘못 때문입니까?"

하붕이 분노로 몸을 떨면서 물었다.

이청무가 말했다.

"사조들께선 큰 잘못을 저질렀다. 그래서 독살을 당하면서도 본곡에 아무런 말씀도 하지 않았다. 죗값을 치른다고 생각했다. 사부들은 사조들의 죄를 이어받았다. 사부들이 배운 의술은 사조들이 죄를 지으며 이룬 것들이니까. 우리 역시 마찬가지다."

하붕이 천천히 항의하듯이 말했다.

"그럼 저희들도 암중에 독을 받고 죽어야 합니까?"

이청무가 강건한 어조로 말했다.

"아니다. 죄는 우리 대까지 이르는 것으로 족하다. 사조들께서 속죄의 뜻으로 작정하신 백만의 환자를 치유하는 대사업이 우리 대에서 끝난다. 길을 벗어나 큰 잘못을 저질렀지만 세상에 베푼 그분들의 공로 또한 적지 않다."

이청무의 음성에선 열기마저 느껴졌다.

평일측이 말했다.

"너희 사부께선 후대에 그 죄와 벌이 전해지지 않게 하기 위해서 자신을 희생하셨다. 십칠 년 전에 공작담의 중독에서 기적적으로 회생하신 후 십독십이약의 기초를 만들고 우리가 함께 연구한 것도 그 때문이었다."

평일측이 탄식했다.

"황 사형이 변을 당하지 않고 곡 내에서 무사하고 극사가 이 사형의 의술을 모두 배워서 돌아가면 능히 다음 대의 곡주가 될 수 있을 테고 그러면 모두 순조롭게 일이 풀릴 수 있었을 텐데 하늘이 쉬운 길을 허용하지 않는구나. 아니면 우리 제세원이 쌓은 공덕이 아직 부족한 때문이든지. 결국 너희 사부가 몸으로 십독십이약의 효능을 실험하게 되었으니……."

단홍주와 하붕이 눈물을 주르르 흘렸다.

이청무가 말했다.

"이미 사부들께서 본곡의 독에 대항하는 방법을 연구하긴 하셨다. 다만 독약공사(毒藥攻邪)를 근간으로 했기에 독인(毒人)이 되어 숨어살아야 하는 문제가 있을 뿐이었지. 하나 너희는 독인이 될 필요가 없다. 십독십이약을 만들고, 사용하고, 속에 간직하는 법을 모두 익힌다면 만독과 만병이 불침할 것이다."

단홍주가 크게 놀라며 말했다.

"그럼 바로 불사의 영약이라고 할 수 있지 않습니까?"

이청무가 씁쓸히 웃었다.

"황제내경이 책으로서는 의술의 큰 뿌리다 보니 자연 의술을 하는 사람은 불로장생과 신선의 술에 빠져 들곤 하지. 그러나 신선의 술은 믿을 바가 못 된다. 십독십이약도 다만 무병장수를 말할 뿐 불로장생을 말하지는 못한다."

이청무는 숨을 고르고 말했다.

"나를 비롯한 네 사숙들은 제세원이 영원하길 바라는 마음이다."

윤극사는 가슴이 뭉클했다. 평생을 환자와 의술에 헌신한 구신의의 마음이 느껴졌다.

"하나… 너희 평 사숙의 말처럼 우리 제세원의 공덕이 아직 부족한 모양이다."

윤극사가 물었다.

"네 번째 우물 때문입니까?"

평일측이 무거운 어조로 대답했다.

"그렇다. 이제 너희들이 십독십이약을 이룬 후 연구하고 대항해야 할 것은 바로 그것이다."

이청무가 말했다.

"사제, 가서 그걸 가져오게."

평일측은 이청무의 말에 따라 밖에 나가서 꼭지가 막히고 새까만 액체가 담긴 유리병을 하나 들고 왔다. 윤극사는 보자마자 그 액체가 네 번째 우물에서 마진곤이 길어냈던 그 물이라는 것을 알았다.

이청무가 물었다.

"그게 무엇인지 누가 아느냐?"

다들 고개를 저었다. 냄새도 맡지 않은 채 색깔만 보고 약을 아는 재주가 있을 턱이 없다.

평일측이 말했다.

"이 아이들이 어떻게 알겠소? 아직까지 세상에서 이것을 아는 사람은 거의 없을 것이오."

이청무가 머리를 저었다.

"반드시 그렇게만 볼 수는 없다. 대식국에서는 이것으로 귀신을 쫓기도 했고 그 옛날 고려에서 전쟁에 사용했다는 기록도 있다."

평일측이 말했다.

"하지만 그들 중 누구도 이것의 진정한 가치를 몰랐고 쓸 줄도 몰랐소."

"사제 말이 옳다."

이청무가 웃었다. 평일측의 말에는 제세원에 대한 강한 자부심이 들어 있었다.

이청무가 말했다.

"그 액체를 우리는 혼돈석유(混沌石油)라고 부른다."

"석유!"

놀라서 단홍주와 하붕이 소리쳤다.

윤극사가 물었다.

"공청석유와 같은 종류입니까?"

"공청석유는 만고의 영약이다. 공청석유와 같은 석유의 일종이지만 그 효능이 짐작하기가 어려울 정도다."

"공청석유 따위를 어찌 여기에 비하겠느냐?"

평일측이 코웃음을 치며 말했다.

"기껏해야 공청석유는 죽을 몇 사람을 살리는 효능밖에 없겠지만 이 혼돈석유로 말하면 장차 새로운 문명을 낳게 될 것인즉."

입을 다물 수가 없었다. 모두들 놀라서 가슴을 두근거리며 유리 병 속의 검은 액체를 보았다.

"천지개벽(天地開闢)이지, 천지개벽."

평일측의 음성에도 흥분이 섞여 있다.

이청무가 한숨을 쉬었다.

"긴 세월 동안 신중한 연구가 필요한 일이다. 섣불리 욕심으로 할 일은 아니다. 사조들께서 이곳 종남산 아래에 제세원을 세우신 것도 혼돈석유를 발견했기 때문이지. 하지만 아무리 생각해도 본곡에서는 어떻게 혼돈석유에 대해서 알게 되었는지 모르겠다."

단홍주가 말했다.

"사부님, 말씀을 너무 많이 하셨습니다. 좀 쉬십시오."

이청무가 입을 다물었다. 단홍주가 약을 챙겨서 나갔다. 하붕과 윤 극사가 양쪽에서 이청무의 몸에 추나를 실시했다. 평일측이 그들에게 먹을 것을 가져다 주었다.

윤극사는 머리 속에 안개가 자욱한 것 같았다. 앞날이 안개 낀 강처럼 보일 듯하면서도 가려져 보이지 않았다. 자기의 운명이 보이지 않는 커다란 흐름에 합쳐졌다는 것을 느꼈다. 그러나 그 운명의 길이 자기가 원했던 꼭 그 길만은 아닌 것 같아서 불안했다.

단홍주가 약을 가져와 마신 후 이청무는 혼돈석유에 대하여 연구되어 있는 만큼을 말해 주었다. 이름을 혼돈석유라고 한 것은 태초의 혼돈처럼 그 안에서 헤아릴 수 없이 많은 것들이 나올 수 있기 때문이었다. 혼돈석유를 정제하면 불도 나오고 약도 나오며 독도 나온다고 했다. 나오는 불의 종류도 헤아릴 수 없고 약의 종류도 헤아릴 수 없으며 독도 마찬가지라고 했다. 심지어 쇠보다 단단하면서도 가벼운 것도 나오고 명주실보다 질기고 가는 실도 나온다고 했다.

윤극사는 혼돈석유가 혼란스럽게만 느껴졌다. 이 세상의 것이 아닌 것 같았고 생각할수록 머리가 어질어질했다. 한 번 맡았던 그 이상한 냄새가 다시 코를 자극하는 것 같았다.

이청무는 몸이 회복되기 시작하면서 그 차가움부터 회복했다. 그는 한옥 침상에 앉아서 십독십이약에 대해서 개괄적인 설명을 하고 열 가지 독약 중 하나를 알려주며 제조하라고 명했다. 제법이 워낙 엄격하고 까다로워서 그 한 가지를 성공하는 데도 세 사람이 힘을 합쳐 마흔 번이 넘는 실패를 경험했다. 오 일 만에 첫 번째 독약이 만들어졌다. 두 번째 독약도 오 일이 걸렸다. 세 번째 독약부터 열 번째 독약까지는 고르게 사 일씩 걸렸다. 날마다 독과 함께 하루를 시작하고 독과 함께 하루를 끝낸 지 벌써 두 달이 가까워지고 있었다.

열 가지 독이 모두 갖추어지고 난 후에 이청무는 열두 가지 약을 가르쳐 주었다. 열두 가지 약을 다 만드는 데는 꼬박 백삼십일곱 날이 걸렸다.

이청무는 그사이에 기동을 할 수 있을 만큼 몸이 좋아지기는 했지만 여전히 힘을 쓰지는 못했다. 항상 평일측이 옆에서 그를 수발했다. 십독십이약의 효능을 몸으로 실험하기 위해서 학정홍이 든 약을 마신 이청무에게는 처음의 구신의들이 서로의 몸으로 병을 시험했다는 그 병적인 탐구열이 이어져 있는지도 몰랐다. 그 실험을 지켜보지는 못했지만 윤극사 등은 이청무와 평일측이 십독십이약에 대해 확신을 가지고 있다는 것을 알았다.

십독십이약을 만드는 중에 단홍주와 하붕, 윤극사는 서로 머리를 맞대고 독과 약의 제조에 있어서 난제를 풀어야 했다. 실패의 원인을 찾아내는 것도 어려웠고 혹시 엉뚱한 결과가 나오더라도 그것에 대한 기록을 남겨야 했기에 이만저만 고생이 아니었다. 하루에도 몇 번씩 중독되었으며 정신을 잃었다가 깨어나는 경우도 이틀에 한두 번은 있었다. 정신을 잃었을 때 다른 사람이 해독시켜 주지 않으면 그대로 죽는 것이다. 세 사람이 모두 정신을 잃을 때면 평일측이 달려가 그들을 해독시켰다.

그런 고생 끝에 십독십이약이 모두 완성되어 이청무 앞에 놓인 날 윤극사와 단홍주, 하붕도 기뻐했지만 이청무와 평일측도 감개무량한 표정을 지었다.

평일측이 껄껄 웃으며 말했다.

"이렇게 기쁜 날 축배를 들지 않을 수 없소. 사형, 물에 주정(酒精)을 풀어서라도 한잔하는 것이 어떻소?"

약재들이 있는 곳에는 술을 정제하여 만든 주정이 있었다. 술은 어떤 사람들에게 백약의 왕이라고 불리기도 하는 중요한 약이기도 하다.

이청무가 오연하게 말했다.

"이제 스물두 가지 술을 모두 먹게 될 테니 서두를 필요가 없다."

다들 눈이 휘둥그레졌다. 스물두 가지의 숫자에 맞는 것은 당장 볼 수 있는 것으로는 눈앞에 있는 십독십이약이 있었다.

"으하하하하하!"

평일측이 박장대소를 했다.

제7장 60개의 삶과 죽음

 60개의 삶과 죽음

단홍주와 하붕, 윤극사는 기쁨은 잠시고 새파란 불길을 내뿜는 것 같은 이청무의 눈앞에서 몸을 떨었다.

평일측이 양손에 두 개의 잔을 들고 있었다. 첫 번째 독과 첫 번째 약이 들어 있는 잔이었다.

이청무가 세 사람을 차례로 쏘아보며 말했다.

"누가 먼저 마시겠느냐?"

냄새만 맡고도 정신을 잃곤 하던 독이다. 차라리 직접 만들지 않아서 그 독성을 모른다면 이왕 사부와 사숙 앞인만큼 호기를 한번 부려볼 수 있었을지도 모른다. 이청무의 시선이 닿을 때면 몸이 얼어붙는 듯했다.

윤극사는 마음을 크게 먹고 한 걸음 나서며 말했다.

"제자가 먼저……."

그때 옆에서 다른 두 음성도 동시에 들렸다. 단홍주와 하붕이었다. 이청무의 차가운 얼굴이 기쁨으로 실룩거렸다.

단홍주가 먼저 손을 내밀었다. 평일측이 잔을 하나 내밀었다. 단홍주는 그것이 약인지 독인지도 생각지 않고 숨을 멈추고 들이켰다. 평일측이 즉시 나머지 잔을 내밀었다. 단홍주는 그것도 바로 들이켰다.

이청무가 말했다.

"좌정해라."

단홍주가 가부좌를 하고 눈을 감았다. 하붕이 두 번째로 잔을 받았고 윤극사가 마지막이었다. 예리한 칼이 뱃속으로 들어가 오장육부를 북북 찢는 것 같은 고통이 느껴졌다.

이청무가 말했다.

"십독십이약은 순서에 따르지 않으면 죽는다. 쓰는 법은 천간지지를 맞추는 것과 똑같다. 행여 십독십이약을 도둑맞는 경우가 있어도 이 쓰는 법을 잃지 않는 한 염려할 것은 없다. 너희들이 후대에 전할 때도 반드시 전인으로 하여금 먼저 복용케 하고 쓰는 법을 알려줘라."

입을 열면 피를 뿜을 것 같았다. 아련히 이청무의 말이 들려오기는 했지만 눈앞이 캄캄하고 천지가 어지러웠다.

천간지지를 맞추는 것은 갑을병정으로 시작하는 십천간(十天干)과 자축인묘로 십이지지(十二地支)를 하나씩 취해서 갑자, 을축, 병인, 정묘로 하여 육십갑자를 만드는 것을 말한다.

고통을 참기 위해서 윤극사는 몸을 벌벌 떨었다. 아무 생각도 나지 않고 오직 극도의 고통과 그 고통을 참아야 한다는 의식만 남아 있었다. 그러다가 정신이 아득해졌고 한 번 꾸었던 적이 있는 꿈과 비슷한 꿈을 꾸었다. 꿈속에서 두 기운이 자기 몸 안에서 용암처럼 들끓다가

의지를 가진 또 다른 하나의 기운에 이끌려 오장육부와 사지백해로 스며들며 흩어지는 꿈이었다. 윤극사는 그 기운들을 부드럽게 아우르기만 했다. 몸이 안온해지면서 정신이 들기 시작했다.

평일측의 음성이 들렸다.

"역시 극사가 먼저 깨어날 듯하오. 두병신지를 가졌다는 것이 대단하긴 대단한 모양이오. 황 사형도 극사의 두병신지를 알고 있었소?"

이청무의 음성이 들렸다.

"황 사형은 원래 관심이 적은 사람이다. 그 때문에 곡주를 돕지 않고도 곡 내에서 무사할 수 있었겠지. 어쩌면 내가 황 사형을 위험하게 했을지도 모른다."

평일측이 작은 소리로 물었다.

"곡주도 극사의 두병신지를 알고 있소?"

이청무가 말했다.

"아마도 이제는."

"그래서 아직 어린 극사에게 십독십이약을 주려 했구려. 곡주가 손을 쓸까 봐."

"극사가 이대로 잘 자라면 십 년 안에 곡 내의 모든 식구들이 극사를 따르게 될 것이다. 곡주가 극사를 후계자로 지목하지 않을 수 없겠지."

이청무가 말했다.

윤극사는 정신이 들었지만 눈을 뜨지 않았다. 사형들이 아직 깨어나지 않았는데 먼저 눈을 뜨는 것이 망설여졌다.

그때 평일측이 그의 발을 툭 건드리며 말했다.

"이 녀석이 이러다가 엿듣는 게 버릇이 되겠소. 이놈아! 정신이 들었으면 벌떡 일어날 거지 비단개구리처럼 죽은 흉내를 내?"

윤극사는 얼굴이 빨갛게 되어 몸을 일으켰다. 가부좌를 틀고 앉았던 자세는 얼마나 몸부림을 쳤는지 한옥 침상 아래에 반쯤 들어가 있었다.

단홍주와 하붕도 볼썽사납게 여기저기에 처박혀 있었다.

이청무가 말했다.

"네 손으로 마셔라. 양은 먼저와 똑같다."

윤극사는 조금 전의 그 끔찍했던 고통을 떠올리며 몸을 부르르 떨었다. 선뜻 손이 나가지 않았다.

"두려움이 뭐고 고통이 뭔지, 죽음이 뭔지 알고 싶지 않느냐?"

이청무가 싸늘한 음성으로 물었다.

윤극사는 정신이 번쩍 들었다. 환자들이 두려워하는 것을 수없이 봤다. 고통스러워하는 것도 마찬가지다. 그러나 윤극사는 두려움과 고통에 대한 이해가 얕았다. 고통과 두려움을 환자들만큼이나, 아니, 환자들보다 더 잘 알게 되면 새로운 눈을 뜨게 될지도 모른다는 생각이 들었다. 죽음도 마찬가지였다. 윤극사는 살려고 하는 사람들을 치료해 왔고 살리는 것이 중요하다는 것만 알았을 뿐 그 반대 편에 서 있는 죽음에 대해서는 전혀 알지 못했다.

윤극사는 두 번째 독과 두 번째 약을 각기 다른 잔에 따른 후 연이어 마셨다. 목구멍이 불에 데인 듯 화끈했다.

가부좌를 틀지 못하고 무릎을 꿇고 배를 감싸 쥐며 엎드렸다. 짜릿한 고통이 대나무 줄기처럼 발끝에서 머리끝까지 치뻗었다. 고통을 고통으로 느낄 수 있을 만큼 느껴보리라 작정했지만 점차로 의식이 흐려져 정신을 잃고 말았다.

다시 정신이 돌아왔을 때 윤극사는 심한 갈증을 느꼈다. 몸에서 물이란 물은 모두 빠져나가고 피마저 말라 버린 것 같은 갈증이었다.

자기도 모르게 입에서 '물' 하는 소리가 갈라져 나왔다. 물기가 없는 몸은 가뭄에 말라 버린 흙처럼 부스스 무너질 것처럼 느껴졌다.

간절하게 손짓하며 물을 찾았지만 누구도 물을 주지는 않았다. 목이 갈라 터져도 피가 나오지 않았다. 독을 마시고 참을 때의 고통보다 다시 깨어난 후의 갈증이 더욱 견디기 힘들었다. 침이라도 한 번 삼키면 온몸이 살아날 것 같았지만 입을 다셔도 퍼석하기만 하다.

윤극사는 나오지 않는 소리를 쥐어짜서 물을 외치며 방을 기었다. 심한 갈증 때문인지 그토록 고통스러운데도 기절조차 하지 않았다. 실제의 시간이 얼마를 지나는지 알 수가 없었다. 윤극사의 속에서 시간은 무너졌다. 한순간이 영원으로 느껴지는 것인지 천 년이 한순간 같이 느껴지는지도 알 수 없다. 다만 그 상태가 죽음은 아니었다.

몸부림치지 않고 의연히 견딜 수 있는 갈증과 고통은 아니었다. 헛된 것임을 알면서도 부르짖어야만 했다. 부르짖어서 더욱 고통스러울지라도 멈추질 못했다. 미친 것도 넘어서 버렸다. 윤극사는 짐승처럼 울부짖었고 그가 배우고 익혔던 사회적 행위들과 언어까지 망각해 버렸다. 이성도 사라지고 오직 몸덩어리 하나가 바로 그일 뿐이었다. 고통과 갈증에 대한 발악으로 더 이상 손끝 하나 꼼짝할 수 없게 되었다.

몸이 몸을 버리고 체념함으로써 자유를 얻었다. 그리고 자유와 정적이 억겁 같은 어느 순간에 갑자기 메마른 곳에서 샘이 터지듯이 그의 내부에서 작은 물줄기가 터져 나왔다. 가뭄 끝에 하늘이 갈라지며 비가 오듯 그의 몸속에서 비가 왔다.

윤극사는 몸을 부들부들 떨었다. 물과 함께 살아나는 생명의 환희가 강낭콩 이파리처럼 물을 따라 춤을 췄다. 아무 생각도 없는 중에 윤극사는 속으로 외쳤다. '이것이 생명이다' 라고.

환희가 고통을 씻어가고 불 같은 생명이 물처럼 그의 몸속으로 흐르기 시작한 후로도 한참 동안 윤극사는 몸 구석구석에 남아 있는 환희가 작렬하여 움직일 수 없었다. 살아 있는 모든 것이 기쁨이고 모든 것이 자비로운 하늘의 은총. 윤극사는 하늘이 생명을 낳았으며 이 세상 그 무엇보다 고귀한 것이 생명이라는 것을 체험으로 알았다.

눈을 떴을 때 펑일측이 자기를 두 팔로 안고 있었다.

"사숙……."

윤극사가 힘없이 미소 지으며 그를 불렀다.

펑일측의 노안에 눈물이 글썽였다. 윤극사의 무릎과 팔꿈치, 어깨의 옷은 다 해어지고 손톱이 하나도 남아 있지 않았다. 바닥을 기며 손톱으로 할퀸 때문이었다.

이청무가 망연히 천장을 보고 있었다. 마음의 모습을 보기 위해 구름을 본다는 것과 같은 자세지만 윤극사는 이청무가 자기 품에 있는 제자들의 고통을 바라보는 그 심정은 얼마나 고통스러울까 싶었다.

윤극사는 후들거리는 다리로 일어나 그에게 약한 모습을 보이지 않으려고 바로 걸어가 세 번째 독과 세 번째 약을 마셨다. 펑일측은 눈물을 닦았고 이청무는 눈을 감았다. 단홍주와 하붕은 자기 목을 움켜잡고 바닥을 뒹굴뒹굴 구르고 있었다. 윤극사의 몸이 그들 사이로 무너졌다.

윤극사는 그 후로 수많은 현실 같은 환상을 경험했다. 환상 속에서 태어나기도 했고 혼인하고 자식을 낳고 살다가 죽기도 했다. 사람을 죽이기도 했고 죽임을 당하기도 했다. 짐승이 된 적도 있고 벌레가 된 적도 있으며 초목이 된 적도 있었다. 고통과 쾌락을 넘나들었다. 기괴한 괴물들과 괴인들을 보기도 했다.

눈을 뜨고 몸을 일으켜도 환상들이 사라지지 않고 이청무와 평일측이 있는 그 방에 함께 뒤엉켜 있는 경우도 있었다.

평일측이 건네주는 독과 약을 습관이 된 듯 마시고 또 환상에 빠져들곤 했다. 몸을 버리고 빠져나가 지저(地底)를 부유(浮遊)했으며 세상 아닌 세상에서 사람 아닌 사람들과 노닐었다. 티끌 속 미소(微小)의 세계를 여행하고 별이 가득한 암공을 넘어서 우주의 끝과 시간의 마지막을 보기도 했다. 피었다가 사라지는 꽃이나 타오르다 꺼지는 불, 바람에 마르는 이슬, 그리고 명을 다하고 산 값으로 혼과 백을 나누어 지불하고 저승으로 가는 생명들이 모두 하나임도 보았다.

윤극사의 눈에서 눈물이 흘렀다. 생명은 환희지만 살아 있는 것들은 모두 가련한 것. 그들이 애처롭고 안타까워서 울었다. 엉엉 울었다.

윤극사와 단홍주, 하붕이 십독십이약을 몸속에 간직하는 일이 끝났다. 먼저 마신 독과 약이 몸 밖으로 빠져나가기 전에 계속해서 나머지 약을 먹으면서 그들 몸속에서 독과 약은 자리를 잡고 자리 잡은 후에 변하여 또 자리 잡고 하면서 하나로 맺어졌다. 약과 독을 동시에 마시는 일이 육십 번을 반복한 후의 일이었다.

윤극사가 제일 먼저 끝냈고 단홍주와 하붕이 반나절 뒤에 끝냈다. 그 반나절의 차이는 처음에 먹었던 약이 만들었던 차이였을 뿐 다른 약은 누구에게나 마찬가지였다.

독과 약에서 깨어난 후에는 모두 바보가 된 것처럼 며칠 동안 말도 하지 못했고 평일측이 가져다 준 미음만을 먹었다.

평일측이 이청무의 한옥 침상 곁으로 다가오며 한숨을 쉬자 이청무가 물었다.

"아이들의 신지(神智)가 바로잡히려면 얼마나 더 있어야 하겠던가?"

"나는 그들이 장하기도 하지만 우리가 몹쓸 짓을 한 것 같아서 마음이 아프오. 소제는 이제 남은 열여섯 제자들이 저런 고통을 겪는 걸 더 볼 자신이 없소."

이청무가 말했다.

"수천, 수만의 생명을 돌보는 것은 커다란 일이야. 큰 고통 없이 큰 일을 이룰 수는 없어."

"홍주 등이 겪은 고통을 직접 본다면 열여섯 아이들 중 하나라도 십독십이약을 가지려 할지 모르겠소. 차라리 먼 곳으로 도망가거나 훗날 독살당하는 게 더 낫다고 생각할지도."

평일측의 말에 이청무는 대꾸하지 않았다.

"얼마나 더 있어야 하겠던가?"

처음의 질문을 되풀이했다.

평일측의 대답이 조금 뚱하다.

"기약도 없는 것 같소. 넋이 나간 표정인데 나간 넋이 언제 기약하고 돌아오는 법이 있소?"

이청무가 눈을 칼날처럼 날카롭게 치켜떴다. 평일측이 시선을 외면해 버렸다. 십중팔구 알고 있는 자기에게까지 굳이 비밀로 할 이유도 없는 십독십이약의 몇 가지 비밀을 이청무가 함구하고 있었던 것은 이청무의 성격 때문이 아니라 자기의 성격 때문이라는 걸 평일측은 알고 있었다.

평일측은 이청무만큼 냉정하지도 단호하지도 못했다. 그도 엄격하기는 했지만 이청무의 싸늘한 오성은 평일측의 엄격함과는 달랐다.

평일측은 만약 자기가 이청무였다면 제자들이 그런 고통을 겪을 것을 알면서도 십독십이약을 먹이려 하지 못했을 거라고 생각했다. 그것을 이청무도 알기 때문에 자기에게 이야기해 주지 않았을 것이 분명했다.

천산 백초곡 시절에 사조들이 범했다는 그 잔혹했던 행위를 이청무를 통해서 다시 본 것 같은 생각마저 들었다. 독과 약을 함께 먹게 하고 그것들이 번을 바꾸게 한다는 발상은 분명 사조들이 했다는 그 '짓'에서 착안했을 것이 틀림없다. 그러나 그 방법 외에 십독십이약을 몸속에 간직하는 다른 방법을 평일측은 떠올리지 못했다. 잔인하지만 가장 나은 방법이었다. 자기는 그렇지만 잘난 제일 신의인 사형이 그보다 더 좋고 편안한 방법은 왜 못 찾았나 하는 원망도 그의 마음속에 있었다.

평일측은 한숨을 쉬며 다시 말했다.

"기혈이 안정되고 있소. 수삼 일 내로 괜찮을 듯하오."

"기혈이 안정되고 몸이 안온해지면 신(神)은 절로 맑아지기 마련이다."

이청무가 왼손 엄지손가락으로 다른 손가락 마디를 짚으며 날짜를 계산했다. 평일측은 한숨을 쉬며 그의 다리를 주물렀다. 아무리 그래도 제세원과 제자들, 병자들을 가장 많이 생각하고 염려하는 건 제일 신의 이청무였다. 평일측이 아는 한 이청무는 제일 신의가 된 후 한시도 마음을 놓고 있지 않았다. 땅 밑으로 들어온 날을 헤아려 보는 것은 끝났을 듯한데 이청무가 손가락을 또 몇 번이나 짚어본다.

침묵하며 땅속의 시간이 흘렀다.

단홍주와 하붕은 삼 일이 더 지난 후에 자리에서 일어났다. 윤극사는 그리고도 열흘이 지난 후에 일어났다.

십독십이약을 만드는 법을 배웠고 몸속에 간직하면서 간직하는 법을 배웠다. 이제 그들은 십독십이약을 사용하는 법을 익혀야 했다.

그러나 그들이 이청무에게 십독십이약의 사용법을 배우러 갔을 때 이청무는 그들에게 구소(口嘯: 휘파람)를 할 줄 아는지 물었다. 자라면서 한두 번쯤 휘파람을 불어보지 않은 적은 없지만 잘 부는 사람은 없었다.

이청무는 휘파람을 가르쳐 주었다. 낮고 길게 잔떨림을 일으키며 부는 것에서 시작해 높고 웅장한 소리를 내는 것까지 마흔한 가지의 소리를 가르쳐 주었다.

기껏해야 두세 가지 소리로밖에 나오지 않던 제자들의 휘파람 소리가 점점 구슬처럼 맺혀서 다른 소리들과 분간되기 시작하자 소리와 소리를 잇는 법을 가르쳤다.

윤극사와 단홍주, 하붕은 잠자는 시간과 먹는 시간, 그리고 생리적인 문제를 해결하는 짧은 시간 외에는 언제나 셋이 둥글게 둘러앉아 휘파람을 연습했다. 소리를 잇는 법을 배우기 전 마흔한 가지의 소리를 내기 위해서 연습하면서도 세 사람은 목이 쉬고 갈라 터졌으며 핏덩어리를 한두 번씩 토해냈다. 밤에 잠을 잘 때도 입술과 턱이 숨결을 따라 이상하게 움직일 정도였다.

휘파람 소리가 점점 높고 낮은 것을 고루 갖추어가게 되자 그만큼 고와지고 깊어졌으며 맑아졌다. 하나의 바른 소리를 내기 위하여 온몸이 공명해야 했다. 온몸이 공명할 때는 몸속에 간직되어 있던 십독도 움직이고 십이약도 움직였다.

단홍주와 하붕, 윤극사는 휘파람을 불면서 십독십이약을 움직이고 거두는 법을 알아갔다. 그리고 어느 날 이청무가 십독십이약의 구체적인 효능을 구결로 전해주면서 십독십이약의 전수는 끝이 났다.

며칠 동안 쉬었다. 한 가지 일을 넘을 때마다 몸도 마음도 녹초가 되었다. 그러나 구소를 배우는 것은 힘들다고까지는 말할 것도 못 되었다. 이미 십독십이약을 취할 때 상상할 수 있는 이상의 고통을 다 겪었던 세 사람이다. 비록 구소를 배우는 도중에 피를 토하는 일이 있고 목이 갈라 터졌으며 몸에 열이 오르내리기는 했지만 정신을 잃는 사람은 없었던 것이다.

세 사람은 이청무와 평일측이 혼돈석유를 가르쳐 줄 시기를 조용히 기다렸다.

그런 중에 이청무가 오랫동안의 침상 생활에서 자리를 털고 일어났다. 윤극사는 알고 있었다, 이청무가 학정홍을 복용하고도 살아날 수 있었던 것은 십독십이약을 몸에 지녔기 때문이라는 것을. 그러나 이청무는 연구를 하면서 조금씩 조금씩 복용하여 몸에 쌓았던 십독십이약이기 때문에 윤극사나 단홍주, 하붕이 지닌 독과는 그 위력에서 큰 차이가 있었다. 그래서 학정홍에서 살아나고도 오랫동안 앓을 수밖에 없었던 것이다. 윤극사가 그의 중기가 부족한 것을 치유하고자 했으나 여러 약을 쓰고도 치유할 수 없었던 원인 역시 이청무가 조금씩 복용했던 십독십이약 중에서 조화를 이루지 못했던 것들이 있기 때문이었다.

이렇듯 이청무는 자기의 몸을 통해서 하나하나 실험해 본 후에야 확신을 가지고 십독십이약을 제자들에게 먹일 수 있었다. 대신에 이청무의 몸은 극독의 실험들로 인해서 심각한 손상을 면하지 못했다.

이청무가 자리에서 일어나는 것을 제일 기뻐한 사람은 평일측이었다. 이청무가 없을 때는 이청무를 대신해야 할 위치에 있는 사람으로

서 그가 가장 큰 부담을 가지고 있었던 것이다.

이청무는 오랜 시간이 지난 후에 일어났지만 병석에 누워 있었던 사람 같지 않게 일어났다. 의연히 털고 일어났으며 쓰러지기 전과 다름없이 오만하고 꼿꼿하게 섰다. 몸은 크게 손상되었지만 그의 정신은 여전히 한 치의 흐트러짐도 없었으며 눈에서는 한광을 뿜었다.

평일측이 이청무의 손을 잡고 축하했다.

그러나 이청무는 나직한 소리로 한마디를 내뱉었다.

"가자."

"예?"

모두 놀라서 어리둥절하는데 이청무가 다시 한 번 엄한 소리로 말했다.

"가자고 하지 않느냐!"

평일측이 떨떠름한 어조로 물었다.

"사형, 아이들한테 혼돈석유는 가르치지 않을 거요?"

이청무의 태도가 단호했다.

"생각해 둔 게 있다."

스승이 내린 결정이다. 아쉬움은 있지만 바꾸길 청할 수도 없다. 단홍주와 하붕, 윤극사는 이곳으로 내려올 때 가져왔던 이청무의 침대를 가져와 가마 삼아 그의 앞에 놓고 올라타기를 청했다. 그러나 이청무는 고개를 저었다.

"필요없다."

다섯 사람이 이청무의 침실로 올라가는 기관 장치 위에 올랐다.

이청무가 입을 열었다.

"십독십이약에 대해서는 너희가 전수하기로 정한 제자가 아니라면 그 누구에게도 결코 입 밖에 올리지도 마라. 사람의 욕심은 무서워서 취하지도 못할 것이며 가지고자 하고 가지지 못할 줄을 알면서도 남을 해코지하는 경우가 많다. 무림인들이 알게 되면 곤혹스런 일을 겪기 십상이다."

"명심하겠습니다."

이청무는 더 이상 말하지 않고 입을 다물었다. 기관이 작동을 멈추었다. 윤극사는 이청무의 방 창문을 열고 동쪽에서 어스름을 몰고 달려오는 아침을 보았다. 여름의 초입, 유월이었다. 아침이 아름다웠다.

이청무의 방 안에 구신의가 모두 모였다. 제구 신의 이융대가 이청무부터 자기까지 헤아려 보고 '아홉' 하면서 껄껄 웃었다. 수십 년을 동고동락한 그들에게 아홉이 그대로라는 것은 자기 손가락이 열 개 그대로인 것보다 더 기쁜 일이었다. 윤극사도 그들의 그윽한 정에 부러움을 느꼈다.

제삼 신의 위한이 주위를 둘러본 후 소리를 낮추어 말했다.

"아이들의 신색을 보니 실패한 것 같진 않소이다."

평일측이 웃으며 말했다.

"실패했으면 벌써 죽었겠지."

신의들의 얼굴에 희색이 만발했다. 성공할 것이라고 믿기는 했지만 실제 성공 소식을 듣는 것은 또 다른 감흥을 준다.

큰 시름을 덜어놓은 듯이 모두 껄껄 웃었다.

"이놈아!"

맹안국이 윤극사의 어깨를 툭 치면서 말했다. 윤극사가 깜짝 놀라며 '예!' 하고 대답했다. 맹안국이 말했다.

"네놈들이 우리 희망인데 이렇게 숫기가 없어서 되겠느냐! 배를 내밀고 어깨를 딱 펴고! 이 사형 밑에서 배우면 이 사형만큼 오만해 보이진 않더라도 좀 당당 비슷하게는 보여야 할 것 아니냐!"

윤극사는 씨익 웃으며 머리를 긁었다. 생각만 해도 웃음이 나온다. 배를 내밀고 어깨를 딱 펴고 오만한 모습을 지을 수 있다면 윤극사가 아니다.

"하하하하!"

평일측, 조창과 이융대가 웃음을 터뜨렸다. 단홍주와 하붕도 빙그레 웃었다. 웃음소리가 가라앉기를 기다린 위한이 말했다.

"다른 아이들도 빨리 약을 얻게 해야 하지 않겠소?"

이청무가 고개를 끄덕였다.

위한이 안도의 한숨을 내쉬고 말했다.

"휴~ 나는 요즘 초조해서 잠을 이루지 못하겠소."

"왜?"

평일측이 물었다. 위한보다 나이가 적은 사제들의 안색이 그 순간에 모두 좋지 않았다. 위한의 표정도 무겁다.

이청무가 물었다.

"무슨 일인가?"

위한이 입을 열었다.

"두 분 사형과 세 제자가 없어도 우리 제세원은 전보다 손이 달리진 않았소."

평일측이 의아한 표정으로 말했다.

"이상하긴 하지만 다행이군. 그게 무슨 걱정거린가?"

여태 조용히 있던 제사 신의 진국보가 입을 열었다.

"거들어주는 손들이 있었소, 그것도 넷이나."

"허허허허!"

평일측이 웃었다.

"살다 보니 별 소릴 다 듣는군. 우리를 도와주는 손도 다 있단 말인가?"

문득 평일측이 입을 다물었다. 웃을 일이 아니었다. 그가 딱딱해진 음성으로 물었다.

"본곡… 에서 사람들을 보냈는가?"

"그렇소."

위한이 대답했다.

"본곡에서 정광조(鄭光潮) 사형과 표제운(杓濟雲), 복거동(復居東), 그리고 박기(朴麒)가 왔소."

그들 네 사람은 위한과 비슷한 연배다. 이청무와 평일측에게는 모두 사제가 되지만 위한에게는 세 사람 중 제일 위인 정광조가 사형이 된다.

이청무는 싸늘한 표정을 짓고 있었다. 입가에 비웃음이 매달린 것도 같았다.

전대욱이 말했다.

"항상 아이들만 보내서 경험을 쌓게 할 뿐 나이가 들면 코빼기도 비치지 못하게 하더니, 흥! 곡주가 병 주고 약을 주는 건지……."

이청무에게 독을 쓴 주체는 틀림없이 곡주라고 다들 짐작하고 있다.

"으음."

이청무가 손으로 목을 누르며 잔기침을 뱉었다.

"언제 왔는가?"

위한이 말했다.

"이 사형이 밀실로 내려간 후 사흘도 되지 않아서 왔소."

진국보가 말했다.

"우리도 우리지만 위 사형이 그사이에 노심초사하느라 속을 많이 상했소."

평일측이 길게 한숨을 내쉬었다.

"다투는 건 부질없어."

이청무가 말했다.

"무슨 이유로 왔다던가?"

"이 사형을 보길 원했소. 병환이 있어 치료 중이라고 하니 기다리겠다고 했고 기다리는 중에 환자들을 함께 봤소."

평일측이 웃었다.

"곡주가 이 사형을 보고 싶어하는 모양이오."

본곡과 관련된 이야기가 나오면서 모두 마지못해 말을 한다. 의미도 없고 하지 않아도 될 말을 툭툭 던지는가 하면 반드시 해야 할 이야기는 선뜻 나오지 않는다. 속에서 삭여야 하는 것이 많기 때문이다. 방 안에 잠시 침묵이 흘렀다.

위한이 말했다.

"그들은 뭔가 눈치를 챈 것 같기도 하고 할 말이 있는 것 같기도 했소. 그러다가 올 삼월에 정광조 사형이 내게 넌지시 말했소. 이 사형과 직접 이야기하려 했지만 하는 수 없이 내게 먼저 말하노라면서……."

"무슨 말이던가?"

평일측이 눈을 빛내며 말했다.

위한이 말했다.

"우리와 뜻을 같이하고 싶다고 했소."

"뭣?"

평일측이 자기도 모르게 소리쳤다.

그러나 생각해 보면 그렇게 하지 못할 까닭도 없었다. 원래가 같은 뿌리고 배울 때도 함께한 부분이 많았다. 또 의술의 원래 목적이 제세원과 같다면 뜻을 같이하고 싶다고 말하는 것도 아주 이상한 일은 아닌 것이다.

하지만 또 한편으로 생각해 보면 이상하다. 본곡의 사람들은 곡주의 명에 매인다. 제세원처럼 뜻을 위해 살다가 가고 싶을 때 갈 수 있는 사람들이 아니다. 곡주의 허락을 받아서 제세원에 온다는 것도 전례가 없는 일이고 곡주를 거역하고 온다는 것은 더 더욱 말이 안 되는 소리다.

평일측은 머리가 어지러워지는 것 같아서 설레설레 흔들었다.

진국보가 말했다.

"의도가 곱지 않소. 또 그들은 손도 깨끗하지 못하오. 아마 우리가 어쩌는지 떠보려는 수작일 것이오."

이청무가 물었다.

"자세히 말해 보게."

진국보가 말했다.

"표제운과 복거동이 독약공사를 펼쳐 병자를 치료하는 것을 본 적이 있소."

"독약공사가 나쁘다고 할 순 없다."

평일측이 말했다.

진국보가 말했다.

"소제도 독약공사가 나쁘다는 말을 하려는 게 아니오. 그들은 독약 공사를 쓰면서 당장 환자의 건강은 회복시켰지만 수명을 줄였소. 내가 본 것만도 세 번이 넘소."

최찬이 말했다.

"진 사형의 말을 들은 후 우리도 주의하다가 몇 번이나 목격했소. 그들은 병자를 위해 의술을 쓰는 자가 아니라 당장 병자에게 칭송받기 위해 의술을 쓰는 무리요."

이청무가 눈살을 찌푸렸다.

위한이 한숨을 쉬었다.

"사실 지금 그걸 토의하자는 것은 아니오. 그다지 급한 문제가 아닐 테니."

"하면?"

평일측이 물었다.

위한이 말했다.

"그들이 기다리고 있소. 보기를 원하오."

그때 바깥에서 큰 목소리가 들려왔다.

"이 사형! 건강은 어떠하시오?"

위한이 말했다.

"그들이오."

단홍주가 문을 활짝 열었다. 사십 대 중반으로 보이는 네 사람이 걸어온다. 본곡에서 나온 정광조와 표제운, 그리고 복거동과 박기다. 네 사람 모두 푸른 옷을 입었으며 정광조는 키가 훤칠하게 크고 얼굴이 희었으며 표제운은 팔자수염에 어깨가 벌어져 장사 같았고 복거동은 얼굴이 둥글고 붉은빛이 감도는 동안(童顔)이었다. 그리고 박기는 오른쪽 뺨에 얽은 자국이 있었다. 네 사람의 실제 나이는 모두 일흔 전후로 노인들이다.

단홍주와 하붕, 윤극사가 허리를 숙였다.

정광조가 휘적휘적 걸어오면서 웃었다.

"불러주지 않으니 염치 불구하고 찾아왔소이다. 사형, 건강은 어떠시오?"

구신의는 그들과 사형제지간이라 비록 이곳이 제세원이라곤 하지만 딱히 오라 가라, 오지 마라 와도 좋다는 말을 하기 힘들다. 다만 서로가 예의를 지켜서 상대방을 불편하지 않게 하는 것이 여태까지의 전통이었다. 이것은 구신의나 제자들이 백초곡에 들어가서 생활할 때도 비슷했다.

이청무는 마지못해 미소를 지으며 말했다.

"오랜만이군."

표제운이 껄껄 웃으며 말했다.

"이 사형이 우릴 본곡 사람이라고 너무 차별하는 건 아니시오?"

이청무와 평일측이 그들과 일일이 인사를 나누었다. 윤극사는 간간이 그들의 눈빛이 자기를 향할 때마다 알지 못할 불안에 간이 졸아드는 것 같았다.

본곡으로 돌아가지 않겠다고 한 것 때문에 그 말이 알려져 싫어하는가 보다 하고 생각했다. 그러나 한편으로 그들도 제세원에 있고 싶다고 했으니 그게 이유가 될 수는 없다는 생각도 들었다.

복거동이 이청무의 손을 잡으며 말했다.

"동장철골(銅臟鐵骨:구리로 된 내장과 쇠로 된 뼈, 그만큼 속이 튼튼하다는 말)이오, 동장철골! 이 사형은 아마도 삼백 살은 살게 될 거요."

"나는 그런 복을 바라지 않네."

이청무가 서늘한 눈으로 복거동을 쏘아보며 말했다.

복거동이 무엇에 놀란 듯 이청무의 손을 놓았다.

그러나 이청무의 눈은 그가 아닌 표제운을 보고 있었다. 표제운이 막 이청무의 곁에 붙어서고 있는 중이었다.

윤극사는 머리카락이 쭈뼛하게 곤두서는 것을 느꼈다. 아주 나쁜 냄새가 표제운과 복거동에게서 났다.

"이 사숙님! 조심하세요!"

윤극사는 자기도 모르게 큰 소리로 고함쳤다. 이청무의 눈에 일순간 빛이 번득였다. 표제운과 복거동이 윤극사의 고함에 놀라 움찔했다.

가까이 있다가 이상한 기미를 느낀 진국보가 이청무와 표제운의 사이로 뛰어들며 호통을 쳤다.

"표 사형은 무얼 하려는 게요?"

표제운이 어색하게 웃었다.

하붕이 표제운을 향해 몸을 날리며 소리쳤다.

"소매 속에 비수를 지녔습니다."

"표 사제, 네가 감히! 으악!"

비명 소리와 고함 소리가 연이어 터져 나왔다.

펑! 소리와 함께 노란 꽃가루 같은 것이 방 안에 날렸다. 정광조가 소매 속에서 뭔가를 꺼내 던졌던 것이다.

"독이다! 숨을 멈춰라!"

위한이 소리치자 아홉 신의는 일제히 소매를 휘둘러 바람을 일으켰다.

단홍주가 정광조에게 달려들며 주먹으로 그의 얼굴을 후려쳤다. 정광조가 급히 피했지만 왼쪽 귀를 맞았다. 그러나 단홍주도 정광조에 의해 영문도 모르고 비명을 지르며 바닥에 뒹굴었다.

"단 사형!"

윤극사는 소리치며 달려나갔으나 두 팔이 뒤로 확 채이면서 꼼짝할 수 없었다. 벌린 입으로 노란 가루가 들어왔다. 박기와 복거동이 양쪽에서 그를 붙잡고 있었다. 하붕이 표제운에게 달려들다가 역시 바닥으로 쓰러졌다.

"빌어먹을!"

욕설을 내뱉으며 정광조는 왼쪽 귀를 만지면서 뒤로 물러섰다. 표제운과 박기, 복거동도 나란히 물러선다. 그들의 몸이 빠르기가 만만치 않다. 구신의는 이청무를 중심에 두고 소매를 흔들어 바람이 옆으로 흐르게 하고 있었다. 무공을 익히지 않은 그들이지만 소매 바람이 아주 세찼다. 노란색의 독 가루는 창문 밖으로 빠져나갔다.

평일측이 분노로 몸을 떨며 외쳤다.

"정광조 네 이놈! 무슨 억하심정으로 이 사형을 해치려 하느냐?"

정광조가 감탄하며 말했다.

"대단하오. 두 분 사형과 일곱 사제들의 능력이 놀랍소. 계독유향분진(桂毒遺香粉塵)을 그렇게 쉽게 막아낼 수 있는 사람은 당신들밖에 없을 거요."

계독유향분진은 몸에 그 가루가 붙고 나면 점차 신경이 마비되면서 숨을 쉬지 못하여 죽는 줄도 모르고 죽는 독이다. 백초곡에서 도저히 살릴 수 없는 병자에게 편안한 죽음을 맞게 하기 위하여 이 독을 사용하는 경우가 있긴 하지만 그 양도 적을 뿐 아니라 사용하는 경우도 극히 드물었다.

제조하는 방법 또한 쉽지 않다.

최찬이 고함쳤다.

"네놈들이 기어코 간악한 늑대의 심성을 드러내는구나!"

표제운이 웃으며 말했다.

"너무 서운해하지 말게. 최 사제는 이미 살 만큼 살았고 그동안 사람도 많이 살렸으니 염라대왕이 좋은 곳으로 보내줄 걸세."

"개 같은 놈들!"

전대욱이 침을 퉤 뱉으며 소리쳤다.

"닥쳐라!"

박기가 소리쳤다. 이청무가 눈을 번득이며 쏘아보았다. 이청무에게 무슨 큰 힘이 있을 리는 없지만 박기는 주눅이 들어 말했다.

"우리는 죄인을 잡으러 왔다."

조창이 대노하며 외쳤다.

"누가 죄인이라는 거냐? 살리는 척하며 독을 써서 사람을 해치는 네놈들이 죄인이다!"

위한이 코웃음치며 말했다.

"아직도 삼대 이전의 일을 가지고 우릴 핍박할 셈이냐?"

복거동이 껄껄 웃는다.

"그들의 죄는 사라지지 않지. 감히 의술의 대기(大忌:커다란 금기)를 범했으니 쉽게 없어질 수가 있겠는가? 우린 고작 해봐야 사는 동안에 산 사람이 편히 살다가 죽을 때는 깨끗하게 죽어서 후손에게 짐이 되지 않는 방법을 쓴 정도일 뿐 어찌 그대들 같을 수 있겠나?"

"개소리!"

평일측이 소리쳤다.

정광조가 말했다.

"말이 좀 과한 듯하지만 용서하시오, 평 사형. 사실 우리도 피치 못할 사정으로 사형들과 사제들을 공격하게 된 것이오."

평일측이 차갑게 말했다.

"나는 의원이 침과 약으로 병을 다룬다고는 배웠어도 독과 비수로 목숨을 다룬다는 말은 금시초문이다."

정광조의 얼굴에 부끄러운 빛이 스쳤다. 생각이 다르긴 하지만 그들도 의원이기는 마찬가지였다.

"부득이한 일이었소. 또 부득이하고……."

평일측이 호통을 쳤다.

"그럼 독을 뿌리고 달려들 거지 무슨 말이 그렇게 많은가?"

표제운이 벌컥 나서며 말했다.

"하라면 못할 줄 아는가!"

표제운이 두 손을 흔들었다. 맹안국이 즉시 부싯돌을 꺼내 화섭자에 불을 붙여 표제운 쪽으로 던졌다. 화락 하고 허공에서 화섭자가 수레바퀴만큼 커다란 불을 만들고 사라졌다.

표제운의 안색이 변했다.

"맹안국, 훌륭한 화소위무(火消爲無)로군. 하지만 내가 몰래 사용했다면 막지 못했을 것이다."

이융대가 말했다.

"독은 네놈들만 배운 줄 아느냐?"

구신의 중에서 가장 나이가 적은 이융대는 아직도 육십이 안 되었다. 그만큼 성미도 있어서 어디 한번 싸워보자는 듯한 말투다.

이청무가 꼿꼿한 걸음으로 정광조와 표제운에게 걸어갔다. 그들이 주춤하며 한 걸음 물러섰다.

이청무가 말했다.

"몇 가지나 준비했는가?"

한숨을 쉬면서 정광조가 말했다.

"한 사람이 세 가지씩 준비했소. 모두 열두 가지고 아직 열 가지가 남았소."

평일측이 또 욕을 한다. 표제운이 눈을 부릅떴지만 정광조는 다시 한숨을 쉬더니 말했다.

"순순히 이 사형이 제압되었더라면 다른 사형과 사제들은 죽지 않아도 되었을 것이오. 원래 명을 받았을 때는 무조건 죽이라는 것이었지만 우리도 정이 있어서 이 사형 한 사람으로 끝을 보고자 비수까지 들었던 거요."

"이 사형이 무슨 잘못을 했다는 거냐, 이 더러운 놈아! 재주가 모자라면 천분이 그뿐인 줄 알 일이지 시기하여 걸핏하면 독을 써?"

이융대가 또 고함을 쳤다. 윤극사는 정신이 아찔했다. 이융대가 한 욕의 뒷부분은 곡주를 가리키는 것이 틀림없다. 그러나 정광조와 표제운, 박기, 그리고 복거동은 얼굴에 부끄러운 기색을 띠고 대꾸하지 않았다.

전대욱이 말했다.

"그래, 꼭 이 사형을 죽여야 할 이유가 뭔지나 한번 알아보자. 세 번이나 죽이려 달려들었으니 한 번쯤은 말해 주는 게 도리가 아닌가?"

박기가 씁쓸한 표정을 짓고 말했다.

"무슨 소용이 있겠는가? 그냥 우린 명을 따르면 될 뿐. 이 사형은 우리의 고충을 이해해 주시오."

이청무가 고개를 끄덕였다.

"독을 다오."

"이 사형!"

평일측 등이 놀라서 소리쳤다.

정광조와 표제운 등도 놀람을 감추지 못했다. 박기가 얼떨떨한 표정으로 대님 속에 하나, 소매 속에서 하나, 그리고 상투를 찌른 은잠 속에서 길다란 침을 하나씩 꺼내놓았다.

이청무의 눈이 복거동과 표제운, 정광조를 향하자 그들도 독을 두세 개씩 꺼냈다. 모두 열 개의 독인데 어떤 것은 이중으로 만들어진 주머니 속에 들어 있어서 속주머니에서 독약을 쏟아 겉주머니에 부은 다음 손으로 주물러 퍼뜨리는 것이었고 어떤 것은 손가락 끝에 해독약을 바르고 찍어서 튕기는 것도 있었다.

정광조가 아주 미안한 표정을 지었다.

"이 사형께는 정말 미안하오. 이번에 이 사형은 재수가 너무 없어 화근덩어리에 연좌되었소."

평일측이 독약을 뺏으려고 이청무에게 달려들면서 소리쳤다.

"이럴 필요가 어디 있소? 우리 아홉이 저 넷을 당하지 못할까 싶어 걱정이오?"

박기와 복거동이 윤극사를 정광조에게 넘겨주고 표제운과 함께 두 팔을 벌려 평일측을 가로막았다. 구신의의 나머지도 달려들었지만 이청무의 뜻을 알지 못해 적극적이지는 못했다.

이청무가 나직한 음성으로 말했다.

"이걸로 끝내자."

"휴~ 미안하오, 이 사형."

정광조가 씁쓸한 미소를 지었다.

이청무가 박기를 밀어내고 약을 뺏으려 안간힘을 쓰는 평일측과 사제들을 보면서 말했다.

"나는 이것으로 본곡과의 관계를 끊으려 하네."

평일측이 굳은 듯 멈추었다.

"무, 무, 무슨 말이오?"

정광조가 잘못 들은 것처럼 되물었다.

윤극사는 고개를 들었다.

이청무가 차갑게 말했다.

"비록 형제라고 하나 한쪽에서는 죽이고 한쪽에서는 죽임을 당하는데 어찌 그 형과 아우가 오래갈 수 있겠나?"

"하지만… 하지만… 제세원은……."

정광조가 말을 더듬었다. 그러나 마땅한 말을 찾아내지 못했다.

이청무가 말했다.

"곡주에게 전하게. 가져온 독은 내가 모조리 먹었다고. 만약 차후에도 우리 제세원에 해를 끼치려 한다면 이제 우리가 가만있지 않을 걸세."

방 안에 숙연한 기운이 감돌았다. 구신의가 지난날 스승과 사조들의 한을 모두 되새기며 본곡에서 나온 네 사람을 쏘아보았다.

긴 세월 동안 아무 말 않고 묵묵히 지내오다가 이제 와서 태도를 바꾸는 구신의에게서 정광조 등은 큰 충격을 받았다. 거역할 수 없는 조수처럼 그들의 분노와 한이 밀려왔다. 이청무는 자기의 목숨으로 다른 사람들과 제자들의 목숨을 바꾸려고 하는 것이다.

평일측 등도 이청무를 말리지 못했다. 제세원의 보존을 위해 아홉 신의가 모두 기꺼이 목숨을 내던지겠다고 맹세한 지가 수십 년이다. 이제 이청무가 그 맹세를 제일 앞서서 이루려는 차에 어떤 말도 할 수가 없다.

복거동이 이마에 맺힌 식은땀을 닦았다. 쫓는 입장에서 쫓기는 입장으로 바뀌었을 때 느낄 수 있는 것과 비슷한 기분이었다.

표제운이 물었다.

"어쩌겠다는 말이오?"

이청무가 짧게 말했다.

"만천하에 알리겠다."

표제운과 정광조 등의 얼굴이 일그러졌다. 제세원이 세상에 커다란 신망을 얻고 있으며 그 명성과 존경은 관민은 물론 무림인들에게까지 이른다. 제세원에서 목숨을 건진 수많은 사람들이 백초곡을 성토하고 적으로 여긴다면 백초곡은 큰 곤경에 처하고 말 것이다.

허락하고 받아들이고 할 말이 아니다. 이청무는 통보를 했고 통보한 이상 백초곡에서는 더 이상 제세원을 지금처럼 대할 수가 없다.

이청무는 제일 먼저 병 속에 담긴 물약을 입속에 넣고 삼켰다. 구신의는 시선을 돌려 버렸고 정광조 일행과 윤극사는 뚫어지게 쳐다보았다. 윤극사는 속에서 거대한 거품이 생겨나 몸 밖으로 나올 것 같은 갑갑함을 느꼈다. 속으로 '잘못되었다. 이럴 수는 없다. 이건 옳지 못하다' 하는 소리가 밑도 끝도 없이 맴돌았다.

이청무의 파리한 안색에 검은빛이 감돌았다. 아주 작은 변화였지만 그곳에 있는 사람들은 모두가 천하에 보기 드문 의원들이라 훤하게 보고 있었다.

이청무는 숨을 두 번 들이킨 후에 입을 열었다.

"홍주와 붕을 해독해 주게."

정광조가 고개를 끄덕이고 두 사람에게 다가가 입을 벌리고 약을 하나씩 먹였다.

이청무는 푸른빛이 나는 두 번째 약을 입에 넣었다. 이청무의 숨결에서 푸른빛이 어른거렸다. 이청무는 눈을 감고 묵묵히 있었다. 윤극사가 입을 열었다.

"사, 사숙!"

목이 메어 울음을 삼켜야 했다.

이청무의 머리카락이 부스스하다. 손이 닿기만 해도 머리카락은 쏟아지고 말 것 같았다.

이청무가 눈을 떴다. 표제운이 부르르 치를 떨었다. 그들이 가져온 독약은 단 한 가지로 이곳에 있는 사람 모두를 죽일 수 있는 것으로 골라왔던 것이다.

이청무가 말했다.

"극사를 풀어주게."

정광조가 머리를 저었다.

"안 되오. 이 아이는 가장 중요한 죄인이오. 우린 이 아이를 잡기 위해서 그동안 여기 있었다고 해도 과언이 아니오."

진국보가 소리쳤다.

"극사가 무슨 죄를 지었다는 거냐?"

정광조가 말했다.

"내가 자네들한테도 말하지 않았지만 지난해에 본곡에서 아주 불미스런 일이 있었네. 내가 이 사형에게 재수가 없어 연좌되었다고 한 말도 사실 그 때문이었어."

위한이 말했다.

"흥! 무슨 일인진 몰라도 이 사형이 연좌되었다면 우리도 모두 연좌되었다고 말할 수 있소."

표제운이 퉁명스럽게 말했다.

"누가 그걸 모를까? 곡주가 모두 죽여 버리라고 했을 때 그만한 생각도 없었겠는가?"

위한이 입을 다물었다.

정광조가 한숨을 쉬면서 말했다.

"본곡에 반도가 생겼소. 이 사형도 익히 아는 사람이오."

평일측과 윤극사가 몸을 부르르 떨었다. 이청무는 윤극사를 키워서 백초곡의 곡주로 만들려는 생각까지 가지고 있었던 바다. 그것은 이청무가 윤극사의 사부인 황혼과도 의견을 나누었던 것이다.

윤극사의 가슴이 쿵쾅거렸다.

표제운이 말했다.

"황혼이오!"

제8장 오황신침을 묻다

오황신침을 묻다

앞이 캄캄했다. 가르쳐 준 것이라고는 천자문과 삼득삼성공밖에 없는 사부였지만 황혼은 윤극사에게 가장 가까운 사람이었다. 몸이 와들와들 떨렸다. 구신의가 침묵을 지키고 있다.

이청무가 한 가지의 독을 입에 털어 넣고 삼킨다. 세 번째 독약이다. 표정이 고통스러운 게 아니라 씁쓸해 보였다. 이청무의 얼굴이 조금 실룩거렸다. 그러나 이청무는 꼿꼿했다.

독 때문인지 약간 탁해진 음성으로 물었다.

"황 사형은 조신(操身:행동이 조심스러움)한 사람이다. 그가 어떻게 반도가 되었단 말인가?"

복거동이 말했다.

"사사로이 조사동(祖師洞)에 들어가 본곡 조사신물(祖師信物)인 오황신침(五皇神鍼)을 훔쳤소."

원래 조사동은 천산에 있지만 중악에도 조사동이 있다. 천산으로 다시 돌아갈 기약은 거의 없었기 때문에 백초곡이 중원으로 옮겨오면서 조사 의성자의 유물을 모두 옮겨와서 다른 장소에 보관하고는 역시 조사동이라고 불렀다. 오황신침은 의성자가 남긴 것 중에서 가장 유명한 것이다. 그러나 의성자 이후로는 오황신침을 사용할 수 있는 사람이 없었다. 오황신침은 두병신지를 가진 사람만이 쓸 수 있는 침이기 때문이었다.

이청무가 크게 고개를 끄덕였다.

"그랬군. 그랬어. 황 사형은 죽을 만한 짓을 했군."

정광조가 한숨을 쉬면서 말했다.

"사실이 그렇소. 황혼은 늙었고 의술도 보잘것없는데 오황신침을 훔쳐서 어디다 쓰려 했겠소? 바로 이 녀석에게 줘서 우리 백초곡의 권력을 쥐고자 한 게 아니고 뭐겠소?"

표제운이 손으로 윤극사의 머리를 툭 쳤다.

"우리도 이 녀석이 두병신지를 가졌다는 것을 알고 있소."

이청무가 표제운의 뒷말을 흘려 버리고 흐뭇하게 웃으며 말했다.

"오황신침이라면 황 사형이 목숨을 걸 만했어. 잘했군."

평일측이 화난 음성으로 소리쳤다.

"그래서 황 사형을 죽였느냐? 명색이 의원이란 자들이?"

박기는 평일측이 마구 소리치는 것에 화가 나 코웃음을 치며 말했다.

"흥! 그는 죽어 마땅한 짓을 했소. 이 사형도 그렇다고 하지 않았소."

평일측이 백초곡이 있는 동쪽을 향해서 두 번 절하고 큰 소리로 외쳤다.

"황 사형! 잘 죽었소! 잘 죽었소! 이제 속이 후련하겠소! 백초곡은 황 사형에게 맞지 않는 곳이었소! 잘 죽었소!"

윤극사는 박기의 손에 목이 눌린 채로 흐느꼈다.

이청무는 말없이 독을 들어 연거푸 입에 넣었다. 고통으로 황혼의 죽음을 애도했다. 일곱 번째 독을 먹었을 때 이청무의 오른쪽 귀에서 검은 피가 나왔다.

막 정신을 차리고 깨어나던 단홍주가 보고 비명을 지르며 달려갔다.

"사부님!"

이청무의 깡마른 몸 어디에서 그런 힘이 솟았는지 단홍주는 이청무의 한 손짓에 옆으로 밀려났다.

"망동하지 마라."

이청무가 말했다.

"나는 지금 제세원이 영원히 살 길을 열고 있는 중이다."

단홍주가 이청무의 발 앞에 엎드리며 울부짖었다.

"사부님, 안 됩니다! 사부님께선 절대 돌아가실 수 없습니다!"

이청무가 입가에 독을 머금은 채 빙그레 웃었다.

"너희들이 장하다."

그때 하붕이 벌떡 일어나더니 갑자기 달려들어 남아 있던 독 중 하나를 입에 넣고 삼켜 버렸다.

"멈춰!"

표제운이 소리치며 달려들었지만 저지하지 못했다.

이제 한 가지 독만 더 먹어도 이청무는 견디지 못하고 녹아내릴 것 같은데 산통이 깨어졌다.

"이, 이놈이!"

표제운이 고함치며 하붕의 어깨를 내려쳤다. 하붕이 비명을 지르며 그 자리에 엎어졌다. 그러나 하붕은 그 와중에도 악착같이 오른손으로는 남아 있는 한 개의 독을 쥐고 왼손에는 마지막으로 남아 있는 독침을 잡았다.

표제운이 발로 그를 밟고 차려고 하자 하붕은 왼손에 든 독침으로 표제운의 발을 가리켰다. 표제운이 놀라서 발을 움츠렸다. 하붕은 단홍주에게 독약을 내밀며 독침을 윤극사에게 던졌다.

"앗!"

놀람에 찬 소리가 터져 나오고 윤극사는 자기의 가슴을 향해 날아오는 독침을 봤다. 하붕의 뜻을 알 수 있어 고마웠다. 가슴을 내밀어서 독침을 받았다. 단홍주도 하붕이 건네준 독을 삼키고 있었다.

하붕이 고함쳤다.

"우리가 사부님을 대신해서 나머지를 처리했다! 이제 됐지 않은가?"

입에서 검은 독연이 뭉클 뿜어졌다. 가까이 있던 표제운과 복거동이 급히 피했다.

정광조와 박기 등은 가슴에 찬바람이 이는 것을 느꼈다. 이청무의 제자들도 그 성미가 이청무 못지않다는 것을 느꼈다.

박기는 속으로 저 두 놈도 반드시 죽여야 후환이 없겠구나 하고 생각했다.

이청무는 두 제자와 윤극사를 보고 있었다. 두 제자는 그의 발 앞에 엎드렸고 윤극사는 가슴에 침을 꽂은 채 고개를 들어서 허망한 눈을 하고 이청무에게 말할 듯이 입을 반쯤 벌리고 있었다.

이청무가 말했다.

"그 아이를 놓아주게."

정광조가 한숨을 쉬며 고개를 저었다.

"불가하오."

복거동이 윤극사의 가슴에서 침을 뽑고 목 뒤에 해독 침을 하나 놓으며 말했다.

"네 녀석은 아직 죽을 수 없다."

갑자기 복거동의 안색이 변해서 외쳤다.

"정 사형! 이놈의 몸에 침이 들어가질 않소!"

정광조 배분의 백초곡 사람들은 머리카락처럼 가는 침으로도 바위를 찌를 수 있는 사람들이다. 그런 사람들 중 한 명인 복거동이 침을 놓았는데 침이 들어가지 않는다는 말은 있을 수 없다.

"뭣?"

정광조 등 네 사람이 윤극사의 몸을 에워쌌다.

그때 이청무가 탄식하며 말했다.

"이미 일은 틀렸다. 극사가 죽어서는 안 되니 사제들은 극사를 빼앗게."

"알겠소!"

위한과 진국보 등이 소리치며 달려나왔다. 표제운과 박기가 몸을 돌려 그들에 맞섰다.

표제운이 호통 쳤다.

"정녕 죽기를 원하는가?"

위한이 소리쳤다.

"극사를 내놔라!"

표제운이 화를 내며 위한에게 일장을 가했다. 하지만 흰빛이 번쩍 하는 걸 보고 놀라서 손을 움츠렸다. 위한의 손에는 한 뼘 길이의 침이 들려 있었다. 독은 묻어 있지 않는 침이지만 그 침을 잡은 사람이 침 하나로 생사를 좌우할 능력이 있는 자였다.

한편으로는 사람의 몸을 축 늘어지게 하는 완심환(緩心丸)의 냄새가 나는 것도 같았다. 위한을 피하면서 찾아보니 평일측이 두 손바닥을 털고 있었다. 그가 남모르게 손바닥 속에 완심환을 넣고서 비벼댄 것이다.

완심환은 어떤 장사라도 물먹은 솜뭉치처럼 축 늘어지게 만들어 버린다. 정광조와 표제운 등은 권술을 어느 정도 할 수 있지만 그 냄새를 맡고 나면 아무 소용이 없다. 무림인들이 말하는 산공독보다도 오히려 더 지독하면 지독하지 못하지 않다.

"완심환이오!"

박기도 눈치 채고 소리친다.

정광조와 복거동이 윤극사를 양쪽에서 붙잡고 문밖으로 달려나간다.

"멈춰라!"

소리치며 달려나가는 순간 표제운이 침통을 열어 흔들었다. 놀란 구신의가 손에 들었던 침을 표제운에게 던지며 손등으로 눈을 가렸다. 표제운이 침통의 침을 날리지도 못하고 먼저 다섯 개의 침을 맞았다.

구신의의 침은 무림 중의 고수가 던진 침이나 진배없이 빠르고 강하다. 수십 년 동안 침을 놓을 때마다 온 마음을 다 쏟았으니 그 공이 적지 않게 쌓인 것이다. 맞아도 따끔거림조차 없다. 표제운은 자기의 오른손이 움직이지 않자 침을 맞았다는 것을 알고 땅을 뒹굴면서 밖으로 나갔지만 큰대 자로 길게 뻗고 말았다.

박기가 품속에서 병을 하나 꺼내 바닥으로 던졌다. 펑 소리와 함께 구신의 앞에 시퍼런 불길이 치솟았다. 구신의가 놀라서 물러서는 틈에 박기는 표제운을 어깨에 들쳐 메고 지붕 위로 달아났다.

"저 시러배 잡놈들이 무공을 쓰는구나!"

펑일측이 분노하여 외쳤다.

"멈춰라!"

이융대가 불 건너에서 발을 동동 구르며 소리쳤다. 불길이 아주 높이 솟구치며 전각들로 옮겨 붙고 있었다. 싸우는 소리에 달려온 구신의의 제자들이 '불이야!' 하고 소리치며 사방으로 치닫는다.

"이놈의 제세원, 몽땅 태워 버려!"

박기의 어깨에서 표제운이 화난 음성으로 고함쳤다.

그 소리에 고개를 돌렸던 윤극사는 박기가 병을 던져서 두 개의 전각에 화염을 일으키는 것을 봤다. 그 전각들에는 혼자서는 거동을 하지 못하는 환자들이 누워 있었다. 정광조와 복거동에게 양쪽에서 잡혀 들리워 가면서 울부짖었다.

"으아아아아아아!"

참을 수 없는 분노에 윤극사는 이성을 잃어버렸다. 입으로는 물어뜯을 듯이 하고 미친 듯이 손을 흔들어서 정광조와 복거동을 뿌리쳤다.

"이놈이 미쳤구나!"

그들이 놀라서 옆으로 떨어지는 순간 윤극사도 아래로 곤두박질쳤다. 허공이었던 것이다.

윤극사는 제세원에서 감정이 폭발한 후에 공중에서 땅으로 떨어져 정신을 잃었다. 제세원은 화염과 환자들의 비명 소리로 아비규환이 되었고 그 틈을 타고 정광조와 표제운 등은 윤극사를 데리고 빠져나왔다. 그들은 모두 무공을 조금씩 알고 경신술도 펼칠 수 있었지만 평일측의 완심환을 조금씩 흡입했기 때문에 내력이 흩어져 멀리 가지는 못했다.

종남산에서 백 리 정도 떨어진 곳의 야산에 이르러 그들은 완심환을 몸에서 몰아내고 침에 맞은 표제운을 치료했다. 침만 뽑으면 될 일이 었지만 침 끝까지 몸속 깊숙이 박혔기 때문에 복거동이 다른 침으로 표제운이 맞은 침을 찾아내고 흡철석을 복거동의 침에 붙여서 조금씩 당겨냈다.

그사이에 정광조와 박기는 윤극사의 몸에 침을 찌르려고 몇 번이나 노력했지만 찌르지를 못했다. 복거동이 윤극사의 몸에는 침이 들어가지 않는다고 했던 말이 사실이었던 것이다.

정광조가 곤혹스런 표정으로 말했다.

"이런 경우는 듣도 보도 못했는걸."

윤극사와 나란히 누워 있던 표제운이 말했다.

"칼로 찔러보시오."

정광조와 박기가 조금 생각해 본 후 소도를 손에 잡았다. 백초곡과 제세원의 사람들은 의술을 배우기 시작함과 동시에 소도(小刀)를 가지며 또한 삼득삼성공을 익히기 시작한다. 후에 의술을 인정받게 되면 자기 침을 가진다.

수백 번의 담금질로 만들어진 소도의 용도는 돌을 헤치고 약초를 캘 수 있음은 물론이고 살을 가르고 뼈를 자를 수도 있다. 백초곡의 침이나 소도는 그 자체로써도 훌륭한 보물이라고 할 만하다.

박기가 소도를 뽑아서 가죽 끈에 한 번 벼른 후에 말했다.

"가슴에 뭘 넣고 다니는 것 같소. 옷을 벗겨보시오."

정광조가 윤극사의 상의를 풀어헤쳤다.

순간 윤극사의 가슴에서 황갈색 전갈이 모습을 드러냈다.

"으윽!"

비명을 지르며 정광조가 놀라서 뒤로 펄쩍 뛰었다. 번쩍 하고 푸른 빛이 발해졌다. 박기가 소도로 번개처럼 전갈의 머리를 내려찍은 것이다. 생각보다 몸이 앞선 반사적 행동이었다.

치이익!

소도 끝이 전갈의 머리를 타고 미끌어지면서 윤극사의 옆구리를 길게 그었다.

"헛!"

박기가 소리치며 뒤로 물러났다.

전갈도 상처가 없었고 윤극사의 몸에도 상처가 없었다. 날카로운 소도가 금옥을 두부처럼 쓸지는 못하더라도 살아 있는 생물의 몸을 찢지 못하는 경우는 보지 못했다.

복거동과 표제운조차 말을 잃고 윤극사의 상체를 보고 있었다. 윤극사의 가슴에서 배에 걸쳐 길이 한 자나 되는 커다란 전갈이 거꾸로 붙어서 쇠꼬챙이 같은 발들을 윤극사의 몸에 박아놓고 있었다.

"이놈은… 요물이오."

복거동이 두려운 듯 말했다.

"전갈이 화해서 사람이 된 요물이 틀림없소."

네 사람은 윤극사를 두고 일 장이나 떨어진 곳에서 지켜보았다. 한동안 숨을 죽이고 지켜보았지만 윤극사도 움직이지 않고 전갈도 움직이지 않았다.

표제운이 말했다.

"불에 태워 죽입시다. 저놈을 본곡으로 데려가서 혹시 불상사라도 생기면 큰일이오."

박기가 말했다.

"곡주가 이놈을 데려오라고 했소. 더구나 불 태워 죽인다면 오황신침의 행방은 영영 알 수 없게 될 거요."

복거동이 화를 내면서 말했다.

"이놈이 오황신침의 행방을 꼭 안다고 할 수도 없지 않은가? 우리가 돌아가서 곡을 잘 뒤져 보면 찾을 수 있을지도 모르지."

복거동은 정광조에게 동의를 구하는 눈빛을 보낸다. 정광조는 결정을 짓지 못하고 머리를 저었다.

복거동이 말했다.

"나는 아까 저놈에게 침이 들어가지 않을 때부터 뭔가 잘못됐다는 걸 알았소. 원래부터 말이 안 되는 소리였소. 곡 안에서도 순둥이같이 굴었던 저 녀석이 갑자기 두병신지를 가졌다니 그게 다 저 요물 채미충이 그놈을 잡아먹고 골수를 차지했기 때문일 거요. 두병신지니 뭐니 하는 것도 다 저 요물의 조화가 틀림없소."

표제운이 말했다.

"나는 아직 어떤 짐승이 사람의 골수를 먹고 사람으로 행세한다는 말은 들은 적이 없다."

복거동이 펄쩍 뛰면서 말했다.

"제가 바로 그 증거가 아니오? 바위를 찌르는 우리 침도 못 뚫는 몸뚱이라니!"

표제운은 아직도 침이 몸에 여러 개 박혀 있어서 움직임이 원활치 못했다. 나뭇가지를 꺾어 지팡이로 만든 후 억지로 몸을 움직여 윤극사에게 다가가 전갈의 머리를 지팡이로 툭툭 건드렸다. 그러나 전갈은 아무런 반응이 없었다.

복거동이 긴장하여 주먹을 불끈 쥐었다.

표제운이 말했다.

"움직이지 않소. 신경 쓰지 않아도 될 것 같소."

복거동이 하소연하듯이 말했다.

"침도, 칼도 들어가지 않는 놈이오. 혹시 채미충의 독이라도 쏘아낼지 어찌 아오?"

정광조가 화를 내면서 말했다.

"저런 기현상은 놀랍다만 백초곡의 의원이 채미충의 독 따위를 두려워하는가?"

"내 말도 그 말이오."

복거동이 약간 억지를 써서 항의했다.

"그만큼 기현상이란 말이오."

박기가 말했다.

"저놈을 잘 연구하면 곡에 아주 큰 도움이 될지 모르겠다는 생각이 드는구려. 멀쩡한 사람이 도검불침으로 변하다니……."

표제운이 말했다.

"무림인들이 꿈에도 그리는 경지지."

표제운은 소도를 꺼내서 윤극사의 팔을 죽 그었다. 그러나 나무 주걱으로 유리판 위를 그은 듯이 윤극사의 팔에는 아무런 흔적도 남지 않았다. 날이 들어가지 않은 것이다.

정광조가 다가가 윤극사의 다리를 엄지손가락으로 눌러보았다. 소년의 탄탄한 다리지만 보통 사람과 다를 바가 없었다.

왼손으로 그 부위를 만지면서 침으로 찔렀다. 하지만 침은 윤극사의 몸속으로 들어가지 않았다. 이마에서 땀이 날 정도로 애를 썼지만 침은 털끝만큼도 윤극사의 살을 뚫고 들어가지 못했다.

박기가 머리를 절레절레 흔들었다.

복거동이 침을 꿀꺽 삼키고 말했다.

"충(蟲)은 여름에 성하지만 오히려 불에는 약하오. 불과 독을 써봅시다."

복거동의 머리 속에는 윤극사와 채미충을 처치할 생각만 가득했다.

표제운이 얼굴을 찌푸리며 말했다.

"사제는 내 몸에 박힌 침이나 마저 뽑아주게."

복거동은 표제운의 말에 아무 소리 못하고 다시 흡철석과 자기의 침을 준비했다.

정광조는 윤극사의 옷을 모두 벗긴 후 자세히 살폈지만 가슴에 붙어있는 전갈 외에는 특별한 점을 찾지 못했다. 다만 그의 몸에 침이든 칼이든 뚫고 들어가지 못하는 이상한 면이 있을 뿐이었다.

박기가 윤극사의 손목을 잡고 진맥했다.

정광조가 물었다.

"어떤가?"

"삼득삼성공만 충실할 뿐이오. 다른 내공을 익히진 않았소."

박기가 대답했다.

정광조가 말했다.

"손발의 관절도 부드럽네. 권각법을 익히지도 않았어."

표제운이 말했다.

"영약은?"

박기가 대답했다.

"모르겠소. 영약을 먹었다면 몸 밖으로 헛되이 새지 않는 한 기운으로 이어졌을 텐데 기운은 삼득삼성공의 기운뿐이오."

"채미충 때문이오. 더 볼 것도 없소."

복거동이 기회를 만난다는 듯이 또 떠들었다.

"한 자나 되는 채미충이 있다는 말을 어디 들어보기라도 했소? 저 채미충이 무슨 조화를 부리지 않고서야 불가능한 일이오."

채미충은 일반적으로 크지 않다. 작은 것은 한 치도 되지 않고 아주 크다고 알려진 것도 일곱 치를 넘지 않는다. 일곱 치가 넘는 채미충이 있다는 것도 말로만 전해질 뿐이다.

정광조는 검지에 공력을 주입하여 윤극사의 허벅지를 천천히 찔렀다. 눌러지기는 했지만 어느 순간부터 그가 누르고 있는 지점이 무쇠처럼 단단하게 변했다. 손을 떼면서 보니 그 부분의 색깔도 변해서 황갈색이다. 다른 손으로 그 옆을 만져 보니 여전히 부드러웠다.

박기는 침으로 윤극사의 귓바퀴를 찔렀다. 그러나 역시 꽂히지 않았다. 목에도 들어가지 않았으며 입술에도 침이 들어가지 않았다. 귓구멍을 찔러도 들어가지 않을 게 뻔했다.

"허허허허!"

보고 있던 박기가 기가 막혀서 웃었다. 손가락으로 윤극사의 머리카락을 몇 가닥 휘어잡아 확 당겼다. 신통하게도 머리카락은 뽑혔다.

윤극사가 눈을 떴다. 정광조가 재빨리 윤극사의 혈도를 몇 군데 찍었다. 그러나 혈도가 제압되는 것 같지 않았다. 당황한 정광조가 외쳤다.

"오라로 묶어!"

박기가 품에서 오라를 꺼내 윤극사를 꽁꽁 묶었다. 옷도 입히지 않고 묶은 다음에 옷으로 덮었다.

윤극사는 충격에서 깨어나지 못한 듯 꿈을 꾸는 듯한 눈을 하고 가만히 있었다.

복거동이 소리쳤다.

"함부로 날뛴다면 불로 태워 죽이겠다!"

윤극사는 고개를 끄덕였다.

복거동이 가슴을 쓸면서 안도의 한숨을 내쉰다. 속으로 이놈의 착한 심성은 그다지 변한 것 같지 않다고 생각했다.

표제운은 끝이 몸 밖으로 나온 침 하나를 자기 손으로 뽑아서 던져 버리며 소리쳤다.

"오황신침은 어디 있느냐?"

윤극사가 고개를 떨구고 머리를 좌우로 흔들었다.

표제운이 우악스럽게 윤극사의 손목을 움켜쥐며 말했다.

"바른대로 고해라! 죽지도 살지도 못하는 맛을 꼭 봐야겠느냐?"

윤극사는 고개를 한 번 들었다가 표제운을 보고 다시 떨구면서 저었다. 윤극사의 꼴이 아주 기괴했다. 머리카락은 흩어져서 길게 내려졌고 가슴에는 황갈색 전갈이 거꾸로 붙어 있으며 오라로 팔과 상체를 하나로 묶은 위에 옷이 걸쳐졌다.

정광조가 윤극사의 바지를 입히고 띠를 묶었다. 윤극사는 우두커니 서서 바보처럼 가만히 있었다.

정광조가 말했다.

"우리를 원망하지 마라. 네 사부가 조사동에 들어가 오황신침을 훔치지만 않았던들 이렇게까지야 됐겠느냐?"

윤극사는 또 고개를 끄덕였다.

정광조가 물었다.

"오황신침은 네가 받았느냐?"

윤극사가 고개를 저었다. 표제운이 버럭 소리쳤다.

"정말 침을 받지 않았단 말이냐?"

윤극사가 깜짝 놀랐다. 땅을 보니 이청무에게 받았던 자기 침통이 떨어져 있었다.

"전 이 사숙께 침을 받았습니다."

윤극사가 힘없는 음성으로 말했다.

표제운이 또박또박 한마디씩 끊으며 악을 써서 말했다.

"오.황.신.침.을. 받.지. 않.았.느.냐. 말.이.다!"

윤극사가 대답했다.

"전 모릅니다."

"고문을 하시오, 불로!"

복거동이 윤극사를 곁눈질하며 안달하여 말했다.

윤극사가 정광조를 한 번 쳐다본 후 고개를 숙이고 눈물을 뚝뚝 흘린다.

정광조가 한숨을 쉬고 말했다.

"본곡으로 돌아가려면 여러 날 걸릴 테니 그사이에 물어보자."

복거동이 댕댕거렸지만 그들의 우두머리는 정광조였다. 그의 명에 따라 박기가 마차를 구해왔다. 그들은 윤극사를 먼저 마차에 태운 후에 마차 밖에서 밀담을 나누었다. 밀담을 나누는 끝에서는 옥신각신하기도 했다. 그러나 얼마 후에는 정광조가 표제운, 복거동과 마차 안으로 들어왔다. 그들 중 마차를 몰 줄 아는 사람은 박기뿐이었다. 또한 그의 말을 부리고 마차를 모는 솜씨는 아주 뛰어났다.

마차는 달리고 윤극사는 생각에 잠겼다가 이따금 눈물을 흘리고 또 생각에 잠기길 반복했다. 정광조는 윤극사를 묵묵히 볼 뿐 더 이상 심문은 하지 않았다. 표제운이 경멸 섞인 눈으로 이따금씩 윤극사를 노려보곤 했다.

마차는 삼십 리쯤 간 후 해가 저물어 객점으로 들어갔다. 복거동은 객점의 후원을 빌려서 마차를 후원 마당까지 몰고 들어간 후에 윤극사를 방으로 들어가게 했다. 제세원에서 소신의로 알려졌던 윤극사인만큼 행여 다른 사람이 알아본다면 엉뚱한 문제가 생길 수도 있는 일이었다.

방 안으로 들어가자 복거동은 가져온 음식을 던져 주면서 먹으라고 했다. 윤극사는 먹지 않았다. 눈물이 또 흘렀다.

정광조가 버럭 소리쳤다.

"사내놈이 이만한 일로 자꾸 눈물을 흘리느냐?"

윤극사는 울먹이며 바보스럽게 말했다.

"자꾸 눈물이 나는걸요."

그도 울지 않으려 애쓰는 모습이 보인다.

정광조가 탄식했다. 바보가 아니다. 세상의 오욕에 때 묻지 않았기 때문이다. 그에게도 그런 시절이 있었다. 더 꾸짖지는 않았다.

밤이 깊어갔다.

침대에 누웠을 때 창밖으로 보이는 까만 하늘에 별이 드문드문했다.

머리가 깨질 듯이 아팠다. 그러나 아픔은 고통이 아니다. 윤극사는 고통보다 더 큰 고통은 허망함이고 허망함보다 더 큰 고통은 연민이라는 것을 알고 있었다.

열일곱 살. 십독십이약으로 말미암아 살아온 나이보다 더 많은 슬픔과 고통을 알아버렸다. 누워 있음에 하늘은 보여도 땅은 보이지 않는다. 눈가를 벗어난 하늘가에 물기가 어려 넘친다.

감성이 움직였음인지 큰 고통, 허망함 때문인지 자꾸만 눈물이 고인다. 낮에 있었던 일들은 꿈결같이 아득했다. 별과 그가 있는 곳의 거리만큼 아득했다. 시간적으로도 멀지 않았고 공간적으로도 멀지 않겠지만 그가 싫어하기 때문에 그것들은 다 멀었다.

밤은 깊어가고 깊어갈수록 조용했다.

"정 사숙님."

윤극사는 힘없고 나직한 음성으로 정광조를 불렀다. 네 사람 중에서 정광조의 몸에서 나는 냄새가 그래도 제일 좋은 편이었다.

정광조는 잠을 이루지 못하고 탁자에 앉아 생각에 잠겨 술잔을 기울이고 있었다.

"지금 그대로도 충분하지 않는가요?"

윤극사는 말끝을 죽이며 입술을 깨물었다.

정광조가 쓸쓸하게 웃는다. 백초곡에서 있었던 시절 가끔 만날 때면 정광조는 항상 저런 미소를 지었다.

윤극사는 입을 다물어 버렸다. 말을 한다고 해도 아무 소용 없을 것 같았다. 정광조도 이미 슬픔이 충분한 사람 같았다.

정광조가 잠시 기다리다가 말했다.

"날이 밝기 전에 출발할 테니 잠을 자두는 게 좋을 거다. 내일부터는 꽤나 고될 거야."

뜨락에서 쓰륵쓰륵하는 풀벌레 소리가 또 심금을 울린다. 세상은 이미 있는 그대로도 충분히 고통으로 가득하고 사람은 저마다 슬픔의 우물을 깊이 파놓고 있다. 고통도 충분하고 슬픔도 넘친다. 구태여 사람이 애를 써서 보탤 것이 뭐란 말인가? 한순간 미친 듯이 분노해도 어느 것이나 물거품 같고 남는 것은 허망함과 연민일 뿐인데……

잠을 이루지 못하고 누워서 눈만 감았다 떴다 하길 반복했다. 이따금 정광조가 빈 잔에 술을 따르는 '쪼르르' 소리도 날이 샐 때까지 계속되었다.

해가 뜰 무렵에 표제운과 박기가 옆방에서 건너왔다. 복거동은 점원을 불러서 아침을 방으로 가져오게 시킨다. 윤극사는 침대에서 일어나지 않았다. 한참 자라는 몸이니 힘이 없을 리 없지만 몸과 마음의 거리가 멀었다.

"결정했소?"

표제운이 탁자에 있는 술병들을 옆으로 치워 버리며 작은 소리로 묻는다.

정광조는 밤을 지샌 그 표정 그대로 한 번 웃고는 고개를 끄덕였다. 복거동의 안색이 굳어진다. 표제운만이 짐작했다는 듯한 표정이고 박기는 묵묵히 두 손을 움켜잡는다. 손마디 꺾이는 소리가 우두둑 한다.

정광조의 표정이 자조로 가득 차 있다. 그러나 눈빛은 뭔지 모를 결심으로 번득이고 있었다. 신경을 비파의 현처럼 당겨 조이는 냄새가 윤극사의 정신을 환기시켰다. 냄새……. 어제부터 맡았던 이상한 냄새. 마음이 움직이며 몸에 남기는 흔적인 냄새다. 마음에도 냄새가 있다고 이청무가 말했던 바로 그 냄새. 제세원에서 표제운이 비수로 이청무를 찌르려 했을 때도 이런 나쁜 냄새가 났다.

윤극사는 벌떡 몸을 일으키며 말했다.

"정 사숙, 다, 당신들은 또 무슨 짓을 하려는 거죠?"

목청이 떨려 말소리가 겨울바람에 우는 문풍지 소리 같다.

펑!

윤극사는 침대에서 뒤로 튕겨 나가 벽에 등과 머리를 부딪쳤다. 표제운이 바람처럼 다가들며 손바닥을 이상하게 번득이더니 그의 오른쪽 가슴을 친 것이다.

윤극사의 속에서 울컥 하고 핏덩어리가 솟구쳤다.

복거동이 기뻐서 펄쩍 뛰며 말했다.

"저놈이 속은 허약하오! 괜한 걱정을 했소!"

표제운은 자기가 때리고도 윤극사가 피를 토하자 놀랐다. 침도 들어가지 않고 도검조차 불침하던 윤극사가 자기의 무겁지도 않은 일장에 피를 토한 것이다. 정광조와 박기도 아주 놀란 표정이다.

표제운은 속으로 은근히 치미는 기쁨을 누르며 살기 어린 음성으로 말했다.

"네가 해야 할 말은 오황신침의 행방뿐이다. 함부로 끼어들면 당장 때려 죽이고 말겠다."

윤극사는 몸을 억지로 일으키며 손가락으로 표제운을 가리키며 말했다.

"나쁜 짓을 해선 안 돼요."

표제운의 손이 다시 윤극사의 어깨에 떨어졌다. 윤극사는 바닥에 엎어지고 말았다.

다시 정신을 차렸을 때는 움직이는 마차 속이었다. 마차 안에는 정광조만 무거운 표정을 하고 앉아 있었다. 윤극사와 눈이 마주쳤지만 정광조는 그에게 시선을 더 두지도 않고 거두지도 않았다. 윤극사는 눈을 감아버렸다. 마차가 많이 흔들렸다. 마차가 흔들림에 따라 윤극사도 흔들리고 정광조도 흔들렸다.

마차가 또 어느 객점에 멈추고 마부와 함께 마부석에 앉았던 복거동이 들어와 윤극사를 받쳐 들었다. 그러나 표제운과 박기는 볼 수 없었다. 정광조의 그림자가 길게 늘어진 해거름이었다. 황새가 북쪽으로 날아갔다. 황새가 북으로 날아가면 비가 온다고 하는 말을 들은 적이 있었다.

복거동은 음식을 방으로 가져와 먹었다. 윤극사는 쳐다보지도 않았고 정광조도 먹지 않았다. 그러나 그들 세 사람은 모두 새까만 밤을 침묵 속에서 하얗게 태우며 지샜다. 밤새 비가 왔다.

제9장 무수한 죽음들을 그리며

 무수한 죽음들을 그리며

날이 샐 무렵에 우장(雨裝)을 한 박기와 표제운이 돌아왔다. 그들의 얼굴도 밤을 샌 사람처럼 핼쑥하다.

정광조가 자리에서 벌떡 일어나며 그들에게 물었다.

"어떻게 됐는가?"

표제운이 고개를 끄덕였다.

정광조도 됐다는 듯이 고개를 끄덕였다. 그러나 표정이 아주 착잡해 보였다. 어떤 일이 있었는지 윤극사는 알지 못했다. 다만 가슴에 커다란 구멍이 뚫린 듯이 허전할 따름이었다.

정광조도 말이 없고 표제운과 복거동, 박기도 입을 다물고 무거운 표정을 짓고 있었다. 이따금 복거동의 손가락이 떨렸다. 아침을 먹을 때는 젓가락을 떨어뜨리기도 했다.

윤극사가 다시 포박되어 밖으로 나오자 마당에는 두 대의 마차가 서 있었다. 한 대는 윤극사와 정광조, 복거동이 타고 온 것이고 다른 한 대는 표제운과 박기가 타고 온 것이었다. 윤극사는 표제운이 타고 온 마차에서 또 익숙한 냄새를 맡았다. 그러나 그 냄새는 사람의 몸에서 나는 것이 아니라 그가 익히 알고 있는 약에서 나는 냄새였다.

갑자기 몸이 부르르 떨렸다. 윤극사는 가슴이 콱 조여오는 것을 느끼며 쥐어짜는 음성으로 물었다.

"사, 사숙, 저 마차에 든 것은……."

표제운이 차갑게 말했다.

"흥! 곧 죽을 놈이 쓸데없이 관심이 많구나."

지독한 악취가 났다. 마음의 냄새를 맡을 수 있게 된 것은 고작 하루 이틀의 일이었지만 이렇게 나쁜 악취가 날 수 있을 줄은 몰랐다.

"으아아아아!"

윤극사는 이성을 잃고 표제운에게 달려들며 고함쳤다.

"제세원을 어떻게 했어요?"

표제운이 옆으로 비키며 손으로 윤극사의 등을 쳤다.

펑 소리와 함께 묶여 있던 윤극사의 몸이 튕겨서 마차 바퀴에 머리를 부딪쳤다. 말이 놀라서 히힝 하며 뛰었고 박기가 달려가 고삐를 잡았다.

윤극사는 꽁꽁 묶인 채 짐승처럼 울부짖고 나부댔다. 사람들이 놀라서 달려오고 복거동이 두려운 듯 멀찍이 피했으며 박기와 표제운이 진땀을 흘리며 붙잡았다. 정광조가 다른 사람들에게 윤극사가 먼 친척인데 미쳐서 치료하기 위해 데려가는 중이라고 했다. 그가 침통을 꺼내서 보여주자 사람들은 의심을 풀고 가버렸다.

한동안 소동을 부린 후에 윤극사는 커다란 구리 항아리 속에 집어넣어졌다. 구리 항아리는 높이가 세 자 반이었고 지름이 한 자 여섯 치, 걸쇠고리가 부착된 뚜껑이 있어 한 번 잠그면 안에서는 열 수가 없었다. 다만 안에서 울고 발버둥 칠 수 있을 뿐이었다.

윤극사는 구리 항아리 속에서 울부짖었다. 구리 항아리가 함께 울며 떨렸다. 울다 울다 마침내 지쳤다.

항아리는 마차에 실려서 흔들리고 윤극사는 의지를 상실한 사람처럼 망연자실하여 항아리를 따라 흔들렸다. 어느 마차에 자기가 실렸는지도 몰랐다.

표제운과 박기가 끌고 온 마차에서는 십독십이약의 냄새가 났다. 십독십이약은 제세원의 희망이다. 평일측은 그것을 지키기 위해서라면 구신의가 모두 죽어도 된다고 말한 적도 있다. 표제운과 박기가 십독십이약을 가져왔다는 것은 반대로 제세원의 신의들이 모두 죽었다는 의미일 수도 있었다.

그들이 밀의를 한 후에 맡을 수 있었던 악취, 그리고 표제운이 다시 돌아와서 풍겼던 악취……

윤극사는 제세원이 이제 세상에 남아 있지 않을 것이라 생각했다. 자기 앞에 존재하던 모든 것이 사라져 버린 것처럼 느껴졌다.

항아리 속도 암흑이지만 항아리 바깥의 세상에서도 그의 길을 밝혀 줄 빛은 어디에도 없다. 사부도 죽고 존경하던 제세원의 사숙들도 모두 죽었을 것이다.

세상에는, 자기에게는 아직도 슬픔이 부족했단 말인가?

세상에 슬픔을 보태는 것은 자기가 그 세상에 사는 한은 자기 방에 오물을 뿌리는 것과 똑같은데.

눈물도 마르고 침도 마르고 생각도 말랐다.

흔들림에 몸을 맡기고 윤극사는 지쳐 잠이 들었다.

마차는 쉬지 않고 달렸다. 말이 지치면 말을 바꾸고 마부가 지치면 마부를 바꾸었다. 윤극사는 항아리 속에서 아무것도 먹지 않았으며 단 한 마디도 말하지 않았다.

이따금 정광조가 뚜껑을 열고 윤극사의 상태를 확인하곤 했다.

윤극사는 빛을 보기도 원하지 않았고 뭔가 알고 싶어하지도 않았다. 항아리 속에 웅크린 채 무릎을 세워 안고 얼굴을 묻었다. 어쩌면 땅에 묻히지도 못했을 사숙들과 사형들을 생각하기라도 한 것처럼 윤극사는 그렇게 자기 속에 자기를 묻었다. 입은 말을 잃었고 눈은 빛을 잃었고 귀는 소리를 잃었으며 몸은 감각을 잃었다. 윤극사는 항아리 속에서 몸도, 마음도 화석(化石)으로 변해가고 있었다. 세상은 그의 마음을 잡아둘 수 있는 구심력을 잃어버렸다. 화석이 된 윤극사의 마음은 환상 속에서 경험한 적 있는 우주의 어둠 속으로 한없이 침잠했다. 해도, 달도, 별도, 돌아올 길도 보이지 않는 어둠 속.

사흘이 지났다.

마차는 객점으로 들어가더니 멈추었으며 윤극사가 들어 있는 항아리는 방으로 옮겨졌다.

정광조는 윤극사를 꺼내서 욕조에 넣고 몸을 씻겼다. 윤극사는 자기 몸을 더 이상 돌보고 있는 상태가 아니었다. 움직이려 하지도 않았다. 정광조가 묵묵히 그를 씻은 다음 새옷을 입혔다. 그의 가슴에 채미충이 붙어 있었지만 정광조는 개의치 않았다. 윤극사의 소지품은 두 가지뿐이었다. 한 가지는 일곱 살 때 처음 의술에 입문하며 사부에게 받았던 소도였고 다른 한 가지는 의원의 징표로 이청무에게 받았던 침이었다. 정광조는 두 소지품을 그의 품에 넣어준 다음에 침대로 데려가 눕혔다.

그러나 윤극사는 항아리 속에서 웅크렸던 그대로 웅크리고 누워 세상을 외면하고 있었다.

복거동이 말했다.

"묶어야 하지 않겠소?"

정광조가 고개를 저은 후에 물었다.

"표 사제와 박 사제는 아직 도착하지 않았는가?"

"그들은 물건을 가지고 있으니 우리처럼 달리지 못할 것 아니오? 우리보다 지름길을 택하긴 했지만 아마 내일쯤 되어야 도착하지 않겠소?"

복거동은 술을 탁자 위로 가져가며 말했다.

"휴~ 강호의 소문이 정말 놀랍소. 벌써 제세원이……."

"입 다물어라!"

정광조가 나직하고 준엄한 소리로 말했다.

복거동이 말을 멈추었다. 실수했다. 함부로 꺼낼 말이 아닌데 무심결에 말해 버렸다. 정광조가 방의 벽에 귀를 대본다. 행여 누가 듣지나 않았을까 해서다.

정광조는 아무 동정이 없자 안도의 한숨을 내쉰다. 복거동도 긴장으로 굳어진 몸을 풀고 한숨을 내쉬었다.

복거동이 전음으로 불만을 토해냈다.

─아무래도 이번 처사는 좀 심했소. 표 사형이 일을 너무 크게 만들어 버렸소.

정광조는 대답하지 않았다. 표제운의 행동이 과하긴 했지만 그걸 허락한 사람은 자기였다. 그러나 정광조는 다시 생각해도 허락하지 않을 수 없는 일이라고 생각했다.

'어쩔 수 없었어.'

마음은 납덩이처럼 무거웠지만 어쩔 수 없다.

'그들이……'

정광조는 속으로 생각했다. 그들이, 아니, 이청무가 백초곡과의 관계를 끊는다는 말을 하지만 않았어도 그렇게까지는 하지 않았을 것이다.

윤극사를 데려오면서 그들과 정면충돌을 하지 않을 수 없었고 이미 그들이 관계를 끊을 생각을 가지고 있는 상태에서 정면충돌까지 했으니 등을 지는 것은 피할 수 없는 일이었다.

백초곡이 제세원과 등을 지게 되면 그 순간부터 제세원은 백초곡의 가장 큰 적이 될 것이었다. 또한 어쩌면 그 정도를 넘어서 제세원을 돕는 무림인들로 인해 백초곡이 피에 잠길 우려도 있었다. 결코 그럴 수는 없었다. 제세원은 세상에 그 뜻을 수십 년 동안 펼쳐 왔지만 백초곡의 큰 뜻은 아직 시작 중에 있다. 제세원이 어떤 행동을 취하기 전에, 백초곡에 불리한 말이 세상에 흐르기 전에 막아야만 했다.

정광조와 표제운은 같은 생각을 했고 정광조는 허락했으며 표제운은 박기와 함께 실행에 옮겼다.

이제 세상에는 제세원이 존재하지 않는다.

백초곡을 위해서 어쩔 수 없는 선택이라고 끝없이 속으로 되풀이했지만 죽은 사람들을 생각하면 결코 마음이 편치 못했다.

제세원에서 구신의에게 배우던 본곡의 제자들은 다른 길을 택해서 본곡으로 돌아가게 했지만 제세원에 있던 사람들은 전멸했을 것이다. 박기의 보고에 의하면 그들이 돌아갔을 때 이청무는 보이지 않았다지만 이미 죽었을 가능성이 많았다. 독을 그만큼 들이켰으니 자신이 윤극사를 데리고 떠난 직후 죽었을 것이 분명했다. 특히 정광조는 자기 만들어서 가지고 있던 용골산(鎔骨散)의 위력을 확신하고 있었다. 천하의 어떤 명의라 해도 물과 섞이는 순간부터 뼈와 살을 녹여 버리는 독에 견뎌낼 도리는 없을 테니까.

표제운과 박기는 이청무를 제외한 팔신의가 숨어 있는 땅 밑으로 들어가 그곳에 있는 열 가지 극독으로 그들 모두를 중독시킨 후에 그 독과 열두 가지의 약을 가지고 왔다. 그들은 십독과 십이약을 보는 순간 세상에 알려지지 않았던 종류의 독과 약이라는 것을 알았던 것이다. 정광조는 그 열 가지 독약을 보았을 때 제세원을 없애 버리라고 했던 자기의 결정이 옳았다고 생각했다. 그중 한 가지만으로도 백초곡은 개미도 살지 못하는 곳으로 변해 버릴 가능성마저 있었다.

정광조는 머리를 흔들어 생각을 떨쳐 버렸다. 다른 선택이 있을 수 없는 일이었다. 그것은 밤을 새며 숙고했던 결정이었다.

'누구도 내 입장이라면 이렇게 할 수밖에 없었어.'

속으로 중얼거렸다. 그럼에도 마음은 여전히 개운치 못하다. 너무 많은 사람이 죽었기 때문일 수도 있다.

복거동도 많은 사람이 죽었다는 것이 가장 꺼려지는 일임이 틀림없다. 그가 전음으로 말했다.

─어딜 가든지 제세원에 관한 소문이 가득하오. 수천 명이 죽었으니 관부(官府)에서도 조사에 나섰다고 하오.

복거동은 불안한 얼굴로 조바심을 낸다.

조바심. 문득 정광조는 표제운과 박기가 관의 추적을 받고서 붙잡힌 것은 아닐까 하는 생각이 들었다. 만약 그들이 잡혔다면 상황은 걷잡을 수 없다. 이곳은 그들이 길을 나눠서 출발하며 다시 만나기로 했던 객점이었다. 소문이 마차가 달리는 것보다 빠르다는 것이 불안했다.

정광조는 윤극사를 다시 항아리에 넣으며 말했다.

"당장 떠나자."

복거동의 안색이 변했다. 자신의 불안이 현실화되는 것처럼 느껴져 몸을 떨었다.

정광조는 항아리를 들고 밖으로 나갔다.

복거동이 말했다.

"마차를 끌고 오겠소."

정광조가 손으로 저지시켰다. 마차가 있는 후원으로 달려가고 있는 일단의 무리가 보였다. 재빠르면서도 질서가 있다. 훈련받은 자들이다. 무공을 지니고 있으면서도 관에 소속된 관부의 기찰포교(譏察捕校: 탐정수사관)들이 틀림없다.

복거동의 몸이 굳어진다.

정광조가 전음으로 말했다.

—표 사제와 박 사제가 잡힌 모양이다.

정광조는 복거동을 이끌고 객점의 담을 넘어 남의 집 정원으로 뛰어들어 갔다. 가슴이 뛰었다. 수천 명을 죽이겠다는 표제운의 말을 허락할 때도 가슴이 이렇게 뛰지는 않는데 기찰포교가 가까이 왔다는 사실에 가슴이 터질 듯이 뛴다.

담장 너머에서 고함 소리가 들려왔다.

"죄인들이 눈치 채고 도주했습니다!"

"흩어져서 찾아라! 아직 멀리 가진 못했다!"

"문으로 나가지는 않았습니다!"

"일대를 봉쇄하고 이 잡듯이 수색해라! 범인은 두 명이다!"

젊고 카랑카랑한 지휘자의 음성이 간담을 서늘하게 한다. 표제운과 박기가 기찰포교들에게 모든 것을 다 털어놓았다는 생각이 들었다. 복거동을 보니 항상 검붉던 동안의 안색이 백지장처럼 하얗다. 얼마나 놀랐는지 몸도 굳어져 잘 움직이지 못한다. 이미 달아나서 숨기는 틀렸다.

돌아보니 누군가 객점의 지붕 위로 날아올라 가는 것이 보였다. 삼층 지붕 위로 순식간에 올라가는 경신술이 놀랍다. 기찰포교들 중에서도 날고 기는 자들이 왔다.

정광조는 나무 그늘로 뛰어들며 복거동을 끌어당겨 숨겼다.

객점의 삼층 지붕 끝에 올라선 자가 큰 소리로 외쳤다.

"죄인들은 당장 뛰쳐나와 오라를 받아라! 신포(神捕) 필재(弼齋) 나으리가 오셨다."

'신포 필재!'

정광조는 이를 악물고 복거동은 몸을 덜덜 떤다. 정광조는 구리 항아리를 나무 밑에 놓고 복거동을 침으로 찔렀다. 복거동이 벌렁 넘어져 정신을 잃는다.

그토록 큰일을 저지르면서 관(官)이 개입할 것이라는 생각과 관이 개입한다면 신포 필재가 움직일 것이라는 것조차 생각지 못했다니…….

"죄인들은 오라를 받으라!"

사방에서 기찰포교들이 지붕 위로 뛰어올라 고함친다. 수백, 수천 명이 외치는 소리 같다. 제아무리 큰 도적이라 해도 이런 소리를 들으면 간이 콩알만하게 변하고 말 것 같다.

"죄인들은 오라를 받으라!"

거듭 들려오는 소리가 숨통을 죈다. 성급하게 움직였다간 바로 노출되고 말 것이고 가만히 있으면 그들이 밭에서 잡초를 뽑듯이 훑어오면서 추려낼 것이다. 그리고 이 정도는 신포 필재라는 관부제일고수(官府第一高手)의 수많은 수법들 중 고작 한 가지다.

표제운과 박기도 신포 필재에게 걸려서 이런저런 수법들에 의해서 잡혔고 또 이런저런 수법에 입을 열지 않을 수 없었을 것이다.

신포 필재는 무림에서도 그 이름을 모르는 사람이 없는 고수다. 무림인과 일반 백성이 얽힌 사건을 주로 담당하는 신포 필재는 무림인들끼리의 싸움이나 다툼은 상관하지 않지만 무림인이 일반 백성을 해치는 경우를 적발하면 반드시 추적하여 징계하는 것으로 알려져 있다.

이번 제세원의 혈사(血事)가 유래가 없을 정도로 큰 것이고 보면 그가 직접 나서는 것은 오히려 당연하다. 다시 생각하면 할수록 너무 큰 일을 저질렀다.

정광조는 신포 필재가 펼쳐 놓은 커다란 그물의 한가운데에서 몸을 떨었다. 숨을 크게 몇 번 들이켰다. 어쨌든 잡힐 수는 없다. 무슨 수를 써서라도 빠져나가야만 한다. 이대로 잡힐 수도 없으며 죽기는 더 더욱 싫었다.

정광조는 바꽃의 여린 뿌리를 정제해서 만들어낸 고운 가루를 주위에 뿌렸다. 접근하는 자는 점점 눈이 어두워져서 막상 가까이 왔을 때는 코앞에 있어도 알아보지 못할 것이다. 또한 자기 눈이 어두워졌다는 사실도 깨닫지 못한 채 멀어지면 다시 정상으로 돌아갈 것이다. 다행히 날이 어두워지고 있다.

기찰포교들이 쉬지 않고 외치는 소리는 산천초목을 떨게 한다는 말이 실감날 정도로 두려움을 주었다. 정광조는 그 소리에 심장을 눌리면서 정신을 잃은 복거동을 깨웠다.

신포 필재가 왔다.

나무 그늘에 숨어서 전음으로 복거동에게 말했다. 복거동이 창백해진 얼굴로 손을 떤다. 복거동은 겁이 많다. 입술을 떨며 말도 하지 못한다. 신포 필재의 이름은 죄지은 사람에게는 그만큼 무서운 이름이다.

복거동이 겨우 말했다.

"사형, 우린… 어떻게 해야 하오? 이, 이대로 죽……."

"선택을 해야 할 때다!"

정광조가 눈을 빛내며 말했다.

"독을 써서 저들을 죽이고라도 달아날 것인가, 아니면 이대로 잡힐 것인가를. 신포 필재가 왔으니 그의 눈을 피할 방법은 없다."

복거동이 떨면서 말했다.

"죽입시다. 이미 수천 명을 죽였는데 몇 더 죽이는 게 무슨 대수요."

의원이 입에 담을 수 있는 말이 아니다. 강호의 폭도들이나 할 만한 소리다. 그러나 크게 틀린 말로 들리지도 않았다. 이미 정광조도 반드시 살아서 빠져나가야 한다는 결심을 굳히고 있는 터였다.

큰일을 하는 사람은 위대한 사람이겠지만 큰일을 내는 사람은 어리석은 사람이다. 정광조는 생각했다. 제세원의 행동에 대해서도 다른 해결 방안을 찾을 수 있었다면 그런 무모한 짓을 벌이진 않았을 것이다. 비록 그것이 더욱 큰일을 위해 어쩔 수 없다는 변명을 가지고 있었을지라도.

죽이는 것, 몇천에 보태는 데 몇백인들 크겠는가? 정광조는 속으로 생각했다. 복거동의 말이 아니라도 그렇게 생각했을 것이다. 다만 이번에는 일반 백성이 아닌 관의 기찰포교(譏察捕校)라는 것이 마음에 좀 걸릴 뿐이다. 그렇지만 이미 그들에게 쫓기는 신세니 등을 진 것이나 마찬가지.

문득 정광조는 자기 속에 어둠이 가득한 것 같아서 놀랐다. 그 어둠에 익숙해지면서 자기가 마인(魔人)이 되어가는 것 같았다. 등줄기로 선뜩한 바람이 불어와 오싹했다.

복거동은 주먹을 쥐고 정광조를 보고 있었다. 활시위처럼 당겨진 긴장이 엿보인다. 그대로 가만두면 신경이 넘쳐서 미치고 말 것 같다.

사람을 죽인 적이 한두 번이었던가? 복거동이 죽인 숫자도 백은 넘을 것이고 정광조가 죽인 것도 그보다는 많을 것이다. 뜻을 위하여 죽이려고 마음먹고 죽인 것이 그 정도. 그것이 아닐지라도 의원으로 살면서 본의 아니게 죽인 자도 없지 않다. 의원은 병자에게 반드시 복인(福人)인 것만은 아닌 것이다. 모든 만남이 좋은 만남일 수 없듯이.

정광조는 신포 필재 등과의 만남 역시 좋은 만남이 아닐 뿐이라는 결론을 내리고 이를 악물었다. 어떻게 생각해도 아직 죽고 싶지 않았다.

"준비하게. 밤이 오는 게 다행이야."

정광조가 말했다. 밤이면 더욱 기척없이 독을 쓸 수 있다. 기찰포교들의 호통 소리는 잦아지고 어둠이 그림자와 실체를 혼동시킬 수 있을 만큼 짙어졌다.

정광조 등이 숨어 있는 근처로 두 시녀가 다가왔다. 손에는 정원의 석등에 불을 밝히기 위한 등이 들려 있었다.

까득대며 그녀들이 석등에 불을 붙일 때 정광조와 복거동은 각자 한 사람씩의 혈도를 침으로 찍어서 정신을 잃게 했다.

시녀들은 석등 옆에 인형처럼 굳어진 채 우두커니 서 있었다. 눈도 뜨고 있고 숨도 쉬고 있었지만 그녀들은 아무것도 보지 못하고 듣지 못하고 움직이지도 못하는 상태였다.

정광조와 복거동은 그녀들의 등불을 열어서 각각 기름 속에 몇 방울의 독을 떨어뜨리고 무색 무취의 해독약을 솜에 찍어서 그녀들의 콧속에 발랐다.

두 사람이 그녀들의 몸에서 침을 뽑아내고 숨고 나자 그녀들은 아무 일도 없었던 것처럼 재잘거리며 다른 곳으로 갔다. 침에 찔려서 몸이 굳어졌던 사실 같은 건 느끼지도 못한 듯했다.

정광조와 복거동은 양쪽에서 항아리를 나누어 들고 발소리를 죽인 채 그 뒤를 따라갔다. 커다란 저택이었다. 두 시녀가 지나가자 등불 속의 독향은 사방으로 퍼지고 저택은 잠들어가기 시작했다.

저택의 주인은 이화유(李和柔)라는 사람으로 시인묵객들과 벗하고 사귀는 것을 취미로 아는 부호로 알려진 자였다.

정광조와 복거동은 정신을 잃고 있는 이화유와 그의 두 아내, 그리고 무남독녀를 한 방으로 모아놓고 인중에 침을 놓아서 깨웠다. 이미 그 집에서 정광조와 복거동이 깨운 이화유 외에는 정신을 차리고 있는 사람이 아무도 없었다. 등을 들고 다니던 두 시녀조차 중독은 되지 않았지만 복거동의 침에 의해서 시간마저 잊고 석상처럼 굳어져 뜰에 서 있는 중이었다.

뜻밖에 이화유가 느긋한 음성으로 물었다.

"당신들은 누군가?"

정광조가 말했다.

"우리는 대라천(大羅天)에서 나온 신선들이다."

이화유의 눈이 크게 떠졌다. 흐릿하던 그의 눈에 정광조와 복거동의 모습이 뚜렷하게 보이기 시작했다. 두 사람 다 하얀 수염이 배꼽까지 늘어진 노신선들이었다. 그들의 주위에는 서광이 감도는 신비한 구름이 흐른다. 복거동이 그를 깨우면서 놓았던 침에 다른 약이 묻어 있었기 때문이다.

이화유가 허리를 깊이 숙이며 말했다.

"소생은 성이 이(李), 이름은 화유(和柔)이옵고 자는 약허(若虛)라 합니다. 상천의 신선들께서 하계의 미천한 소생에게 어쩐 일이신지요?"

부호 놈치고는 의젓하고 기개가 있다. 그 점이 못마땅했다. 정광조는 거두절미하고 근엄하게 말했다.

"네가 우리에게 진심으로 복종하고 따른다면 무궁한 복록을 누릴 것이요, 감히 딴마음을 먹는다면 네 가족은 모두 핏물로 변하고 말 것이다."

정광조의 손이 곁에 있는 화병(花瓶)을 만졌다. 순간 화병이 녹아내리며 진흙덩어리로 변했다.

이화유가 허리를 숙이며 말했다.

"분부만 하시면 반드시 좇겠습니다."

정광조가 편지 한 통을 이화유에게 건네주며 말했다.

"두 시녀를 거느리고 집 밖으로 나가서 이렇게 외쳐라. '신포는 어디 계시오? 두 분 신선께서 그대가 찾는 자들이 있는 곳을 알려주셨소' 하고."

이화유가 무슨 말인지 몰라서 어리둥절한다.

복거동이 말했다.

"시키는 대로만 하면 된다. 우리는 그를 돕고자 왔다."

"분부 이행하겠습니다."

이화유가 머리를 조아린다.

복거동은 그를 데리고 뜰로 나가 석상처럼 굳어 있는 두 시녀의 혈도를 풀어주며 말했다.

"네 처와 자식을 잊지 마라."

이화유가 무슨 말인지를 몰라서 멀뚱하다가 허리를 조아리며 시녀들을 데리고 나갔다.

이화유의 두 아내와 딸은 미색(美色)이 뛰어났다. 특히 딸은 정신을 잃고 잠들어 있는데도 자세가 흐트러지지 않았다. 정광조는 그들을 수중에 넣고 있으면 급한 순간에는 긴요하게 쓸 수 있을 것이라 생각하며 마음을 조금 놓을 수 있었다.

복거동은 방에 들어와서도 문을 열어놓고 안절부절못했다. 이화유의 저택은 무덤처럼 조용하다.

"그자가 걸려들어야 할 텐데……."

복거동이 정광조의 눈치를 보면서 말했다.

정광조는 대꾸하지 않았다. 그러나 그의 마음은 두 시녀와 함께 밖으로 나간 이화유를 따라가고 있었다. 살고 죽고가 이화유의 행동에 달려 있었다.

　달이 뜬다. 관부제일고수라고 불리는 신포 필재와 대결해야 할 순간
이 다가온다. 정광조는 이화유의 두 아내와 딸을 깨운 후에 물어서 밀
실을 알아냈다. 밀실은 그 전각의 지하에 있었으며 도적의 화를 피하
기 위해서 만들어놓은 곳이었다. 복거동과 함께 세 여자와 항아리 속
에 든 윤극사를 밀실로 옮겼다.

　복거동이 한편으로는 미안해하면서도 다른 한편으로는 다행이라는
듯한 음성으로 물었다.

　"사형, 정말 내가 여기 있어도 괜찮겠소?"

　정광조는 단호하게 말했다.

　"누구라도 억지로 들어오려 한다면 차례로 저 여자들을 죽여 버리
게."

　복거동이 머리를 끄덕인다. 정광조는 뜨락이 내려다보이는 곳으로
나와 계단 위에 태사의를 가져다 놓고 앉았다. 잠시 후에 휙휙 하는 바
람 소리가 들리기 시작했다.

　밀실(密室)이라도 부호가 숨기 위한 밀실은 옹색하지 않았다. 복거
동은 밀실의 문을 안에서 꽉 잠근 후 몇 번이나 손으로 흔들어서 견고
함을 확인했다. 밀실의 입구는 가구로 가리워져 있어서 여간해서는 찾
아내기도 힘들 것이고 찾아낸다고 해도 잠긴 문을 깨뜨리고 들어오기
는 더 힘들게 되어 있었다.

　어쩌면 들어온 곳 외에 출구가 더 있을지도 모른다는 생각이 들어
서 복거동은 이화유의 큰부인에게 물었다. 약에 취한 큰부인은 밀실
을 말했을 때처럼 순순히 말했다. 그러나 복거동이 기대하던 답은 아

니었다.

"출구가 있다는 말씀은 못 들었습니다. 하지만 저희 주인께서만 이곳에 대해 전부를 알고 계시니 제가 듣지 못했을 뿐 있고 없고는 알 수가 없습니다."

복거동은 만약을 대비해서 직접 밀실의 구석구석을 확인하며 다른 출구를 찾았지만 발견할 수가 없었다. 갇힌 곳에 있다는 사실이 그를 더욱 불안하게 했다. 계속 기웃거리다가 천장의 한쪽에 붙어 있는 거울을 발견했다. 거울은 밀실에 놓인 재신(財神)의 위쪽에 있었는데 재신 앞에 무릎을 꿇으면 제단에 놓인 두 개의 물그릇 중 하나에 거울이 반사되어 비쳤다.

복거동은 물그릇의 한쪽 귀퉁이에 정광조의 한쪽 팔이 비치는 것을 보았다. 물그릇을 조금 옆으로 옮겨놓으려는데 달라붙은 듯 움직이지 않았다. 안에 든 물조차 조금도 흔들리지 않았다. 복거동이 자세히 살펴보니 물그릇은 어떤 기관 장치의 손잡이 역할을 하는 것이었다. 복거동이 왼쪽으로 물그릇을 돌리니 그릇 속으로 정광조의 모습이 작아지면서 들어왔다. 오른쪽으로 돌리니 정광조의 모습은 커지면서 그릇 밖으로 나가 버려 보이지 않았다. 복거동은 그 물그릇에 비치는 상(像)이 천리경(千里鏡:망원경)의 움직임과 비슷하다는 것을 알았다. 천리경은 서역에서 오는 상인들이 가지고 있는 이물(異物)들 중 하나였다.

오른쪽의 그릇을 돌리니 상의 크기는 변하지 않고 시야만 바뀌었다. 밀실 안에서도 이 두 개의 그릇을 움직여서 원하는 것을 볼 수 있게 해놓은 것이었다.

복거동이 왼쪽의 물그릇을 다시 원래대로 돌리는데 여러 사람의 모습이 그릇 속에 담겼다.

재빠르고 날렵한 움직임들, 물그릇을 통해서도 느껴지는 그들의 날카롭게 번득이는 눈빛들……. 기찰포교들이었다.

정광조는 의자에 앉아서 떨려오는 손발을 억지로 안정시키며 태연한 표정을 지었다. 기찰포교들은 네 명이 한 조가 되어 날아들었으며 지붕 위에는 역시 네 명이 한 조가 된 궁수들이 나타나 정광조에게 화살을 겨누고 있었다. 달빛에 화살 끝이 번득이는 것으로 봐서 독이 발라진 것 같았다.

열려진 월동문으로 두 시녀가 들어왔다. 그녀들의 하얀 얼굴이 달빛에 질려 보인다. 그 뒤로 이화유와 함께 서른 살이 될락말락한 젊은이가 들어왔다. 깨끗한 흰옷을 입었는데 허리에 두 자 남짓한 짧은 검을 찼다. 정광조는 그 젊은이의 얼굴에 어려 있는 위엄을 보았다. 추달하고 호령하는 데 익숙해지면서 생긴 관록이 엿보였다.

정광조는 속으로 외쳤다.

'신포 필재!'

그에 관한 소문은 수없이 들었지만 직접 보는 것은 처음이었다. 말로 듣던 것보다 더 젊었고 더욱 당차 보였다. 등줄기로 식은땀이 흘렀다.

이화유가 앞쪽으로 다가와 허리를 굽히며 말했다.

"신선께 아룁니다. 명을 이행한 후 신포 필재란 분께서 뵙기를 청하시기에 모시고 왔습니다."

정광조는 오른손으로 턱의 짧은 수염을 쓸며 고개를 끄덕였다. 그 순간 신포 필재의 입가에 비웃음이 번지는 것이 보였다.

사방에서 하얀 검광이 피어올라 그를 에워쌌다. 네 개의 검이 사방에서 그를 겨누고 있었다. 검극이 겉옷을 뚫고 네 군데 사혈에 닿을 듯 말 듯하다. 검에서 스며 나오는 한기가 시렸다.

제10장 항아리 속에서 빛을 찾다

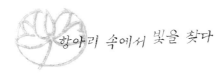

항아리 속에서 빛을 찾다

깊은 곳으로…

깊은 곳으로…….

윤극사는 함몰하는 대지 위에서 대지와 함께 가라앉았다. 태어난 후 살아오면서 보았던, 들었던, 그리고 가졌던 사물과 사상들을 하나씩 버릴 때마다 윤극사와 세상을 이어놓은 매듭들이 풀어져 내렸다.

하나를 버리면서 한 치를 가라앉고 둘을 버리면서 두 치를 가라앉았다. 기쁨과 희망을 버리면서 빛이 사라졌고 두려움과 분노를 버리면서 어둠이 사라졌다. 세상은 그대로 있었지만 그가 딛고 섰던 대지는 침몰하고 그가 살았던 시간은 영원 속으로 산화하여 사라졌다.

그의 마음속에는 세상이 남아 있지 않고 시간이 남아 있지 않았다. 다 버리면서는 그는 텅 비었고 텅 비어버린 그는 자기가 아니었다. 비어짐으로써 비어짐이 되었다. 그의 비어짐이 커다란 비어짐으로 이어져 하나가 되었을 때 그 속에서 윤극사는 오직 하나를 보았다. 비워진 것의 끝에 있고 존재하는 것의 시작이 되는 그 하나를 보았다.

허무의 바람 속에 위협받으며 흔들리는 그것은 그의 불꽃, 생명의 불꽃이었다. 한없이 연약하지만 그 기다린 심지가 이어진 곳은 세월을 넘어 태초에 닿아 있었다. 등을 바꾸며, 기름을 채우며, 몸을 바꾸며 이어져 온 불씨처럼 태초에 닿아 있는 생명의 불꽃은 세대를 바꾸고 바꾸는 긴 시간의 여정을 거쳐 현재에 이르렀다. 바깥에서 부는 전쟁의 바람과 병마를 이기고 안에서 부는 허무와 절망의 바람을 견디면서 불꽃은 그 질곡들을 간직한 채 타오르며 지금도 흔들리고 있었다.

눈보라 속에서 봉오리를 맺은 난초보다 아름답고 삭풍을 향기로 몰아내는 매화보다도 아름다웠다.

불꽃이 모든 것을 태울 듯이 화악 하고 피어오를 때 윤극사는 자기가 있는 곳이 조그마한 항아리 속이라는 것을 알았다.

구리로 만들어진 항아리는 알과 같고 항아리 속의 윤극사는 고개를 드는 병아리 같았다. 윤극사는 병아리처럼 머리를 들어 항아리의 뚜껑을 밀었다. 숨이 막혀 죽을까 봐 정광조가 채워놓지 않았던 뚜껑은 쉽게 벗겨졌다. 윤극사는 항아리 밖 세상을 향해 머리를 내밀었다.

아마도 다섯 살, 또는 여섯 살 때의 어느 봄날이었을 것이다. 낮에 놀았던 것이 너무 피곤했다. 해거름이 닥치기도 전에 잠을 잤다. 눈을 떴을 때는 본 적 없는 어둠만 사방에 가득했다. 한밤중이었다. 세상의 사람은 모두 다 잠들고 밤공기 속에서는 이상한 바람 소리가 들렸으며 그의 머리 속에는 무서운 생각들이 거품처럼 뽀락거리며 떠올랐다.

이불로 머리까지 뒤집어쓴 후에 언제든지 감을 준비를 갖춘 눈만 빼꼼히 내놓고 가슴을 콩닥거렸다. 그때의 아침은 그의 심장 소리에 발

맞추어 멀리서 왔다. 어둠이 그림자만 새겨놓고 어디론가 몰려가 버린 후에 졸였던 가슴이 펴지면서 불끈 쥐고 있던 마음이 한숨이 되어서 나왔다. 신새벽의 감격을 맛본 최초의 날이었지만 그날이 언제였는지 정확하게 알지 못한다. 어쩌면 그날을 경계로 조금은 자랐기 때문인지도 모른다. 윤극사는 그때 이불을 젖히며 고개를 내밀었던 것처럼 항아리 밖으로 머리를 내밀었다. 모든 것이 희미하게 보였다. 항아리 밖으로 나오려고 다리를 들었다. 중심을 잃은 구리 항아리가 넘어졌다.

텅!

크고 둔중한 소리가 울렸다. 항아리가 구르고 천지가 빙글 돌았다.

제단의 물그릇으로 바깥을 살피던 복거동이 깜짝 놀란다. 윤극사가 항아리에서 나오려는 것을 보고 또 윤극사가 발작하는가 싶어서 지레 놀라 어깨에 일장을 가했다.

픽!

윤극사는 일어서려다가 바닥으로 엎어졌다. 엎어지는 동안에 사물이 뚜렷하게 보이기 시작했다. 사방이 막힌 것 같은 네모난 밀실과 나란히 쓰러져 있는 세 명의 여자, 여러 가지 기물들, 그리고 복거동의 얼굴…….

복거동이 윤극사의 목을 손으로 누르면서 소리를 낮추어 말했다.

"살고 싶으면 얌전히 있거라."

살기 어린 음성이다. 말보다는 그 살기 어린 소리가 싫었다. 윤극사는 목이 눌린 채 손을 목 뒤로 더듬어 복거동의 손목을 움켜잡았다.

"엇!"

복거동이 기겁하며 다른 손으로 윤극사의 팔에 일장을 가했다. 그러나 윤극사는 팔에 느껴지는 충격에도 불구하고 복거동의 손목을 잡은 팔을 옆으로 우악스럽게 떨쳐 냈다. 복거동이 중심을 잃고 바닥으로 뒹굴었다. 윤극사의 나이 열일곱. 한창 힘이 솟아나는 나이였다. 윤극사는 벌떡 일어났다. 복거동도 창졸간에 당했지만 무공을 익힌 몸이라 구르는 순간에 바로 일어나며 윤극사의 발을 후려찼다. 씨잉 하는 바람 소리가 났다.

윤극사는 껑충 뛰어서 뒤로 물러났다. 그러나 복거동의 다리질은 끊이지 않아서 다른 발이 물러난 윤극사의 가슴패기를 걷어찼다.

퍽!

윤극사는 벽까지 튕겨 나가 머리를 부딪쳤다. 복거동이 달려든다. 그도 두려움 때문에 이성을 반쯤 잃고 있는 듯이 보였다. 윤극사는 침통에서 침을 꺼내 복거동의 오른쪽 겨드랑이의 다섯 번째와 여섯 번째 갈비뼈 사이를 침을 놓듯이 살며시 찔렀다.

"큭! 무, 무공을……."

복거동이 입에 거품을 물면서 몸을 기우뚱하더니 윤극사의 몸을 밀치고 쓰러졌다. 눈에 황당한 빛이 어려 있다.

윤극사는 떨면서 침통을 다시 품속에 넣었다. 복거동에게 손짓을 하며 꾸짖듯이 큰 소리로 말했다.

"그, 그러지 말아요!"

음성이 떨려 나온다. 자기 손에 사람이 쓰러졌다는 사실에 그도 놀랐다. 그는 다만 복거동의 몸에 흐르는 기운을 눈으로 보고 가장 색이 옅으면서도 그의 손이 쉽게 닿을 수 있는 곳을 골라서 찔렀을 뿐이다.

윤극사는 두 개의 침을 꺼내 복거동의 수족을 움직이지 못하게 했다. 복거동이 허탈한 듯, 처참한 듯한 표정을 짓는다. 스스로 생각해도 어이없다는 얼굴이다.

그때 윤극사의 곁에서 누가 말했다.

"밧줄이 있어요. 꽁꽁 묶는 게 좋지 않을까요?"

윤극사가 돌아보니 흰색 비단옷을 입은 소녀였다. 그녀는 윤극사를 무서워하는 듯하면서도 시선을 피하지 않았다.

소녀가 말했다.

"저 사람과 또 다른 한 사람이 우리 식구를 전부 중독시켰답니다. 전 다행히 중독되지는 않았지만 겁이 나서 중독된 척하고 있었어요."

윤극사는 복거동에게 격앙된 음성으로 소리쳤다.

"복 사숙! 다, 당신들은 왜 이 사람들까지⋯⋯!"

복거동이 불안한 표정을 지으며 말했다.

"내가 한 짓이 아니다. 정 사형이⋯ 모두 정 사형이 꾸민 일이다."

윤극사가 복거동을 사숙이라고 부르는 말에 소녀가 놀라서 한 걸음 물러선다. 윤극사는 복거동에게 삿대질을 하면서 말했다.

"해약을 주세요."

복거동이 머리를 저었다.

"나한테는 해약이 없다. 나를 정 사형한테 데려가면 정 사형이 줄지도 모르겠지만."

복거동은 윤극사가 분노로 움찔움찔하면서도 천성이 여리고 착해서 다른 험한 짓을 하지 못하는 걸 알아차리고 속으로 안도의 한숨을 내쉬었다.

"만약⋯ 만약 나를 해치거나 괴롭히면 정 사형은 결코 해약을 주지 않을 것이다."

윤극사는 이런 경우에 어떻게 대처해야 할지 막막했다. 삿대질만 했다.

"당신은… 당신은……."

소녀가 보다못해 말했다.

"저 사람은 당신을 속이고 있어요. 저는 저 사람이 침으로 아버지도 깨우고 어머니도 깨우는 것을 봤어요."

복거동은 거짓말이 탄로나자 웃으며 말했다.

"껄껄껄! 원래는 해약을 가지고 있었지만 지금은 내가 뱃속에 삼켜 버렸다. 그러니 정 사형한테만 해약이 있다는 건 거짓이 아니다."

소녀가 말했다.

"당신들은 처음부터 거짓말만 했어요. 아버지한테도 대라천에서 온 신선이라고 했죠? 누가 당신들 말을 하나라도 믿을 수가 있겠어요?"

복거동이 말했다.

"흥! 믿지 않고도 해독할 수 있다면 어디 해봐라."

그러면서도 은근히 속으로는 윤극사가 자기 몸을 뒤져서 약을 찾아내면 어떡하나 하고 걱정을 한다. 설마 아직 어린 녀석이 독을 다루는 법을 알 리는 없겠지 하면서도 불안했다.

한데 갑자기 그의 귀에 휘파람 소리가 들렸다. 윤극사가 두 여인이 쓰러져 있는 곳에서 휘파람을 불고 있었다.

복거동은 껄껄 웃었다.

'저놈이 결국 돌아버렸구나. 순한 녀석이 험한 일을 겪었으니 멀쩡할 리 없지. 하지만 저 녀석은 휘파람을 정말 멋지게 부는구나. 죽지 않고 산다면 계집들을 꽤나 후리겠는걸. 그나저나 정 사형이 빨리 와서 나를 구해줘야 하는데…….'

소녀는 윤극사가 자기의 두 어머니 앞에서 휘파람을 불자 처음에는 안색이 창백하게 변했다. 그가 혹시 무슨 나쁜 짓을 하려는 게 아닌가

해서였다. 그러나 윤극사의 진지한 얼굴을 보고는 마음을 놓았다. 그가 무슨 짓을 하는지는 몰라도 최소한 해가 될 짓은 아닌 것 같았다.

윤극사의 휘파람 소리는 높아지는 듯하다가 낮아지고 길게 뽑히는가 싶으면 끊어질 듯 이어졌다. 세상의 어떤 악기도 그가 부는 휘파람 소리처럼 아름다운 음을 만들어내지 못할 거라고 소녀는 생각했다. 휘파람 소리에 그녀의 호흡과 심장마저 함께 어울리며 뛰노는 듯했다. 그러나 휘파람 소리는 금방 끝이 났다. 소리가 끊어지며 아쉬움이 속에서 맺힐 때 갑자기 두 사람의 신음 소리가 들렸다.

"으음……"

쓰러져 있던 두 여인이 몸을 일으키고 있었다.

소녀가 뛸 듯이 기뻐하며 소리쳤다.

"어머니!"

복거동은 깜짝 놀라 속으로 부르짖었다.

'저놈이 이상한 수법을 아는구나. 휘파람으로 독을 해독하다니……. 의성자 조사께서도 그런 일을 할 수 있었다는 말은 듣지 못했거늘.'

왈칵 무서운 생각이 들었다. 두병신지를 가졌다는 것도 놀라웠고 몸에 도검은 물론 침마저 들어가지 않는다는 것이 이상했다. 또 자기가 공격한 빈틈을 귀신같이 찾아내서 쓰러뜨렸을 뿐만 아니라 휘파람으로 독을 해독할 수 있다고 생각하니 도저히 윤극사가 사람으로 생각되지 않았다.

'저놈은 요괴야!'

복거동은 속으로 다짐하듯 중얼거렸다. 머리카락이 쭈뼛해졌다.

윤극사는 깨어나는 두 사람에게 침을 한 대씩 놓아서 정신을 원할케

했다. 이화유의 작은부인이 먼저 눈을 떴다. 아름다운 눈이었지만 금방 깨어났음에도 빛이 번득였다.

"너는 누구냐?"

이화유의 작은부인이 서릿발 같은 음성으로 물었다.

소녀가 급히 대답했다.

"작은어머니! 이분이 우릴 구해줬어요! 도적은 저쪽에 쓰러져 있답니다!"

복거동이 고함쳤다.

"그놈이 바로 요괴야!"

순간 윤극사는 눈앞에서 흰 그림자가 번뜩이는 것을 느꼈다. 복거동이 '으악!' 하고 비명을 질렀다. 어느 틈에 작은부인이 복거동의 목을 두 개의 손가락으로 누르고 있었다. 손가락 하나가 반 치쯤 복거동의 목을 파고들어 갔다. 복거동이 다리를 털레털레 흔들면서 경련한다. 두 눈의 동공이 공포 때문에 확장되어 있다.

윤극사는 사람이 그렇게 빠른 속도로 움직일 수 있다는 것에 놀랐다. 풍혼이 하늘을 나는 것을 보기는 했지만 눈 깜짝할 사이에 움직이는 이런 속도는 본 적이 없었다. 무림인이 어떤 존재인지 알 것 같았다.

이화유의 큰부인이 깨어나고 있었다.

작은부인이 허리를 굽힌 채 내려다보면서 말했다.

"도적이든 요괴든 감히 황산이가(黃山李家)를 건드리고 살 수 있다고 생각했단 말이냐?"

복거동이 떨면서 말했다.

"화, 황산이가……?"

"그렇다! 우리는 황산이가의 사람들이다!"

작은부인이 차갑게 말했다.

복거동이 그녀의 살기에 짓눌려 부르르 떨었다.

"모, 몰랐소. 화, 황산이가가 어떻게 여기에……?"

작은부인이 고개를 쳐들며 웃었다.

"그게 중요한 게 아니지. 중요한 건 네놈이 황산이가를 건드렸단 사실이지."

복거동은 겁에 질린 표정으로 애걸했다.

"제발… 목숨만… 제발……."

눈에서 눈물이 좔좔 쏟아진다.

큰부인이 몸을 일으키고 윤극사에게 말했다.

"소협이 우릴 구했군. 은혜는 결코 잊지 않겠네. 황산이가는 은원이 분명한 집안일세."

말은 부드러웠지만 어떤 기백이 느껴졌다. 윤극사는 머리를 저었다. 지금까지 대가를 바라고 무엇을 해본 적이 한 번도 없었다. 환자를 보면 고치는 것은 이미 습관이다.

"저는 제세원의 의원입니다."

윤극사가 말했다. 제세원이라 할 때 심장이 고동 치며 가슴이 떨렸다.

"제세원!"

소녀가 놀라 외치고는 손으로 입을 가렸다.

작은부인도 휙 돌아본다.

큰부인이 말했다.

"제세원의 의원들은 모두 죽었다고 하던데……."

윤극사는 고개를 떨궜다. 입을 열 수가 없었다. 아마 그럴 것이라고 짐작은 하고 있었지만 직접 들으니 목이 꽉 잠겼다.

작은부인이 말했다.

"제세원의 의원이 어떻게 여기에 있는가?"

소녀가 작은부인에게 말했다.

"저기 저 항아리 속에서 나왔어요. 아마 잡혀가는 중이었던가 봐요."

"사실이냐?"

큰부인이 물었다.

윤극사는 고개를 끄덕였다.

복거동이 소리쳤다.

"그놈은… 그놈은 요괴요! 내 말을 듣지 않았다간 그놈에게 큰 화를 당하고 말 것이오!"

작은부인이 차가운 미소를 지었다. 복거동은 그녀의 살기에 가슴을 찔린 듯 놀라며 다시 말했다.

"저, 정말이오! 믿지 못하겠거든 그놈의 가슴을 한 번만 살펴보시오!"

"하하하하!"

작은부인이 그 아리따운 모습과는 전혀 어울리지 않게 남자처럼 웃고 말했다.

"우리에게 은인의 가슴을 헤쳐 보라고 말하는 거냐? 더구나 규중의 아녀자들에게!"

"저놈은… 저놈은… 정말로… 으악! 내 눈!"

복거동은 말을 하다가 비명을 질렀다. 오른쪽 눈에서 피가 뿜어졌다. 작은부인이 손끝을 튕겨서 묻은 피를 떨쳐 버린다.

"황산이가도 알아보지 못한 눈을 가진 주제에 무슨 말이 그리 많은가?"

"아직 죽이지는 말게."

큰부인이 재신의 제단이 있는 곳으로 걸어가며 말했다.

"제세원의 일은 참 안됐네. 충격이 크겠지만 마음을 크게 먹기 바라네."

윤극사의 마음속에서 가야 한다는 소리가 메아리처럼 울렸다. 제세원이 멀쩡해도 그가 가야 할 곳은 제세원이고 폐허가 되고 늪이 되었다고 해도 그가 가야 할 곳은 제세원이라는 생각이 들었다.

지금은 죽었을지라도 그곳에는 이청무가 있었고 평일측이 있었으며 자상한 신의들과 사형들이 있었다. 체념하고, 죽음을 죽음으로 받아들이고, 삶을 삶으로 받아들일지라도 가야만 한다. 계절이 바뀌어 북으로, 혹은 남으로 가는 철새처럼 가야 한다.

마음속의 외침이 귀까지 먹먹하게 만들었다. 가야 한다는 외침 속에는 제세원에 있던 사람들의 평소 하던 말들이 와자지껄하며 섞여 있다. 병자들의 신음 소리, 비명 소리……. 떠나올 때 마지막으로 보았던 불구덩이 속의 처참한 모습들이 모두 그의 마음에 살아서 소리치고 있었다.

윤극사는 어떻게 지하의 밀실을 나왔는지 기억할 수가 없었다. 문득 정신이 들었을 때는 혼자 넓은 뜰에 서 있었다.

하늘에는 달이 훤한데 서쪽 자락에는 구름이 낮게 깔려 있다. 훈훈한 밤바람이 무성한 나뭇잎을 흔들고 나뭇잎은 달 그림자를 지어서 땅

을 쓸며 우수수 하고 가을 소리를 한다. 여름 밤의 때 이른 가을 소리
는 비를 부르는 소리다. 바람에 날린 빗방울 하나가 얼굴에 와서 부딪
친다.

윤극사는 하늘을 훤하게 밝힐 정도로 밝은 전각이 있는 쪽으로 뛰어
갔다. 월동문이 눈에 보이는데 요란하게 검이 부딪치는 소리와 함께
비명 소리가 들렸다.

윤극사는 월동문 안으로 뛰어들어서 멈췄다.

검은 옷을 입은 수십 명의 무사들이 전각의 계단이 있는 태사의를
꽃잎처럼 에워싸고 지키고 있었으며 또 다른 수십 명의 무사들이 그들
을 공격하고 있었다. 태사의에는 정광조가 앉아 있었다. 또한 그가 바
라보고 있는 곳에도 흑의무사들이 꽃잎처럼 한 사람을 에워싼 채 지키
고 있었으며 그들을 에워싼 일단의 흑의무사들이 그들을 공격하고 있
었다.

흑의무사들은 두 패거리가 되어 두 곳에서 비슷한 형태의 싸움을 하
고 있었다. 땅에 쓰러져 있는 자들의 숫자도 수십 명이었다. 활을 손에
든 자들이 낙상한 모습으로 처마 밑에 흩어져 있다.

차차차차창!

수십 개의 검이 치열하게 마주치며 불꽃을 피운다. 누군가 소리친
다.

"포장(捕將)님! 이대로 있다가는 전멸입니다! 벗어나야 합니다! 허락
해 주십시오!"

또 다른 소리가 대꾸한다.

"왕 포교! 이들을 버려두고 가잔 말이오? 불가하오!"

"그럼 모두 죽이고 가야 한단 말이오?"

먼저 소리친 음성이 또 외쳤다.

대꾸하는 소리가 뒤를 잇는다.

"저 도적만 죽이면 모두 제정신을 찾을 것이오!"

"포장께서 돌아가셔도 좋단 말이오? 포장께선 지금 중상이오!"

검이 부딪치는 중에 악에 받친 소리들이 뒤를 잇는다. 비명 소리와 함께 몇 명이 쓰러진다.

싸우는 자들은 모두가 똑같은 복장에 똑같은 검법을 사용한다. 지르는 비명 소리조차 비슷하다.

"포장! 정신을 차리시오! 정신을 차리시오!"

쓰러진 한 사람을 안고 있던 자가 뺨을 때리면서 외쳤다. 뺨을 맞은 자는 왈칵 하며 피를 한 번 토한 후에 말했다.

"나는 괜찮다. 이 정도로 죽지는 않는다."

그의 가슴과 등에서는 급하게 묶은 띠 사이로 피가 배어 나온다.

윤극사는 왕왕거리는 벌 떼들 틈으로 뛰어든 것처럼 느껴졌다. 그가 월동문 안으로 발을 들여놓고 몇 걸음 떼기도 전에 이런 일들이 모두 벌어지고 있었다.

정광조는 손과 입으로 자기 주변의 무사들과 포장을 공격하는 무사들에게 지시를 내리고 있었다.

윤극사는 다짜고짜 정광조를 향해 달려가며 소리쳤다.

"정 사숙!"

정광조가 깜짝 놀라서 동작을 멈추고 윤극사를 쳐다보았다. 그 순간 정광조의 명을 받는 자들도 움찔하며 멈췄고 몇 명의 무사들이 비명을 지르며 쓰러졌다.

"으악!"

비명 소리를 들으며 정광조가 급히 외쳤다.

"막아라!"

다시 검광이 치솟는다. 검과 검이 부딪치며 일으키는 섬광이 오색 색종이처럼 날렸다.

차라라락!

검들이 윤극사의 몸을 겨누었다.

"멈춰라!"

정광조를 공격하는 무사들이 검으로 윤극사를 위협하며 소리쳤다. 윤극사는 자기 앞에 번득이는 검을 모두 무시하고 정광조를 향해 삿대질하며 고함쳤다.

"정 사숙!"

뚝!

싸움이 그쳤다.

윤극사의 고함 소리가 너무 컸다. 평소 작은 소리로 말하는 윤극사지만 크게 소리 낼 때는 그 소리가 아주 컸다. 지금의 소리는 그가 피를 토하며 이청무에게 구소(口簫:휘파람)를 배워 목이 완전히 트인 후에 처음으로 지른 가장 큰 소리였기 때문에 모든 사람을 놀라게 하고도 남았다.

윤극사는 정광조를 가리킨 손을 부들부들 떨면서 말했다.

"정 사숙! 당신은… 당신은 정말로… 당신은 정말로……!"

정광조는 이를 악물었다.

욕을 하는 것보다도 자신도 느끼고 있는 양심을 찌르는 것이 더욱 건디기 힘들다. 단호하게 말했다.

"그래서 어떻단 말이냐?"

윤극사가 말했다. 숨결이 거칠었다.

"저들… 저들마저 중독시켰군요. 의원은… 의원은… 정 사숙 당신은 의원이 되어서 세상에 우환을 더한단 말이에요?"

"으하하하하하!"

정광조가 얼굴을 일그러뜨리며 크게 웃었다.

"네가… 무엇을 알겠느냐? 네가 무얼 알겠느냐?"

윤극사가 말했다.

"저는 아직 아는 것이 없어요. 의원이 해야 할 것들은 정말이지… 잘 몰라요. 하지만…… 하지만 의원이 하지 말아야 할 것이 뭔지는 분명히 알고 있어요."

정광조는 냉소를 지으며 말했다.

"세상에 의원이 만이면 병자는 천만이요, 세상에 의원이 십만이면 병은 억만이다. 의원이 아무리 많은들 세상의 환자를 모두 볼 수는 없고 병을 다 낫게 하지도 못한다."

윤극사가 분노한 음성으로 고함쳤다.

"그래서 의원의 길을 버리기라도 한 듯이 이런 나쁜 짓을 한단 말인가요?"

말은 떨리고 흥분을 가누지도 못했으며 태도도 당당한 것은 아니지만 윤극사의 음성에는 사람을 감동시키는 진정이 있었다.

정광조는 잠시 말문이 막혔다. 윤극사가 열망하는 듯 분노한 눈으로 그를 응시한다.

정광조는 손을 내저으며 말했다.

"세상에 도가 바로 흐르면 병도, 우환도 모두 사라진다. 먹을 것이 풍족하면 병 중 백에 아흔아홉은 저절로 달아나는 법이다. 나는 세상에 도가 바로 흐르길 원한다."

"입으로 도를 말하는 자가 손으로는 제세원의 수천 생명을 억울하게 죽게 했단 말인가?"

다른 곳에서 꽃잎같이 부하들에게 에워싸여 있던 사내가 힘겹게 말했다. 그는 부축을 뿌리치고 검을 짚고 일어서고 있었다.

"포장! 아직 움직여선 안 되오!"

그를 안았던 자가 소리쳤다.

정광조가 말했다.

"황하의 물을 다스림에도 산을 깎고 옥토를 밀어야 하는 경우가 있는 법이다. 하물며 도가 이루어지는 세상을 만드는 데 그 희생이 없을 수 있겠는가? 너희가 모시는 왕조의 태조 역시 천하를 통일하기 위해서 죽인 동포가 몇인지를 헤아리려. 수십만이더냐, 수백만이더냐? 신포 필재! 너는 그런 자를 위하여 일하고 녹을 먹는 자로서 그 같은 말을 하는 것이 진정 옳으냐?"

그때 얼음장처럼 싸늘한 여인의 음성이 들렸다.

"누가 옳고 그른지는 우리가 알 바 아니다!"

언제부터인지 세 명의 여자가 정신이 반쯤 나간 중년인을 데리고 한쪽에 나타나 있었다. 이화유와 그의 두 부인, 그리고 딸이었다. 그들이 나타난 곳은 정광조, 신포 필재와 더불어 삼각을 이루는 위치였고 그 삼각의 한가운데 윤극사가 있었다.

이화유의 작은부인은 손에 새하얀 철퇴를 들고 있었는데 그 자루의 길이가 여섯 자고 끝에 달린 쇠 공은 지름이 다섯 치며 울퉁불퉁한 것이었다. 얼핏 보기에는 제관들이 의식에 사용하는 커다란 지팡이 같기도 했지만 그와는 비교도 할 수 없는 중병이었다. 도드라져 보이는 작은부인에 비해서 큰부인은 두 자루의 단검을 손에 들고 있었다.

큰부인이 눈짓을 하자 작은부인이 뒤에 끌고 있던 뭔가를 앞으로 집어 던졌다. 시꺼먼 물체가 윤극사와 정광조의 사이에 떨어지며 '악'하고 비명을 지른다. 복거동이었다.

정광조는 이미 윤극사가 나타났을 때 일이 잘못되었다는 것을 알았지만 복거동을 보니 앞이 캄캄해지는 심정이었다. 반은 성공했다고 생각했는데 더욱 안전을 기한다는 게 잘못되어 버린 것이었다.

작은부인이 호통 쳤다.

"말해라!"

복거동이 벌벌 기면서 말했다.

"사형, 틀렸소. 우리가 살아나기는 다 틀렸소."

정광조가 복거동을 쏘아보며 작은 소리로 말했다.

"못난 놈……."

복거동이 이화유 쪽을 돌아보며 말했다.

"우린… 재수가 없었소. 저들은 황산이가요."

"황산이가?"

정광조는 자기도 모르게 외치고는 입을 다물었다. 신포 필재와 기찰 포교들도 놀라서 흠칫한다.

무림맹은 건드려도 황산이가는 건드려선 안 되는 곳이다. 그들은 세력으로썬 정사(正邪) 어느 쪽에도 속하지 않고 무공으로도 강호의 제파와 연관이 없는 독자적인 영역을 개척했으며 무림의 일에 끼어들지 않는 집안이다. 그러나 지난 이백 년 동안 황산이가의 명성이 무림에 확고히 뿌리박은 이유는 누구도 그들을 건드릴 수 없다는 점 때문이었다.

성미가 괴팍하기 짝이 없는 황산이가 사람들은 은혜든 원한이든 반드시 몇 곱으로 갚았다. 가만히 있는 그들을 건드리고도 무사했던 무림방파는 없다. 황산이가의 명성이 지금처럼 높지 못하던 시절에 많은 사람들이 그들을 자극하며 도전하고 도발했지만 그 결과는 모두 처참하게 끝났다. 황산이가는 강자를 찾아다니면서 싸우는 짓은 하지 않았지만 찾아온 자와 원한을 맺은 자는 어떤 강자든 반드시 죽였다. 이것이 지난 이백 년 동안 황산이가의 전통이었다.

정광조는 꼬여도 너무 잘못 꼬였다고 생각했다. 지방의 작은 부호와 그 가족으로 생각했던 사람들이 황산이가였다. 황산이가와 맞서 싸울 수는 없다. 그들은 황산이가라는 집안 이름만 널리 알려졌을 뿐 그 가족이 얼마나 되는지, 또한 무공이 어떤 것인지 잘 알려지지 않았다. 그들과 맞선 자들은 한 명도 남지 않고 다 죽었기 때문이다.

'신포 필재 이자만으로도 벅차거늘 이천 리 밖에 있어야 할 황산이가 사람들이 어떻게 여기에 있었단 말인가?'

복거동이 한쪽 눈에서 흐르는 피를 닦으며 말했다.

"사형… 우리는 이제……."

정광조는 만약을 대비해 소맷귀에 꽂아놓았던 침을 하나 뽑아 손바닥 안에서 은밀히 튕겼다.

신포 필재가 눈치 채고 소리쳤다.

"멈춰라!"

그러나 복거동은 원래 눈치가 그만큼 빠르지도 못하고 한쪽 눈마저 잃었기 때문에 자기를 향해 날아오는 독침을 보지 못했다. 독침은 눈알이 빠져 버린 오른쪽 눈으로 들어갔다. 복거동은 벌떡 일어서더니 빙글 한 바퀴 돌고 입가로 이상한 웃음을 지으며 쓰러져 죽고 말았다. 죽기 직전의 그 웃음이 너무 기괴해서 소녀가 자기 어머니 뒤에 몸을 숨긴다.

"간악한 자!"

신포 필재가 고함쳤다. 그의 상처에서 피가 뿜어졌다.

윤극사는 주먹을 불끈 쥐고 부르르 떨었다. 정광조가 이렇게까지 나쁜 사람은 아니라고 생각했었다. 자기를 핍박한 네 사람 중에서 그나마 정광조가 가장 인간적이라고 느꼈었다. 말을 하려 했지만 입이 떨어지지 않았다. 아니, 입을 열어보았자 가슴에서 한꺼번에 토해질 듯한 그 말을 다 할 수 없을 것 같아 열지 못했다.

신포 필재가 부하들을 헤치고 걸어나왔다. 정광조에 의해서 중독된 자들이 그를 공격했지만 중독되지 않은 부하들이 그들을 막았다.

신포 필재는 눈을 부릅뜨고 정광조를 쏘아보며 다가갔다. 상처에서 피가 흐르고 있었지만 신포 필재는 웃으면서 말했다.

"귀하는 오늘 머리를 너무 많이 썼소. 하지만 모두 귀하에게 해만 되었소. 본관을 끌어들이기 위해서 황산이가를 이용하는 어리석음을 저질렀고 요상한 수법으로 본관의 부하들을 조종하는 특이한 짓을 해서 영원히 내 표적이 되었는가 하면 그에 더하여 살인멸구를 하여 본관으로 하여금 반드시 귀하를 죽여야겠다는 마음을 먹게 했소."

정광조가 복거동을 죽인 것은 그가 악독해서라기보다는 복거동이 어차피 이 자리를 벗어나지 못하고 죽을 것이라고 생각한 때문이었다. 그에게도 어린 시절부터 함께해 온 사제의 죽음이 슬프지 않을 까닭이 없었다.

복거동은 원래 겁이 많은 사람이라서 붙잡히게 되면 스스로 목숨을 끊을 만한 배짱도 없다. 복거동이 백초곡을 입에 올린다면 이 상황에서 백초곡은 웅대한 꿈을 펼쳐 보지도 못하고 사라질 수밖에 없을 것이다.

정광조는 표제운과 박기가 잡혔다 해도 그들의 성격으로 백초곡에 대해서까지 털어놓을 리는 결코 없다고 확신하고 있었다. 다시 만날 장소를 불었던 것은 신포 필재의 수단에 자기도 모르게 말했을 수도 있지만 백초곡은 절대 아니었다.

정광조는 눈을 한 번 감았다가 뜨는 그 짧은 순간에 수십 가지 생각을 했다. 가장 좋은 방법은 윤극사를 붙잡아서 여기를 무사히 빠져나가는 것이다. 그 다음은 윤극사를 죽이고 혼자서라도 빠져나가는 것이며 그 다음은 윤극사를 죽이고 자기도 죽는 것이다.

신포 필재가 상처 입은 몸으로 다가오고 있었다. 정광조는 자기의 명령을 듣는 자들이 그를 막지 않게 했다. 신포 필재가 다가온다. 젊은 나이에 신포라는 별명을 얻고 포장이 되었으며 관부제일고수로 불리는 신포 필재가 다가온다. 그를 굴복시킬 수만 있다면 가장 좋은 방법으로 여기를 빠져나가는 것도 불가능하지만은 않다.

정광조는 투명한 뱀을 사용하기로 마음먹었다. 기다리면서 그를 조롱하는 것처럼 발끝으로 계단을 톡톡 두드렸다. 가죽신 속에 숨겨놓았던 독이 바닥에 낮게 깔리면서 퍼져 나간다. 아무리 코가 예민하다고 해도 뱀처럼 땅을 기어 사람에게 스며드는 독을 발견하지는 못할 것이다. 정광조와 표제운 등은 남만의 오지에서 채집한 덩굴 풀로 만들어낸 이 독에 다른 이름을 붙이지 않고 투명한 뱀이라는 뜻으로 투명사(透明蛇)라고 불렀다. 제세원의 신의들 같은 달인들에게는 쓸 수 없는 독이지만 그 외의 사람이라면 피하기가 결코 쉽지 않을 것이다. 재수가 나쁘지 않다면 투명한 뱀이 이곳에 있는 자들 모두를 물어뜯을 수도 있었다. 때마침 바람도 조용하다.

그때 이화유의 큰부인이 말했다.

"필 신포께선 그자를 아직 죽일 수 없습니다."

신포 필재는 걸음을 멈추지 않고 말했다.

"부인께서 어떤 영이 있으신지요?"

큰부인이 말했다.

"첩들은 귀하신 관인(官人:관리)께서 그자의 신분과 속한 곳을 먼저 알려주시기 바랍니다."

신포 필재가 말했다.

"부끄럽소만 본관은 아직 죄인의 신분을 파악하지 못했소이다."

순간 작은부인이 훌쩍 허공으로 몸을 날렸다. 그녀는 마치 바람을 탄 것처럼 허공에서 빙글빙글 돌며 신포 필재의 앞으로 떨어져 내렸다. 적어도 50근은 넘을 철퇴를 손에 들고도 가볍고 표표하기가 비할 데 없었다.

신포 필재가 걸음을 멈췄다. 신포 필재가 눈을 번득이며 호통 쳤다.

"본관은 황제 폐하의 명에 따라 죄인을 잡는 사람이오! 부인께서는 황법에 대적하려는 거요?"

신포 필재에게는 젊었지만 추부(秋府:감찰부)의 벼슬아치로서 가진 추상같은 위엄이 있다.

작은부인이 싸늘한 음성으로 말했다.

"황산이가는 무림 중의 사람들입니다. 또한 여태까지 은원을 분명히 해왔습니다. 필 신포께서 저 도적을 죽여 버리면 우리는 원한이 있어도 풀 곳이 없습니다. 저희가 먼저 저자를 추달하여 속한 곳과 배후를 알게 해주시면 그 이후에 저자를 넘겨 드리겠습니다."

신포 필재가 꿈틀한다. 완강해 보이는 작은부인의 얼굴에서는 조금도 타협의 여지가 보이지 않았다. 싸워서 패할 것이라는 생각은 들지 않았지만 황산이가와 싸운다면 황산이가를 모조리 죽이지 않는 한 언젠가는 그들의 손에 자기가 죽게 될 것은 자명했다.

신포 필재가 말했다.

"저자는 지략(智略)과 기책(奇策)을 쓰는 자요. 본관도 저자의 수법에 두 번이나 패했소. 부인께서는 스스로 감당할 수 있다고 여기시오?"

작은부인이 하얀 이를 드러내며 웃었다. 웃음이 아주 차가웠다.

"본 가의 사람들은 남의 힘을 빌리지 않습니다. 허락만 해주시면 족합니다."

신포 필재는 한 걸음 물러섰다. 이미 몸도 심각한 중상을 입었다. 죄인을 이 자리에서 참해야 한다는 생각은 변함이 없었지만 황산이가와 충돌할 이유까지는 없었다.

작은부인이 가볍게 허리를 숙이더니 펴는 순간에 허공으로 솟구쳐 올라갔다. 정광조는 작은부인의 뒷모습을 보고 웃으며 한마디 하려다가 깜짝 놀라서 자기를 둘러싼 기찰포교들에게 고함쳤다.

"막아라!"

기찰포교들 중 몇 명이 몸을 솟구쳤다. 허공에서 작은부인이 몸을 뒤로 수레바퀴처럼 굴리며 철퇴를 휘둘렀다.

위이이이이잉!

철퇴 끝에 어떤 장치가 되어 있는지 마치 혼백을 부르는 듯한 기음(奇音)이 대기를 진동시켰다.

정광조는 가까이서 자기를 호위하고 있는 기찰포교를 당겨 위로 던지며 굴러서 뒤로 빠져나갔다.

"으아아아악!"

여러 명이 동시에 지르는 긴 비명 소리가 밤하늘을 울렸다. 작은부인의 철퇴가 허공에서 풍차처럼 돌자 솟아올랐던 기찰포교들은 가을바람에 날리는 낙엽처럼 날렸다. 작은부인은 육 척의 철퇴를 위에서 아래로 휘둘렀다.

위이이잉 하는 기음과 함께 벼락처럼 철퇴가 계단으로 떨어졌다.

쾅!

무시무시한 굉음과 함께 땅이 흔들렸다. 정광조는 머리 옆에 떨어진 철퇴에 혼비백산했다. 작은부인이 무시무시한 눈으로 쏘아보며 철퇴로 그의 머리를 가리켰다. 수십 근짜리 철퇴가 대나무 젓가락처럼 가볍고 정교하게 움직인다. 시위를 하듯 가볍게 철퇴가 계단 옆의 돌 난간을 건드린다. 퍽 하는 소리가 나면서 돌 난간이 산산조각나 버렸다.

정광조는 머리 속이 허옇게 변할 정도로 충격을 받았다. 황산이가의 사람들은 익숙한 듯 아무렇지도 않은 표정이었으나 그곳에 있는 다른 사람들은 모두 놀람을 금치 못했다.

신포 필재마저 작은부인과 부딪치지 않기를 다행이라고 생각했다. 작은부인의 무공은 그가 볼 때 여자로서의 표홀함과 날렵함, 우아함을 다 가지고 있으면서도 위력은 관운장을 연상시킬 만큼 패도적이었다. 세상이 넓다 해도 작은부인과 대적할 수 있는 고수가 많을 것 같지 않았다.

작은부인이 추상같은 위엄을 보이며 말했다.

"신분을 말하라!"

철퇴의 울퉁불퉁한 철구가 정광조의 이마를 찍어누를 듯이 다가왔다. 정광조는 다시금 이를 악물었다. 어차피 무공으로 싸우고자 한 것도 아니었다. 편안히 누운 채 손가락을 움직이며 놀란 가슴을 진정시키려 애쓰며 웃었다.

"껄껄껄!"

작은부인의 눈이 치켜떠지는가 싶더니 철퇴가 눈앞에서 사라졌다. 순간 오른쪽 어깨에서 극렬한 통증이 몰려왔다.

"으악!"

정광조는 비명을 질렀다. 어깨 아래로 오른팔이 철퇴에 의해 가루로 변해서 끊어졌다. 피가 샘물처럼 뿜어졌다. 정광조는 체온이 급격하게 떨어져 벌벌 떨면서 왼손으로 지혈했다.

작은부인이 싸늘하게 말했다.

"도적의 허세와 위풍을 봐줄 만큼 황산이가는 관대하지 못하다! 신분과 속한 곳을 말하라!"

"다 끝났다."

정광조가 숨을 거칠게 몰아쉬면서 하나 남은 왼손을 펴서 내밀었다.

"보이지 않는 뱀이 너희 모두를 물 것이다. 나를 죽여라. 나도 너희가 모두 죽는 꼴을 보게 될 것이다."

작은부인이 입매를 다부지게 하면서 눈에 한광을 발한다.

그때 털썩 하고 신포 필재의 옆에 와 있던 기찰포교가 쓰러졌다. 방금 전까지만 해도 멀쩡하던 사람이다. 그를 시작으로 마치 열주(列柱: 줄지어 선 기둥)가 동시에 무너지듯 근처에 있던 기찰포교들이 모조리 쓰러졌다. 신포 필재도 눈을 부릅뜬 채 기우뚱 하며 쓰러졌다.

이화유와 큰부인도 쓰러지고 있었다. 소녀가 외쳤다.

"작은어머니!"

작은부인의 얼굴에 당혹한 빛이 스쳤다. 남아 있는 사람은 그녀 자신과 소녀, 그리고 주먹을 불끈 쥐고 분노의 눈물을 흘리고 있는 윤극사뿐이었다. 그러나 그녀도 전신이 불구덩이에 빠진 것처럼 화끈함을 느끼며 쓰러지고 말았다.

정광조가 말한 직후의 일이었다.

제11장 내가 꿈꾸는 세상

내가 꿈꾸는 세상

'이겼다!'

정광조는 속으로 부르짖었다. 누워서 보는 하늘의 구름이 달을 스친다. 하늘을 향해 왼손을 쭉 뻗어서 승리의 쾌감과 생존의 기쁨을 분출했다. 보이지 않는 뱀 투명사가 모두를 물어뜯었다. 정광조는 머리를 들 필요를 느끼지 못했다. 숨 쉬는 자, 눈을 뜨고 보며 귀로 들을 수 있는 자는 자기 혼자뿐임을 의심하지 않았다. 이 순간만큼은 승리와 성취의 환희가 상처의 고통과 양심을 파고든 죄책감보다 훨씬 컸다.

정광조는 왼손을 품에 넣어서 두 개의 단약을 입에 넣고 씹었다. 몸의 떨림이 조금 가라앉았다.

그때 갑자기 앞이 캄캄해지면서 목이 콱 조여왔다.

"큭!"

정광조는 하나뿐인 손으로 자기의 목을 조른 손을 움켜잡았다. 윤극사가 한 손으로 그의 목을 누르면서 내려다보고 있었다.

'이놈은… 이놈은 투명사를 이기는구나!'

정광조는 속으로 생각하며 윤극사의 손을 뿌리치려 했지만 요지부동이었다. 피를 많이 흘려 젊은 윤극사의 손을 뿌리칠 만한 힘이 없었던 것이다.

윤극사가 입술을 깨무는데 눈물이 정광조의 뺨에 떨어졌다.

정광조의 몸에서 그나마 남아 있던 힘이 쭉 빠졌다. 백초곡에 있을 때의 일들이 주마등처럼 눈앞을 지나갔다. 윤극사는 그가 아는 백초곡의 남녀노소들 중 가장 착한 아이였다. 마음이 여려서 의원이 될 수 있겠냐는 말까지 나왔던 아이이다. 누구에게도 해를 끼치지 않았으며 다투는 법도 없었다. 두병신지를 가진 천재였는지는 모르겠지만 온순하고 성실했으며 수줍음이 계집애들보다 많았다. 자기가 갖는 것보다 남 주기를 더 좋아하는 그런 성격이기도 했다.

그런 윤극사가 자기를 죽이기 위해서 목을 누르고 있다. 죽이려 하는 사람의 얼굴에 눈물을 떨구면서 목을 조르고 있다. 정광조는 윤극사의 손목을 놓았다. 강한 열성을 가진 독분을 눈에 뿌리는 수법을 가지고 있었지만 쓰지 않았다.

정광조는 의식이 흐릿해졌지만 큰 짐을 내려놓은 듯이 마음이 편했다. 그를 죽이고 있는 놈이 너무 착한 놈이었다. 그런 착한 놈이 죽이려 한다. 정광조는 자기에게 남아 있는 마지막 양심으로 죽어줘야 한다고 생각했다. 큰 꿈과 야망을 품었던 젊은 시절, 이제 눈앞에 다가오는 대업의 시대, 말 한마디에 죽어갔을 제세원의 신의들과 수천 명의 환자들, 그 모든 것이 아련하게 느껴졌다.

'불쌍한 놈……'

정광조는 입술을 달싹였다. 자기에게 한 말인지 윤극사에게 한 말인지는 구분되지 않았고 구분할 필요도 없었다.

윤극사는 정광조의 목에서 손을 떼고 일어서며 소매로 눈물을 닦았다. 정광조의 몸이 식고 있었다.

생명은 명주실보다 질기게 세월만큼 이어져 왔는데, 촛불처럼 연약하며 모든 세월마다 자신의 선과 악으로 질곡을 만들면서도 이어져 왔음을 봤는데, 그 아름다움과 더할 수 없는 숭엄함을 느끼고 감격했는데 윤극사는 그 생명들 중 하나를 자기 손으로 끊었다. 의원이 된 자의 손으로 생명을 끊었다.

윤극사는 비틀거렸다. 몸을 가눌 수 없어서가 아니라 자기의 존재를 가눌 수 없었다. 자기 것이었던 가슴을 누군가 얇은 막으로 나눠놓고 들어가지 못하게 하는 듯한 허전함과 갑갑함이 느껴졌다. 어렸을 때 모퉁이를 돌다가 짓궂은 사형이 '왁!' 하고 놀래키면 그때는 놀라기만 하고 방으로 돌아온 후에 이불을 쓰고 왕왕 울었던 것처럼 왕왕! 왕왕! 울고 싶었다.

정광조의 말을 조금 들었을 때 그가 사람을 치료하는 작은 의원이 아닌 큰 의원이 되려는 뜻을 가지고 있을지도 모른다는 생각이 들었다. 그러나 뜻이 무슨 소용이고 꿈이 무슨 소용이란 말인가? 사람을 죽여 사람을 살리는 일을 굳이 사람이 해야 한단 말인가? 몸은 정광조를 죽임으로써 벌써 대답해 버렸지만 윤극사의 마음은 아직도 답을 구하지 못하고 있었다. 이것도 안 되고 저것도 안 되는 것만 남아서 벗지 못할 시름이 되어 어깨를 내리눌렀다.

"에에음……."

숨을 내쉬며 심병(心病)을 가진 사람처럼 어깨를 낮추었다. 눈앞도

암울했다. 언제 다가왔는지 비틀거리는 윤극사를 소녀가 부축하고 있었다. 죽음 같은 정적 속에서 흔들리는 등불들이 더욱 괴기스러웠다.

죽은 사람들도 있었고 정신만 잃은 사람들도 있었다. 죽은 사람의 얼굴은 죽은 빛이고 정신만 잃은 사람들의 얼굴은 붉은빛이다. 보이지 않는 뱀에게 물린 때문이었다. 윤극사는 소녀의 부축을 받고 서서 구름 속에서 얼굴을 내미는 달을 보며 깊고 긴 소리를 뽑았다.

목을 크게 열고 뿜어내는 휘파람 소리에 이청무와 평일측, 위한 등 구신의의 혼백이 타오르길 바랐고 높고 날카로운 소리에 함께 배우고 생활했던 사형들의 넋이 춤을 추며 달로 가길 바랐다.

얼마간 시간이 지나고 휘파람을 불고 있는 윤극사의 주위로 한 사람, 두 사람 모여들어 에워싸고 있었다. 그중에는 신포 필재도 있었고 이화유의 큰부인과 작은부인도 있었다.

윤극사는 황산이가의 보호를 받으며 삼 일을 보냈다. 신포 필재도 윤극사에게는 아무것도 묻지 않고 떠났으며 황산이가 사람들도 마찬가지였다. 그들은 윤극사를 살펴보며 그가 뭘 원할 것 같으면 즉시 갖다 주어 불편하지 않게 했다.

밤이 되어도 윤극사는 불을 켜지 않았으나 이화유의 큰부인이나 작은부인이 꼭 들러서 불을 켜주고 가곤 했다. 윤극사는 정광조와 복거동이 죽으면서 남긴 침과 소도를 방에 놓고 멍하니 들여다보면서 하루를 보냈다.

꿈이 아님을 알면서도 사야동부(師爺洞府)를 나온 후에 있었던 일들이 모두 꿈이기를 바랐다. 여전히 사야동부에서 구소를 배우고 있으며 지금은 다만 새벽 눈 뜨기 직전에 꾸는 깊은 꿈속이었으면 하고 바랐다.

낮에 바깥으로 나가면 햇살에 살가죽이 거북이 등처럼 갈라 터질 것
같고 밤에 바깥으로 나가면 어둠이 온몸의 구멍마다 헤집고 들어와 속
을 새까맣게 녹여 버릴 것 같았다. 세상이 변해 버린 것인지 자기가 변
한 것인지는 몰라도 변해 버린 모든 것이 두려웠다. 그 앞에 의연히 나
서서 운명으로 받아들일 힘이 그에게는 없었다.

어린 시절을 간직한 평화로왔던 백초곡, 의원으로서의 기쁨이 가득
했던 제세원, 가까웠던 사람들……

꿈이 깨진 것처럼 그가 바라볼 수 있었던 현실은 유리 조각처럼 산
산조각났다. 윤극사는 있었지만 또한 그가 알던 것들이 깨어지면서 그
도 함께 깨어졌다.

백초곡 내의 숲 뒤로 흐르는 냇물에서 놀다가 물에 빠진 적이 있었
다. 헤엄치는 법을 모를 때였다. 숲에서 약초를 캐던 사형이 달려와서
구해줄 때까지 윤극사는 숲이 높아졌다 낮아졌다, 하늘이 가까워졌다
멀어졌다, 숨이 막혔다 트였다 하는 것을 몇 번이고 반복했다.

지금 윤극사의 마음이 그러했다. 물에 빠져 허우적거렸던 그때처럼
윤극사는 현실의 붕괴 속에서 숨을 쉬지 못하고 가라앉았다 솟았다를
반복하면서 허우적거리고 있었다. 그러나 지금은 어리지도 않았고 있
는 곳도 백초곡의 냇물이 아니었다. 그의 마음속에 들어와 허우적거림
을 멈추게 해줄 수 있는 사람은 아무도 없었다.

윤극사는 몽롱한 의식 속에서 우주를 돌아보고 고통과 슬픔의 끝에
서 보았다가 돌아왔던 것처럼 혼자서 허우적거리다 제풀에 지치고 어
쩌면 일고의 가치도 없는 것일지도 모를 감상(感傷:쓸쓸하고 슬퍼져서 마
음이 상함)을 이겨내야만 했다. 병이라면 중도를 벗어난 그 어떤 것도

모두 병. 상황도 병이라면 병. 그것은 윤극사에게 닥친 병이었고 그가 이겨야 하며 치료해야 할 병이었다. 자기조차 고치지 못하면 욕을 해서 욕쟁이, 침을 들어 침쟁이일 뿐 그의 삶에 뚜렷한 길이었던 의원은 아니다.

그렇게 세 밤이 지났다. 세 번의 밤을 보낸 아침에 밖으로 나와 윤극사는 해 뜨기 전에 보석처럼 반짝이다 희미해지는 샛별을 보았다. 그리고 이화유를 만났다.

이화유를 처음 본 것은 그가 정광조가 쓴 독에 취하여 몽롱한 표정을 지으며 큰부인과 딸에게 부축받고 있던 그날 밤의 모습이었다. 그때 자세히 그를 볼 틈은 없었지만 모든 것 속에서 남아 있는 기억은 이 땅을 딛고 사는 사람 같지 않다는 느낌뿐이었다.

그는 무림인이라면 누구나 꺼리는 황산이가의 사람이면서도 무공을 아는 것 같지 않았으며 무가(武家)의 자손이라면 무공 여부와는 상관없이 간직하고 있을 무인(武人)의 기백도 없었다.

윤극사는 담대백옥을 만난 이후 이미 사람을 보면 그 사람의 몸에 흐르는 기운을 읽을 수 있게 된 지 일 년 정도라서 사람 얼굴은 기억하지 못해도 그 사람의 몸에 흐르는 기운은 알아볼 수 있었다.

이른 아침 정원에서 동녘을 향해 자리를 펴고 앉아 목청을 돋우어 시를 읊는 이화유의 뒷모습을 보고도 그가 집주인 이화유라는 것을 알아보았다.

난릉미주울금향(蘭陵美酒鬱金香)
옥완성래호박광(玉碗盛來琥珀光)

단사주인능취객(但使主人能醉客)

부지하처시야향(不知何處是他鄉)

난릉의 술은 아름다워서 울금향,

옥배에 가득하여 호박 같은 붉은빛,

주인께선 어서 손을 취케 하여라.

알지 못하도록, 어디가 타향인 줄을.

윤극사는 시를 배운 적이 없었다. 의서(醫書) 외의 다른 책은 읽은
기억이 없다. 이화유가 읊는 시의 의미를 알 수는 없었지만 목청이 좋
아서 듣기가 좋았다. 이화유는 윤극사를 기다리고 있었던 것처럼 돌아
보며 감흥에 겨운 표정을 지으며 껄껄 웃었다.

"시선(詩仙) 이백(李白)의 객중행(客中行)을 들었으면 마땅히 화답해
야 하지 않는가? 그러나 객이 아직 짧은 밤 긴 꿈에서 깨어나 답할지
못하는구나. 화유가 낙양의 옥피리에 물어 답하는 수밖에."

하면서 자기 시에 자기가 화답하여 한 수를 더 읊었다.

수가옥적암비성(誰家玉笛暗飛聲)

산입춘풍만낙성(散入春風滿洛城)

차야곡중문절류(此夜曲中聞折柳)

하인불기고원정(何人不起故園情)

뉘 집의 옥피리 소리기에 어둔 밤을 타고 날다

부서지고 흩어지며 봄바람을 타고 성안에 가득한고?

하필 이 밤에사 기중에 들려오느니 절류곡이구나.
뉘 속에 일지 않을까, 옛 동산의 그리움이.

마지막 결구를 읊자마자 이화유가 큰 소리로 외쳤다.

"술을 가져오너라!"

그때 큰부인이 시녀와 함께 오면서 말했다.

"시가 마음에 들지 않으신 모양이군요. 술이라도 좋은 걸로 골라야 겠습니다."

"하하하하!"

이화유가 웃으며 말했다.

"부인은 내 뱃속의 충이오. 밤은 이미 갔는데 시에서 밤을 불렀으니 부끄러워 얼굴이 달아오를 지경이오."

큰부인이 빙긋 웃으며 말했다.

"이 자리는 귀한 분과 더불어 즐기기엔 모자람이 많습니다. 소정각(小艇閣)으로 옮기시는 것이 어떻는지요?"

이화유가 벌떡 일어났다.

"천하의 졸장부만이 처의 말을 듣지 않는 법이오. 당장 옮깁시다. 나는 벗이 그리운 사람이고 옛 동산이 그리운 사람이라……."

하고 말하며 이화유는 먼저 휘적휘적 걸어가 버렸다.

큰부인이 윤극사에게 목례를 하면서 말했다.

"이제 기동을 했으니 귀인을 붙잡진 않겠네. 그러나 우리는 큰 은혜를 받고도 뜻하지 않게 만나 서로 예를 갖추지 못했는데 별리마저 소홀히 할 수는 없는 일일세. 우리 주인께서는 천지간에 마음이 자유로운 분이라서 어디에도 얽매이지 않으시네. 예모를 따지지 못하는 분이 저렇듯 간곡히 청하니 잠시 함께 자리해 주시기 바라네."

윤극사는 큰부인께 공손히 절하고 말했다.

"오히려 폐가 많았습니다. 돌봐주신 은혜 잊지 않겠습니다."

큰부인이 정색을 하고 말했다.

"폐라니, 감당할 수가 없네. 우리 일가에 베푼 은혜가 태산보다 큰데 어찌 그런 말씀을 하시는가? 이미 소정각에 자리가 마련되고 있으니 함께해 주시게나."

멀리서 이화유가 호탕한 소리로 시를 읊는 소리가 들렸다.

윤극사가 입가에 미소를 머금고 웃는다. 큰부인은 윤극사의 웃음에서 꺾을 수 없는 고집을 보았다. 한숨을 쉬며 시녀에게 말했다.

"귀인께서 너무 완강하시구나. 주인께 아뢰어라, 오히려 내가 두 분의 좋은 자리를 망쳤다고."

남들은 볼 수 없겠지만 윤극사는 자신의 등에 수천 명의 죽음과 분노와 슬픔을 업고 있었다. 자기가 껴안고 보듬어야 할 것들이었다.

큰부인은 윤극사를 더 이상 만류하지 않고 돌아서 가는 그의 뒷모습을 묵묵히 보고 있었다. 은혜를 생색으로 갚지 않는 황산이가의 태도였다.

시녀가 밖으로 나가는 길로 윤극사를 안내했다. 윤극사가 대문에 이르렀을 때 문가의 느릅나무에 달린 날개 달린 열매 끝에서 이슬이 말라가고 있었다.

윤극사는 해가 뜨는 곳으로 걸었다.

성문을 지나서 인적이 드문드문한 관도를 따라 걷자 그림자가 윤극사의 뒤를 좇아왔다. 발이 닿는 세 자 앞만 보면서 걸어가는데 곁에서는 인마가 지나가고 머리 위에서는 솜뭉치 같은 구름이 지나갔다. 이화유가 두 마리의 흑마를 끌고 온 것은 윤극사가 관도에 접어들어 오리쯤 갔을 때였다.

윤극사를 발견한 이화유는 말에서 내려 그와 함께 걸었다.

"내가 꿈꾸는 세상은……."

하고 말하면서 이화유는 대뜸 입을 열었다.

"탐심(貪心)으로 다투지 않는 세상이었네. 재물, 명성, 여자, 학문, 그리고 무공… 그 어떤 것으로든지."

윤극사는 뜻밖의 말에 의아하여 이화유를 돌아보았다. 이화유는 팔을 뒤로 돌려 말의 코를 쓸면서 말에게 하는 말인 양 이야기했다.

"스물세 살이 되고 난 후에야 그 꿈이 이루어질 수 없는 꿈이라는 것을 알았지. 꿈이… 깨어진 거야. 그때까지 내가 붙잡고 있던 건 꿈속에서 쥐고 있던 말고삐와 같은 것들이었어. 잠에서 깨고 보면 말고삐가 아닌 이불 자락."

이화유가 벙긋 웃었다. 윤극사도 느껴지는 것이 있어서 마주 웃었다. 한 사람은 중년이고 한 사람은 소년이었지만 두 사람은 아주 오래된 친구처럼 나란히 걸었다.

이화유가 말했다.

"내겐 무공이 바로 이불 자락이었네. 그래서 무공을 버렸지."

이화유가 웃었다.

"그냥 두면 사람이란 사람은 모조리 죽여 버릴 것 같아서 말이야. 그들이 내 꿈을 깼으니……."

이화유는 말고삐 하나를 윤극사의 손에 건네주며 말했다.

"타고 가게. 그저께 밤에 나는 자네한테서 내 젊었을 때의 모습을 보았네. 오늘 아침 의연한 자네를 보고 크게 기뻤지. 내가 알기로 꿈이 사라진 자리를 채울 만한 것은 오직 시와 술과 벗이 아닌가 하네. 옛 시인들의 시에는 그들이 만든 깨끗한 세상이 있고 술은 내 속에 기쁜 세상을 만들어주고 벗은 더불어 내가 나에게 취케 해주더군. 자네는 세상을 조롱하며 삼산오악(三山五嶽)을 고루 다니게. 행여 신선(神仙)을 만나 부술(符術)을 배우면 세상을 벗어날지도 모르지 않는가? 이 세상이란 게 원래 한 사람이 걱정하고 꿈꿀 것이 아니었던 걸세."

윤극사는 웃으며 머리를 저었다.

"저는 꿈이 아니라 현실이 깨어졌는걸요."

"현실도 꿈이지."

이화유가 두 팔을 둥글게 말아 보이며 말했다.

"나한테는 요만큼한 꿈이네."

"하하하하!"

윤극사는 웃음을 터뜨렸다. 그다지 우스운 일도 아니었는데 기다렸던 것처럼 웃었다. 이화유의 말에 공감했기 때문인지도 모른다.

윤극사는 자기가 꿈꾸는 세상은 사람들이 슬픔을 더 보태지 않는 세상이라고 생각했다.

이화유는 윤극사에게 등자를 밟고 말등에 앉게 한 후 박차를 가하고 말을 부리는 몇 가지 말을 가르쳐 주었다.

말도 훌륭했지만 마구(馬具)는 더 훌륭했다. 윤극사가 탄 말의 안장 뒤쪽에는 이화유의 부인들이 꾸려 넣은 물건들이 있었다. 윤극사는 그가 베푸는 마지막 호의를 받아들이지 않을 수 없었다. 이화유와 그는 이미 어떤 부분을 공유하고 있는 것 같았기 때문이다.

이화유는 자기의 말에 올라타고 윤극사와 함께 천천히, 조금 빠르게, 빠르게, 다시 천천히 달려본 후에 멈추고 돌아서고를 반복하면서 십 리

쯤을 간 후에 윤극사가 말에 어느 정도 익숙하게 되자 말을 멈췄다.

윤극사는 그가 이제 돌아가려 한다는 것을 알았다.

말머리를 서로 대고 이화유가 잔잔한 음성으로 말했다.

"자네 손에 죽은 노인은 꿈을 가지고 있더군. 그가 만약에 꿈과 뜻을 혼동하지 않았으면 그렇게 죽지 않았을지도 모르지."

윤극사는 묵묵히 들었다.

이화유가 쓸쓸한 어조로 말했다.

"누구든지 구중궁궐에 살 수는 있겠지만 살아도 되는 사람은 황제(皇帝)뿐이듯 누구든지 꿈을 꿀 수는 있지만 그런 꿈을 꿔도 되는 사람 역시 황제뿐이네. 황제와 제왕은 세상을 꿈꿀 수 있지만 다른 사람은 세상을 꿈꿔선 안 되네."

이화유가 잠시 말을 끊었다가 이었다.

"황제나 제왕이 아닌 자가 세상을 꿈꾼다면 힘이 있을 때는 타인을 상하게 하고 힘이 없을 때는 자신을 다치게 하지. 뜻도 마찬가지야."

세상을 가르는 보이지 않는 강이 있다. 윤극사는 이화유의 말에서 그 강을 눈앞에서 보는 듯했다. 이화유가 자기의 삶을 통해서 짚어보고, 담가보고, 두드려 보았던 강을 그에게 보여주고 있었다.

"꿈꾸지 말아야 할 자들이 뜻을 세우고 뜻을 품지. 그나마 재주가 있는 자라면 뜻을 이룰 테고 모자라는 자라면 한(恨)을 이루는 게야."

이화유는 돌아갔다.

윤극사는 이화유의 멀어지는 모습을 선 자리에서 바라본 채 한참을 있었다. 잠깐 동안 있었던 이화유는 마음이 물과 같으면서도 아지랑이 같은 사람이었다.

윤극사는 입속으로 꿈, 뜻, 한을 되뇌어 보았다. 여름날 밤 풀밭에 누워 하늘의 별을 보고 있는 것처럼 그것들은 멀리서 반짝이기만 했다.

별과 땅의 거리는 기다란 빛의 선과 한 번의 눈 깜박임만큼이다.

윤극사는 말머리를 돌려서 별만큼 멀리 떨어져 있을 중악으로 향했다.

태실(太室)의 서른여섯 봉우리와 소실(小室)의 서른여섯 봉우리가 서로 고개를 높이 들고 하늘을 바라보는 곳에 자리 잡은 중악 백초곡에서 윤극사는 물어보고 싶은 말이 있었다. 이화유의 집에서 자기의 감정을 이기고 일어나면서 흉중에 생겼던 그 물음, 어쩌면 너무 보잘것없거나 뻔하여 물을 가치조차 없는 것일 수도 있지만 기필코 물어야 할 것이었다.

윤극사가 말을 앞으로 가게 했을 때 표제운과 박기가 갑자기 그의 의식 속으로 뛰어들어 왔다. 그들은 윤극사가 이화유의 집을 나서는 순간부터 따르고 있었던 것이다. 표제운이 말 앞으로 뛰어들면서 고삐를 잡으려고 했다.

윤극사는 고삐를 당기며 반사적으로 말에 박차를 가했다. 흑마가 크게 울부짖으며 앞발을 번쩍 치켜들었다. 윤극사는 말등에 붙어서 갈귀를 움켜잡았다. 흑마가 앞발을 두어 번 흔들고는 놀라서 물러서는 표제운을 훌쩍 뛰어넘어 달리기 시작했다.

"이놈!"

박기가 소리치며 소도를 뽑아 던졌다. 소도가 흑마의 발자국을 찍었다. 흑마는 먼지를 일으키며 미친 듯이 질주했다. 뒤에서 표제운이 악에 받친 듯 경신술을 전개하여 쫓아왔다. 그러나 흑마를 따라잡지는 못했다. 뽀얀 먼지로 관도를 덮으면서 흑마는 점점 멀어졌다.

표제운이 숨을 헐떡이며 멈추더니 박기가 도착하자 화를 내면서 소리쳤다.

"내가 말부터 먼저 잡아야 한다고 하지 않았던가?"

박기가 쓴 입맛을 다셨다.

"금방 말등에 오른 놈이 저렇게 달아날 줄 어찌 알았겠소?"

표제운은 대꾸하지 않고 다시 경신술을 펼쳐 달리기 시작했다. 박기도 묵묵히 뒤를 따랐다. 박기가 보니 표제운은 있는 힘을 다하여 경신술을 펼치고 있지 않았다. 표제운은 앞서 도망간 윤극사가 안심하고 숨을 돌릴 때 덮치려는 생각을 하고 있는 것이 분명했다.

두 사람이 무리하지 않고 삼십 리를 달렸을 때 관도 옆 냇가에서 윤극사가 말에 물을 먹이는 것을 따라잡을 수 있었다. 표제운의 생각이 적중했다.

윤극사의 시선이 미치지 않는 곳으로 다가가 득달같이 덮쳐서 물가의 자갈밭에 눌렀다. 윤극사의 얼굴이 얕은 물에 반 이상이 처박혔다.

"이 도적 놈! 감히 내 말을 훔쳐가?"

표제운은 윤극사의 팔을 뒤로 꺾어 올리고 어깨를 발로 밟으며 큰 소리로 외쳤다. 관도를 지나던 사람들이 놀라서 보다가 그 말에 자기들끼리 한두 마디 하면서 지나간다.

윤극사는 아니라고 소리치고 싶었지만 입에 물이 들어갔다. 깊지도 않은 곳에서 폐가 가득 찰 정도로 물을 들이켰다.

또다시 그들에게 잡히고 말았다.

윤극사는 결박당한 상태로 끌려가면서 그들이 주고받는 대화를 통해서 정광조와 복거동이 기찰포교들에게 쫓기게 된 이유를 알았다. 표제운은 자기들이 운반하는 십독십이약이 윤극사나 정광조, 복거동보다

휠씬 중요하다는 생각에 기찰포교들의 추적을 따돌리기 위한 수단으로 정광조와 복거동을 희생시켰다. 그 덕분에 그들은 기찰포교들의 눈을 피해서 백초곡에 십독십이약을 안전하게 보낼 수 있었고 다시 윤극사마저 붙잡으려고 이화유의 집 밖에 숨어서 기다리고 있었던 것이다.

수천 명의 생명과 사형제를 아무렇지도 않게 죽음으로 몰아넣을 수 있는 그들에게 윤극사는 공포를 느꼈다. 의술의 끝과 인체, 생명의 한계를 모르는 신비에 경이를 느꼈던 것처럼 윤극사는 이제 인간의 악도 그 한계가 없다는 사실을 깨닫고는 몸을 떨었다.

이화유가 했던 말이 생각났다. 무공을 없애 버린 이유가 그렇지 않으면 사람이란 사람을 모두 죽여 버릴 것 같아서였다는 그 말이 자신의 말인 것처럼 머리 속에 떠올랐다. 이화유의 깨어진 꿈을 본 것 같았다.

그리고 이틀 후에 윤극사는 꽁꽁 묶인 몸으로 중악 백초곡으로 들어갔다. 인간에게는 왜 이다지도 한계가 없는 것이 많을까를 생각하면서.

제12장 하늘이여!
단 한 번만 버게이들을 죽일 수 있게 허락하오

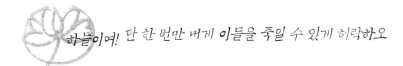

하늘이여! 단 한 번만 내게 이들을 죽일 수 있게 허락하오

여름날의 긴 해가 서산 머리에 두어 뼘 거리를 두고 있었다.

어느 것이나 익숙하지 않은 것이 없었다. 백초곡에서 자라면서 사부가 엄하지 않았고 가르치는 것이 없어서 한가한 시간이 많았다. 분주하게 보낸 그 시간들은 스스로 찾아서 만든 분주함이었지 얽매였던 시간은 아니었다. 백초곡 입구의 곰바위에서부터 숲 뒤쪽 냇물에 이르기까지 윤극사의 눈에 익지 않고 발이 닿지 않은 곳은 거의 없었다.

송이버섯 냄새가 섞여 있는 솔 숲의 바람도, 뉘엿하기 전에 쏟아 붓는 백초곡의 유월 햇살도, 짐승처럼 결박당해 끌려 들어가는 자기의 모습을 멀찍이 서서 보고 있는 어린아이들의 모습도 전각들의 지붕을 가리는 산 그림자만큼이나 익숙했다.

등을 펼 수 있고 두 팔을 흔들면서 걸을 수 있다면 어린 시절의 어느 순간 속으로 돌아갔다고 착각할 것 같았다. 윤극사를 알아보는 계집아이 하나가 손으로 가리키며 '으앙!' 하고 울음을 터뜨린다. 달려오려는 아이들을 어른들이 붙잡고 다른 데로 데려간다.

곡주가 있는 유리광전(琉璃光殿) 위로 비둘기들이 날고 있고 낮게 깔리는 저녁 연기가 그 위쪽의 옅은 구름과 층을 이룬다. 가까워질수록 짙어지는 밤나무 장작이 타는 냄새, 온갖 종류의 약 냄새들……. 기어코 돌아왔다. 와야겠다고 먹은 그의 마음과 잡아와야 한다고 먹은 마음들이 방향을 같이하여 마침내 올 곳으로 돌아왔다.

윤극사는 자기가 살아서 백초곡을 나갈 수 있을지와 언제 죽을 것인지에 대해서는 조금도 생각하지 않았다.

유리광전으로 끌려가는 도중에 예전에는 보았지만 그가 떠나기 전에는 자주 보지 못했던 사람들이 여럿 눈에 띄었다. 윤극사에게서 외면하거나 혀를 차는 사람도 있었다.

윤극사는 그들이 십독십이약 때문에 왔다는 것을 직감했다. 십독십이약은 아니지만 예전에도 비슷한 일들은 있었다. 특이한 약재나 독물을 발견하면 백초곡 출신으로 밖에 나가 있지만 그쪽에 밝은 사람들을 소환하여 연구하는 일들이 빈번했다. 얼굴이 좁고 길면서 목이 굵은 주건영(周建營)은 늘 이런 종류의 일에 관한 한 총책임자였다.

주건영이 다가와 표제운에게 말했다.

"고약하게 됐어."

표제운이 찌푸리며 물었다.

"무슨 소리요?"

"자네들이 보낸 그 물건 때문에 둘이 혼수상태에 빠졌고 셋이 목숨을 잃었어."

표제운과 박기가 흠칫한다.

주건영은 옆에서 줄레줄레 따라오며 말했다.

"독이 지독한 게 나쁜 일은 아니지. 오히려 그만큼 강하니 곡주도 좋아하는데 말이야……."

"뭐가 문젠지 말해 보시오!"

표제운이 참지 못하고 소리쳤다.

주건영이 표제운을 힐끔 보며 말했다.

"자네, 많이 날카로워졌군. 한 일이 감당이 안 돼서 그런가, 아니면 큰 공을 세워서 우쭐해진 건가?"

표제운이 성미가 거친 편이긴 하지만 자기보다 연배가 높은 주건영을 윽박 지를 정도는 아니다. 목소리를 낮추며 말했다.

"오는 중에 일이 많았소. 정 사형과 복 사제도 죽다 보니 좀 내가 좀 예민해진 모양이오."

"그 소식은 들었네."

주건영이 퉁명스럽게 말하고 더 할 이야기가 없다는 듯이 가버렸다. 표제운은 벌컥 화가 났지만 속으로 꾹 눌렀다. 항상 곡주의 곁에 있는 주건영을 건드려서 좋을 일은 없었다.

박기가 말했다.

"마음 쓰지 마시오. 주 사형의 꼬인 성미야 유명하지 않소. 내 생각엔 십독십이약이라는 걸 분석하다 잘 되지 않으니 혹시 단서라도 있을까 싶어서 우리한테 온 것 같소."

표제운은 박기의 말이 옳기를 바라며 고개를 끄덕였다. 윤극사는 표제운이 끄덕인 머리를 들며 자기를 쏘아보는 것을 알았다. 표제운의 눈빛보다 먼저 악취가 윤극사에게 닿았던 것이다.

유리광전이 가까워질수록 사람들이 많았다. 그러나 아이들은 눈에 띄지 않았고 여자들의 모습도 거의 보이지 않았다. 윤극사가 유리광전의 대리석 마당에서 오금에 주릿대를 끼울 때는 백초곡 내의 남자들이 모두 그곳에 모인 것 같았다.

윤극사는 들어서면서 그렇게 익숙했던 이곳이 바로 자기가 나고 자랐던 그 백초곡이 맞는지 의심스러웠다. 푸근하고 인정 많고 다정했던 사람들은 보이지 않고 똑같은 얼굴하고 이름을 똑같이 쓰면서도 차갑고 억눌린 듯한 사람들만 사방에 가득했다.

곡주가 나와서 마치 단 위의 높은 태사의에 황제가 용상에 앉듯 위엄있게 자리했다. 언제부터 그랬는지 몰라도 곡 내의 주요 인물들은 임금을 모시는 만조백관(滿朝百官)들처럼 좌우로 벌려 섰다.

디딜방아도 아니고 목침상도 아닌 짧은 형틀에 묶인 윤극사는 물속 깊은 곳에서 일어나는 일처럼 아무런 소리도 없이 벌어지는 눈앞의 상황이 미칠 것처럼 싫었다. 가슴속에서 숨결이 용암처럼 달구어지고 있었다.

그의 옆에서 표제운이 곡주를 향해서 예를 취하고 그동안의 일을 짧게 보고했다. 반도 윤극사를 잡은 후 은혜도 모른 채 딴마음을 먹고 본곡을 해하려 한 죄인들의 무리인 제세원을 없애 버린 일이며 그들이 만든 십독십이약을 빼앗아왔다는 내용이었다. 이미 서신을 통해서 그런 사실을 백초곡의 상하는 모두 알고 있었지만 표제운은 큰 공을 자랑하듯 목소리를 높여서 말했다. 오직 기찰포교들 때문에 정광조와 복거동이 희생되었다는 말을 할 때만 음성이 작았다.

곡주가 그들의 공로를 치하했다.

"수고가 많았소. 제세원 건은 마음먹기가 쉽지 않았을 텐데 과단을 내려 후환을 미리 제거했으니 본곡을 위해 큰 공을 세웠소."

곡주의 음성은 높이가 고르고 힘을 뿜어내는 듯 강렬했다. 윤극사는 곡주를 다시 올려다보고 깜짝 놀랐다. 그의 주위에 흐르고 있는 기운이 밝고도 강했다. 그의 음성이나 마찬가지였다. 무림인들 중에서도 뛰어난 무공을 가진 자들처럼 보였다.

윤극사는 턱을 치켜들며 있는 힘을 다해서 버럭 소리쳤다.

"곡주님! 드릴 말씀이 있습니다!"

갑자기 천둥이 옆에 떨어진 듯 사물이 진동하며 '왕' 하고 울리는 소리를 냈다. 표제운과 박기도 윤극사의 고함 소리에 크게 놀랐다.

곡주의 곁에서 민원규(閔源奎)가 말했다.

"곡주, 극사가 겁이 많아서 미리 오황신침을 숨긴 장소를 말하려는 모양이오."

곡주가 오만한 표정을 짓는다.

윤극사는 완강하게 머리를 흔들며 말했다.

"전 오황신침에 대해서 아는 바가 없습니다. 제가 묻고 싶은 건……."

곡주가 말했다.

"말해라."

윤극사는 숨을 크게 들이쉬고 말했다.

"그들이, 그들이 모두 죽어야만 했습니까? 삼천이나 되는 사람들이요! 왜요?"

심장을 토해낼 듯이 절규하며 외쳤지만 곡주는 차갑게 웃었다.

윤극사는 밖으로 튀어 나가지 못한 자기의 심장이 싸늘하게 식는 것 같았다. 생명이 잠시 심장 밖으로 빠져나가 맴돌았다.

고작 이걸 물어보기 위해서 백초곡으로 돌아오려 했었다. 자기가 죽을 거라는 것을 알면서도 죽어간 사람들을 생각하면 그들을 대신해서

이 한마디를 묻지 않을 수 없다고 생각했다.

대답은 찬 웃음이었다. 그 웃음 뒤로 얼마나 많은 죽음들이 춤을 추며 따라갈지 짐작조차 할 수 없었다.

곡주가 뭐라고 말했지만 윤극사의 귀는 이미 닫혀 버렸다. 뒤로 묶였던 손이 앞으로 내밀어지고 주릿대가 좌우로 벌어졌다. 고통과 인내는 모두 그에게 익숙했다.

윤극사는 눈을 크게 뜨고 그곳에 있는 사람들의 면면을 쳐다보았다. 대부분의 사람들이 시선을 외면했다. 윤극사의 눈빛은 그들에게 진정을 묻고 있었고 사람의 도리를 묻고 있었다. 손잡이가 용두 형상인 작두가 대령하고 두 손이 작두 아래로 넣어졌지만 윤극사는 눈물이 그렁한 눈으로 마치 동정을 호소하는 도살장의 황소마냥 사람들을 둘러보았다.

민원규가 한숨을 쉬고 곡주에게 전음으로 말했다.

─죽이시오. 더 이상은 못 보겠소. 부릴 수 있는 아이가 아니오, 극사는. 너무 깨끗하게 자랐소.

작두가 높이 들렸다가 윤극사의 두 손으로 떨어졌다. 표제운은 희미한 미소를 지었다. 작두에도 잘리지 않는지 한번 보자는 듯한 표정이었다.

한데 작두는 내려지면서 가운데가 뚝 부러졌다.

"엇!"

작두를 힘껏 누르던 자가 중심을 잃고 기우뚱거렸다.

곡주의 뒤에 서 있던 심중열(深重烈)이 칼을 뽑으며 벼락같이 호통쳤다.

"누구냐?"

그때 동시에 두 곳에서 '나다' 하는 소리가 들렸다. 한 곳은 유리광전의 지붕 위였고 다른 한 곳은 유리광전의 대리석 마당 바깥이었다.

민원규가 음산한 음성으로 말했다.

"백초곡에 함부로 들어온 자가 있다니, 간이 부었군."

휘휘휙!

몇 사람이 무기를 들고 지붕 위로 솟구쳐 올라갔다.

지붕 위에서 그들과 교차하며 한 사람이 마당 한가운데로 뛰어내리며 준엄한 음성으로 호통 쳤다.

"누가 감히 황법(皇法)에 맞서려는가?"

"황법?"

놀라 외치는 소리가 여기저기서 터져 나왔다.

윤극사는 푸른 검광이 자기 앞에서 물결처럼 피어오르는 것을 보았다.

"으악!"

근처에 있던 자들이 비명을 지르며 물러섰다. 두 개의 팔이 피를 뿌리며 공중으로 솟았다가 떨어졌다.

검광이 걷혀진 곳에는 신포 필재가 냉엄한 표정을 지으며 우뚝 서 있었다.

"신포 필재!"

표제운이 소리쳤다.

민원규가 '바보 같은 놈!' 하고 소리쳤다. 표제운과 박기가 신포 필재를 달고 왔다는 것을 알았기 때문이다.

곡주의 안색조차 변했다. 관군이 밀려왔다면 백초곡으로서는 감당할 방법이 없었다. 민원규가 전음으로 지시하여 전열을 가다듬었다.

백초곡의 의원들 중 주로 안에만 있는 사람들은 무공을 익히지 않는 경우가 많았기 때문에 싸울 수 있는 자와 없는 자가 각기 반반이었다.

심중열이 칼을 들고 나서면서 물었다.

"흐흐흐… 관부제일고수 신포 필재! 얼마나 많은 개들을 데리고 왔느냐?"

신포 필재는 검을 휘둘러 윤극사의 몸을 묶은 결박을 끊어버리며 '하하!' 하고 웃었다.

"하늘도 막혔고 땅도 막혔다! 순순히 무기를 버리고 투항하라!"

심중열이 칼을 겨누고 일부러 음침한 음성으로 말했다.

"네 혼자 재주로 여기서 살아갈 수 있다고 믿느냐?"

그때 마당 바깥에서 싸늘한 음성이 또 들려왔다.

"여기는 귀가 먹은 자들만 있는가?"

여자의 음성이었다.

서쪽의 담장 아래에서 아름다운 미부가 육 척의 철퇴를 수바늘 놀리 듯 가볍게 움직이며 걸어오고 있었다. 이화유의 작은부인이었다.

주건영이 코웃음을 치면서 말했다.

"언제부터 관부에서 계집들을 데려다 썼나? 관부가 아니라 창부(娼府)라고 해야겠군."

"으하하하하!"

신포 필재가 큰 소리로 웃었다.

"그 한마디로 귀하는 여기서 제일 먼저 목숨을 잃을 것이오."

작은부인의 표정은 얼음장처럼 차가웠다. 그녀는 꽃밭을 거닐 듯 사뿐사뿐 걸어왔지만 손가락 끝에서 빙빙 도는 철퇴는 매서운 북풍보다 더 날카롭게 울었다.

위이이이잉!

철퇴의 주변에서 바람의 권역이 형성되며 사람들의 옷자락이 날렸다. 그 기이한 광경을 보고 백초곡의 의원들이 두려워하면서 물러섰다.

작은부인이 걸어오는 속도는 똑같은데 철퇴는 이미 보이지도 않았고 바람 소리만 귀청을 찢을 듯 높아갔다.

주건영의 안색이 파랗게 질렸다.

"너, 넌 누구냐?"

작은부인은 주건영의 말을 무시하고 윤극사를 향해 빙긋 웃었다. 웃는 모습이 달밤의 배꽃 같았다.

신포 필재가 작은부인을 보고 인사하며 일부러 큰 소리로 말했다.

"황산이가의 안주인께서도 왕림하셨구려! 하하하! 필 모는 황산이가에서 위험한 처지에 있는 은인을 결코 그냥 내버려 두진 않을 거라고 생각했소!"

'잘못되었다!'

민원규는 황산이가라는 말을 듣는 순간 속으로 외쳤다.

관군은 신포 필재만 먼저 나타난 것으로 봐서 아직 집결되려면 적어도 몇 시간, 또는 길면 며칠이 걸릴 가능성도 많았다. 신포 필재는 먼저 왔다가 상황이 부득이하여 나섰을 것이 틀림없었다. 신포 필재뿐이라면 무슨 수를 쓰든 방법이 없을리 없다.

그러나 황산이가마저 적으로 왔다면 문제가 다르다. 죽일 수는 있어도 죽여서 더 큰 화근이 될 가능성이 많다. 머리가 띵했다. 거칠고 호승심 강한 표제운이 일을 저질러도 너무 크게 저질렀다. 곡주를 보니 눈을 부릅뜨고 태사의에 걸쳤던 손의 다섯 손가락을 모두 쫙 펼쳐서 끝을 세우고 있었다. 큰일을 앞에 두고 있을 때 나타나는 곡주의 버릇이다. 곡주 옆에 있는 주건영의 얼굴은 아예 새카맣다.

주건영은 실제로 작은부인의 철퇴가 일으키는 바람 소리에 피가 바깥으로 빨려 나가는 듯한 공포를 느끼고 있었다.

윤극사는 힘없이 머리를 흔들며 말했다.

"싸우지 말아요."

신포 필재가 가죽신 바닥에 검날을 문지르며 낭랑하게 웃었다.

"소형제, 우린 조금도 유리한 상태가 아니야. 적은 교활하면서도 수가 많네. 싸우지 않으면 우리가 죽지."

작은부인이 말했다.

"무림인의 싸움은 무공으로 생사가 갈리지 수로 갈리진 않지요."

신포 필재가 느긋하게 웃었다.

"싸워보면 부인께서도 알게 되실 거요. 여기에 만약 소생과 맞서 싸웠던 그자 같은 재주를 가진 사람이 셋만 있어도 우리는 생사를 장담하지 못하오."

신포 필재가 말하는 사람은 정광조였다. 정광조는 이청무처럼 다섯 손 안에 꼽히는 실력자는 아니었지만 백초곡을 통틀어 열 손가락 안에는 드는 인물이었다.

작은부인도 정광조의 마지막 수법에 당했기 때문에 그의 무서움을 익히 알고 있었다. 윤극사가 없었더라면 그때의 승리자는 정광조였다. 그러나 부인은 정광조 같은 자가 결코 많으리라고는 생각지 않았다. 정광조 같은 자들을 여럿 보유하고 있다면 그곳은 무공의 고하와 상관없이 천하를 넘볼 만한 세력이다.

그때 곡주가 생각을 마치고 나직한 음성으로 말했다.

"죽여라."

그의 말 한마디에 백초곡 의원들의 눈빛이 달라졌다.

신포 필재가 전음으로 작은부인에게 말했다.

―바로 저것이오. 저들은 다른 종류의 힘을 갖고 있소. 내가 그자에게 두 번 패한 것 중 한 번이 바로 저것 때문이었소.

이 순간에 다시 정정할 만큼 중요한 일은 아니지만 따지고 보면 정광조가 죽는 순간까지 세 번을 패했다.

작은부인은 심중열이 입 안에 뭔가를 넣고 씹는 것을 보았다. 다른 자들도 마찬가지였다. 신포 필재는 빤히 알고 있다는 듯이 웃었다.

심중열이 칼로 신포 필재를 가리키며 말했다.

"흐흐흐… 관부제일인의 실력은 어떤지 한번 보자."

신포 필재가 윤극사의 어깨를 툭 치고 나가며 말했다.

"소형제는 독만 막아주게. 나는 저들을 막겠네."

순간 작은부인의 손끝에서 풍차처럼 빙빙 돌던 철퇴가 손가락 사이에서 빠져나갔다. 너무 갑작스런 일이라 누구도 예측하지 못했다.

퍽!

주건영의 가슴이 완전히 뭉개지고 머리가 날아올랐다. 곡주와 민원규가 거의 동시에 손을 뻗쳤으나 철퇴를 막진 못했다.

주건영을 밟아 터뜨린 헝겊 인형처럼 만들어 버린 철퇴는 쾅 소리를 내면서 유리광전의 기둥들 중 하나를 부러뜨렸다.

화악 하며 바람이 뒤늦게 철퇴를 따라 몰려갔다. 가만히 서 있는 것 같던 작은부인은 그 바람보다 빠르게 날아가 철퇴의 자루를 움켜잡고 허공으로 치솟아올랐다. 해가 산봉우리에 닿을락 말락 했다.

유리광전이 진동하며 지붕에서 기와가 몇 장 떨어지며 휘몰아치는 바람에 말려 흩어졌다.

　민원규가 양손에 철괴(鐵拐)를 하나씩 나눠 잡고 껑충 뛰어오르며 호통 쳤다.

　"요망한 계집!"

　철괴는 작은 쇠 도리깨 같은 무기로 변화가 많고 공수(攻守)의 전환이 자유로우며 빠른 것이 특징이었다. 작은부인은 철퇴를 쭉 뻗어서 민원규의 얼굴을 가리켰다. 두 개의 철괴로 민원규가 급히 얼굴을 가렸다. 철퇴의 철구가 가까이 오기도 전에 한기가 몰려왔다.

　꽈당 하고 벼락치는 소리를 내며 두 병기가 부딪쳤다. 민원규가 시위를 떠난 화살처럼 팅겨 나가 지붕 위에 떨어졌다. 단 한 번의 충돌이었을 뿐이다.

　작은부인은 철퇴를 빙글빙글 돌리며 윤극사의 옆으로 내려섰다. 연약해 보이는 몸과 젓가락처럼 가볍게 움직이는 커다란 철퇴가 묘한 조화를 이루었다.

　"제법 하는군!"

　심중열이 소리쳤다.

　작은부인이 눈으로 한광을 발하며 말했다.

　"싸우고 싶은 자는 누구든지 나서라!"

　순간 근처를 에워싸고 있던 백초곡 의원들의 몸이 아주 빨라졌다. 마치 그들의 공력이 두 배로 불어난 것 같았다. 지붕 위에서 민원규가 입가에 피를 흘리며 다시 일어서더니 표범처럼 덮쳐 왔다. 놀랍게도 방금 전보다 더 빠르고 강했다.

　쾅! 쾅! 쾅!

　철퇴와 철괴가 연이어 부딪쳤다. 그러나 이번에 물러난 것은 오히려 작은부인이었다. 하마터면 철괴에 어깨를 맞을 뻔했다. 작은부인이 두 걸음이나 물러서면서 철퇴의 자루를 따라 발끝을 날려 민원규의 가슴을 차서 물러서게 하고 옆에서 덤벼드는 자의 목을 수도로 쳐서 즉사시켰다.

"크악!"

쥐어짜는 듯한 비명 소리와 함께 백초곡의 의원들은 부채나 소도, 심지어는 양손에 한 자 길이의 장침을 들고서 나비처럼 어지럽게 작은부인을 공격하기 시작했다.

곁에서도 얇은 철판에 소나기가 떨어지듯 도검이 서로 부딪치는 소리가 터져 나왔다. 신포 필재의 검에서 검기가 커다란 연꽃 송이처럼 피어올랐다. 그것이 시작이었다.

신포 필재는 심중열의 가슴으로 검을 쭉 뻗으며 두 걸음을 밀고 나갔다. 심중열이 거리를 유지하다가 갑자기 달려든다. 번쩍 하는 순간에 필재의 목으로 칼이 떨어지고 있었다. 필재는 눈 깜짝할 사이에 십삼검을 펼쳐서 심중열을 찌르고 뺐다. 눈이 부실 만큼 빠른 검법이었다.

피웃!

심중열의 오른팔 정맥이 끊어지며 피가 솟았다. 심중열이 짐승처럼 '어헝' 하고 소리치며 달려든다. 필재의 눈이 번득임과 함께 검이 번득이고 심중열의 왼쪽 귀가 베어져 왼손 소매에 얹혔다. 심중열은 선듯 다가서지 못했다. 필재의 검이 그의 눈앞에서 잘게 흔들렸다. 표제운이 소리치며 달려들었다.

그러나 필재는 두 발을 굳게 디딘 채 화려하고도 강한 검법을 펼쳐 단 두 번 만에 그를 물러서게 만들었다.

피웃 하고 표제운의 허벅지에서 피가 솟았다. 박기가 단검과 퇴법을 동시에 쓰면서 공격했으나 역시 두 수 만에 물러섰고 어깨에서 피가 뿜어졌다.

신포 필재와 맞서는 자들은 반드시 몸의 어디선가 피를 뿜어냈다. 짧은 사이에 여러 사람이 혈인으로 변했으나 여전히 달려들었다. 신포 필재는 검으로 윤극사를 지켰다. 그를 공격하는 자들의 내력이 최소한 다섯 배는 강해져 있었다.

그들 속에서 윤극사를 지키기가 쉽지 않다는 것을 이화유의 작은부인도 확연히 깨닫고 있는 듯했다. 그녀도 힘을 아끼면서 적의 공격을 물리치기만 할 뿐 몰아치지는 않고 있었다. 신포 필재는 그의 심복들이 관군을 거느리고 달려올 때까지 기다려야 하고 그녀의 입장에서도 큰부인이 오기를 기다려야 했다. 황산이가에서는 윤극사에게 신세를 갚기 위해서 그의 적이자 황산이가를 건드렸던 자들을 없애 버리기로 결정하고 작은부인이 은밀히 윤극사의 뒤를 밟아왔던 것이다. 윤극사가 표제운과 박기에게 잡히는 것을 보면서도 나서지 않았던 것은 그들의 뿌리를 완전히 뽑아버리겠다는 생각을 하고 있었기 때문이다.

작은부인은 큰부인이 달려올 시간을 속으로 초조하게 헤아렸다. 달려드는 자들의 힘과 공력이 모두 그녀와 비슷하거나 오히려 높은 경우도 있었다. 하지만 작은부인은 무엇보다도 언제 어떻게 닥쳐들지 모를 그들의 괴이한 독술에 신경을 곤두세웠다.

문득 그녀의 귀에 신포 필재의 전음이 들렸다.

──천천히 아홉을 헤아린 후 눈을 감고 북쪽으로 달리시오. 그쪽에 숲이 있소.

작은부인은 철퇴로 날아드는 칼날을 부러뜨리며 고개를 끄덕이고 속으로 수를 헤아렸다. 손과 발을 숨 쉴 틈 없이 놀려야 했다. 그녀가 속으로 아홉을 헤아리는 순간에 신포 필재가 큰 소리로 '아홉!' 하고 외쳤다. 작은부인은 눈을 감으면서 유리광전의 뒤쪽에서 아주 밝은 섬광이 피어오르는 것을 설핏 보았다.

눈을 태워 버릴 만큼의 밝고 강렬한 빛이었다.

'앗!' 하고 소리치며 백초곡의 의원들이 손으로 눈을 가렸다. 신포 필재는 눈을 감은 채 미리 생각해 둔 초식을 연달아 펼치곤 윤극사를 겨드랑이에 끼고 북쪽을 향해 몸을 날렸다. 뒤에서 비명 소리가 줄을 이었다.

"잡아라!"

고함 소리와 함께 무엇인가가 맹렬한 기세로 날아왔다. 필재는 검을 뒤로 던졌다. 검이 그것과 부딪치며 펑 소리가 났다. 눈을 뜨니 앞에서 이화유의 작은부인이 갑자기 솟아올라 길을 막는 두 노인을 철퇴로 물리치고 있었다. 필재는 가죽 신 속에서 단검을 뽑아 그중 한 노인의 어깨를 찔렀다. 노인이 두 팔을 기묘하게 저으며 물러서는 틈을 타 그들을 뚫고 지나갔다. 숲이 멀지 않은 곳에 있었다.

"이놈!"

창노한 음성으로 소리치며 노인이 껑충 뛰어 필재의 등으로 접근했다. 필재는 윤극사를 작은부인에게 던지면서 말했다.

"먼저 숲으로 들어가시오!"

작은부인이 철퇴 자루로 윤극사를 받았다. 필재는 단검을 등 뒤로 돌려서 눈 깜짝할 사이에 네 가지의 초식을 펼쳤다. 노인이 몸을 뒤집으며 물러섰다.

"용등어약(龍騰魚躍)!"

필재는 마치 용이 승천하듯 꿈틀거리며 위로 솟구쳐 두 노인을 마주보며 내려섰다.

수염이 가슴까지 늘어진 노인들인데 한 사람은 흑의를 입었고 다른한 사람은 청의를 입었을 뿐 언뜻 봐서는 분간하기 힘든 얼굴들이었다. 방금 뒤에서 그를 공격한 자는 흑의를 입은 노인이었다. 두 사람 다 손에 무기가 들려 있지는 않았다.

흑의노인이 크면서도 약간 쉰 듯한 음성으로 소리쳐 물었다.

"두우검(斗牛劍)을 누구에게 배웠느냐?"

두우검이라는 소리에 윤극사를 받아서 숲으로 날아가던 작은부인이 돌아본다.

신포 필재는 단검의 날에 왼손을 덮으면서 나직하게 말했다.

"두우검을 아는 자도 죄인의 무리에 속해 있단 말인가?"

청의노인이 머리를 저었다.

"화후가 부족해. 아직 큰소리칠 만큼이 아니야."

흑의노인이 물었다.

"너는 누구냐?"

"필재!"

신포 필재는 짧게 말했다.

"관부제일고수라는 신포 필재?"

흑의노인이 되물었다.

필재는 입가에 미소를 지으며 웃었다. 작은부인은 이미 숲에 도달했다. 필재의 손바닥에서 단검이 파란 검광을 피워 올렸다.

"이놈, 비겁하구나!"

흑의노인이 소리치며 소매로 바람을 일으켰다. 신포 필재는 어느 틈에 다시 뒤로 물러나 원래의 자리에 가 있었다. 차분하여 움직인 것 같지도 않았다.

필재가 말했다.

"본관은 죄인을 잡는 사람이지 무공을 겨루는 사람이 아니오."

청의노인이 말했다.

"어쩐지…… 신포 필재라는 아이였군. 우리는 관과 다투지 않는다. 가라."

신포 필재는 방금 떠나온 유리광전 쪽을 보았다. 아무도 쫓아오지 않고 조용했다. 두 노인에게 포권을 취하며 말했다.

"죄인들과 한 무리가 아닌 줄 몰랐소이다. 무례를 용서하시오. 여긴 곧 관군이 올 테니 그전에 멀리 피하시길 바라오."

필재는 젊었지만 황명을 받는 관리였다. 대부분의 관인들처럼 상대가 어리다고 말을 함부로 하지도 않지만 비록 나이가 많다고 할지라도 일반 백성을 크게 공대하지는 않았다.

청의노인이 귀찮다는 듯이 손을 저었다. 관리들이 무림인을 우습게 아는 것처럼 무림인들도 관리를 우습게 알고 있었다.

신포 필재는 몸을 돌려 지붕을 건너뛰며 숲으로 달려갔다. 뒤가 너무 조용해서 불안했다.

청의노인이 신포 필재의 뒷모습을 보며 한마디 했다.

"방철군(方鐵君)도 끝났군. 하려는 것에 비해 그릇이 너무 작았어."

흑의노인이 말했다.

"글쎄…… 하여튼 최소한 여기는 잃게 되겠지."

청의노인이 절벽으로 날아가며 말했다.

"여기가 그의 뿌리야."

"그를 만나러 가는가?"

흑의노인이 뒤따라가면서 말했다.

청의노인이 말했다.

"생각해 보세."

"교활한 놈!"

민원규는 신포 필재가 떠난 직 후 눈을 비비며 소리쳤다. 눈으로는 아무것도 볼 수 없었다. 눈이 보이지 않을 뿐인데 온몸이 중심을 잃고 비틀거렸다. 시력이 멀어질 때의 충격으로 귀도 잘 들리지 않았다.

사람의 모든 감각은 서로 다른 듯해도 그 종착점이 같기 때문에 이어져 있는 셈이다. 하나의 감각이 완전히 소멸했다면 몰라도 교란되었을 때는 다른 감각들조차 혼란에 빠뜨린다. 신포 필재가 그런 점을 이해하고 섬광을 내는 특별한 종류의 화약을 썼는지는 알 수 없었다. 화약을 마음대로 쓸 수 있는 것도 관(官)뿐이다. 하여튼 인간의 감각이라는 것은 너무 민감하고 그것 때문에 지나치게 나약하다.

민원규는 속에서 내력이 폭발할 듯 들끓고 있었지만 감각을 잃고도 손발을 잃은 것처럼 무기력하게 서 있었다.

이곳이 그의 어린 손자와 손녀들이 살고 있는 백초곡 안만 아니었으면 민원규는 싸움을 시작하자마자 독술을 사용했을 것이다. 아마 다른 사람들도 마찬가지였을 것이다. 자기 집 마당에서의 싸움이라 화공(火攻)을 쓰지 못한 것이나 진배없었다.

감각이 서서히 돌아오기 시작했다. 먼저 코로 냄새가 맡아지기 시작했으며 눈으로는 희미한 중에 흐릿한 그림자들이 의식되기 시작했다. 귀로는 거친 숨소리와 신음 소리들도 들려왔다.

민원규는 고개를 돌려서 곡주가 있을 태사의 쪽을 보았다. 흐릿한 형체가 조각물처럼 보였다.

"곡주!"

민원규가 소리쳤다. 곡주의 흐릿한 형체가 일어서고 있었다. 민원규는 자기의 귀를 의심해야 하는 소리를 들었다.

곡주가 대답 대신 '이청무!' 하고 말했다.

어림짐작으로 곡주가 시선을 두고 있다고 생각하는 쪽을 향해 머리를 돌렸다. 좁고 흐릿한 그림자가 움직이고 있었는데 점점 부피가 커지고 선명해졌다.

민원규는 눈을 크게 뜨고 입을 벌렸다.

다가오는 그림자는 창백한 얼굴을 가졌다. 길고 가는 몸을 가졌다. 차갑게 굳어 있는 얼굴에 불꽃 같은 정광을 담은 눈이 빛났다.

민원규는 머리카락이 쭈뼛하게 곤두서며 몸이 경직되었다. 곡주와 똑같은 어조로 외쳤다.

"이청무!"

그림자는 젊은 시절 그가 이곳에서 함께 의술을 배울 때와 마찬가지로 꼿꼿하고 흔들림없는 걸음으로 다가오고 있었다.

민원규는 표제운과 박기를 눈으로 더듬어 찾았다. 가슴과 어깨에 큰 상처를 입은 그들은 귀신을 만난 듯 홀린 표정을 하고 있었다.

"귀……."

귀신이냐는 소리가 입에서 나오려다가 말았다. 의원은 나이가 들수록 시체는 두려워하지 않아도 귀신은 두려워하는 사람들이다.

박기가 입술을 떨면서 말했다.

"사, 사형……."

심중열이 표제운과 박기를 향해서 버럭 소리쳤다.

"바보 같은 놈들!"

이청무조차 깨끗하게 처리하지 못했음을 탓하는 소리였다. 이청무가 제세원에 있기 때문에 정광조를 보냈는데 이청무는 멀쩡하고 정광조만 잃어버렸다. 그러나 표제운과 박기의 귀에는 심중열의 말이 들어오지도 않았다.

구신의 중에서 제일 먼저 핏물로 녹았어야 할 이청무이다.

백초곡의 곡주와 노소 의원들이 놀람과 두려움으로 보고 있는데 이청무가 입으로 나직하게 중얼거리며 곡주를 향해 걸었다.

"하늘이여, 단 한 번만 내게 이들을 죽일 수 있도록 허락해 주오!"

쩡 하고 얼음이 틔는 듯한 소리가 민원규의 머리 속에서 울렸다.

이청무가 구결을 외우듯이 낮은 소리로 반복했다.

"하늘이여, 단 한 번만 내게 이들을 죽일 수 있도록 허락해 주오!"

낮게 깔린 연기가 확 번지듯이 이청무의 음성은 백초곡 의원들의 마음속에 두려움이 되어 번졌다.

신포 필재와 황산이가의 사람이 나타났을 때도 꿈쩍 않던 곡주마저 벌떡 일어선 채로 눈에 불을 켠다.

이청무는 곡주가 십팔 년 전부터 죽이려 했지만 죽이지 못했던 사람, 곡주가 스스로 천적이라고까지 생각했던 자이다.

민원규는 자신의 피가 묻은 손으로 이청무를 가리키며 말했다.

"이청무… 네가… 네가……."

감정만 있었지 마땅히 할 말이 있을 리 없었다.

이청무의 앞을 아무도 막지 못했다. 심중열마저 자기도 모르게 주춤거리며 비켜섰다. 이청무는 어떤 제지도 받지 않고 곡주와 마주 섰다.

오연한 표정과는 달리 곡주의 손끝이 떨리고 있었다.

"곡주! 극사는 어디에 있는가?"

이청무가 말했다. 한 배분이 높기는 하지만 여태까지 이렇게 말한 적은 없었다. 곡주의 입매무새가 꿈틀거렸다.

표제운이 버럭 소리쳤다.

"그놈은 죽었소!"

민원규는 속으로 아차했다. '표제운, 저 거친 사냥꾼 같은 놈이 또 일을 망치는구나' 하고 부르짖었다.

이청무가 고개를 끄덕이며 표제운에게로 돌아섰다. 표제운은 눈을 부릅뜨고 이청무와 마주 섰다. 옛날부터 사부고 사숙이고 사형, 사제들이고 간에 이청무, 이청무, 이청무 하는 소리가 듣기 싫었다. 그에게 감탄할 만한 점이 적지 않다는 걸 인정하지 않는 바는 아니었지만 그의 평판만큼 대단하다고는 생각지 않았다. 표제운은 여태까지 속에 품고 있던 이청무에 대한 '네가 무엇이길래!' 하는 마음을 숨김없이 드러냈다.

'그놈은 죽었소' 하고 이청무에게 도전하는 심정으로 말했다. 표제운의 표정은 '어쩔래?'였다.

이청무가 고개를 두어 번 더 끄덕였다. 그렇게 받아들이기 어색하기는 하지만 알아들었다는 짓둥이이다.

표제운의 입가에 비웃음이 걸렸다. 불안한 표정으로 숨도 쉬지 못하고 보고 있는 다른 사형, 사제들에 대한 비웃음이었고 이청무에 대한 비웃음이었다.

순간 이청무가 끄덕이던 고개를 들면서 입을 열었다.

화아아아악!

골짜기를 빠져나가는 먹구름처럼 시꺼먼 독연이 뿜어졌다. 이청무는 속에 폭풍을 머금고 있다가 토해내는 것처럼 사방으로 독을 뿜었다.

독에 닿은 것은 무엇이든 녹아버렸고 독에 닿지 않은 자들이 비명을 지르며 독구름을 피해서 달아났다.

그러나 공기 중으로 스며드는 독구름은 자기의 형체보다 빨랐다. 달아나던 자들도 땅에 쓰러졌고 뒤따라간 독구름은 그들을 녹여 버렸다.

민원규는 이청무의 태도가 심상치 않다고 느낀 순간 지붕 위로 몸을 날려 피했다. 이청무를 안다고 생각하는 자들 중 여럿이 미리 대비하고 있다가 역시 지붕 위로 피했다. 곡주와 박기도 그중에 포함되어 있었다.

그들은 검은 구름이 땅에 깔리면서 퍼져 나가는 그 한가운데 이청무만이 우뚝 서 있는 것을 보았다. 유리광전 앞에 모였던 백초곡의 의원들이 모조리 핏물로 변해가고 있었다.

곡주의 몸이 푸들푸들 떨렸다.

심중열이 민원규에게 떨리는 음성으로 물었다.

"저, 저게 무슨 독이오?"

민원규도 몰랐다. 몸을 녹이는 독은 알고 있으나 그가 알고 있는 그 독은 범위가 이청무의 독과는 비교할 수조차 없었고 넓은 범위의 독도 알고 있으나 또한 이청무의 독처럼 빠르지도, 몸을 녹이지도 못하는 것이었다.

주건영이 죽지 않았다면 그는 조금 알지도 몰랐다.

"곡주, 모두… 이러다간 모두 다 죽고 말겠소!"

심중열이 소리쳤다.

민원규는 바람이 불어오는 방향에 있는 지붕으로 몸을 날렸다. 곡주와 심중열, 박기, 그리고 몇 사람이 그와 똑같이 움직였다.

박기는 이청무의 시선이 자기를 보이지 않는 실로 옭매는 것 같았다. 그와 표제운도 이청무가 사용한 독과 같은 것은 아니지만 넓게 퍼지는 독으로 제세원의 수천 목숨을 끊었다. 박기는 뒤늦게 몸을 날렸지만 먼저 달렸다. 백초곡도 제세원처럼 죽음으로 가득 차고 말 것이라는 생각이 머리를 꽉 채웠다.

이청무는 낮은 소리로 중얼거리며 그들이 있는 전각 쪽으로 검은 독구름을 몰고 오고 있었다. 심중열이 이청무를 향해서 칼을 던지며 욕을 내뱉었다. 민원규도 급히 철괴를 던졌지만 이미 심중열의 칼이 이청무의 가슴에 깊숙이 박히고 말았다.

"맞았다!"

곡주가 나직하게 소리쳤다.

이청무가 무표정하게 올려다본다. 심중열을 욕하려던 민원규도 어이없는 표정으로 곡주를 보았다. 독을 뿜어내는 이청무에게 흉기를 대는 것조차 그의 몸에서 얼마나 많은 독이 나오는지 확인하는 짓이 될 수도 있는 일이었다.

이청무가 가슴에 박힌 칼자루를 양손으로 잡으며 중얼거리듯 나직하게 말했다.

"넌 곡주가 아니구나."

박기가 이청무의 소리를 덮으며 고함쳤다.

"극사는 죽지 않았소!"

이청무가 손을 멈추고 가만히 본다.

박기가 다시 말했다.

"극사는 숲으로 달아났소! 내가 거짓말을 하지 않는다는 건 이 사형

도 알고 있지 않소!'

이청무가 다시 고개를 끄덕였다.

민원규와 곡주가 흠칫했다.

이청무가 말했다.

"민 사형과 자네들만 죽으면 극사는 무사하겠군. 내가 해야 할 일 한 가지는 줄어들었군."

민원규가 몸을 떨었다.

이청무는 가슴에 칼을 꽂고도 평소처럼 조금도 흐트러지지 않았다. 허파가 피로 차 오르고 있을 텐데도 입가에 핏빛조차 비치지 않고 창백한 색이었다.

이청무가 허무한 음성으로 박기에게 물었다.

"제세원에서도 사람들이 이렇게 죽어갔겠지?"

박기가 그의 말을 견디지 못하고 곡주를 보았다. 곡주는 손끝을 떨고 있을 뿐 더 이상 그의 꿈을 말하지 않고 있었다. 그의 말로 꾸었던 꿈이 깨어지며 박기는 찬바람을 들이켰다.

'내가 이런 자를 어이 믿고……'

박기는 손에 들었던 단도로 곡주의 겨드랑이 밑으로 해서 심장을 찔러 버렸다.

윤극사는 공포와 죽음과 십독의 냄새를 맡고 작은부인의 손을 뿌리치며 힘을 다해 유리광전으로 달렸다. 검은 독구름이 땅거미를 따라서 백초곡 안으로 번져 가고 있었다. 작은부인과 신포 필재가 윤극사의 갑작스런 발작에 놀라 뒤따라오며 멈추라고 소리쳤다.

윤극사가 오히려 그들에게 따라오지 말라고 고함쳤다. 독에 녹아서 죽고 말 것이라고. 휘파람 소리도 나오지 않았다. 마음으로는 휘파람을 불었지만 입으로는 고함을 질렀다.

"으아아아!"

있는 힘을 다해 달리면서 윤극사는 누군지 모르지만 자기를 도와줄 누군가를 고함으로 불렀다. 백초곡에 번지고 있는 독구름을 멈추게 해 줄 수 있는 누군가를.

그가 유리광전으로 돌아왔을 때는 손에 칼을 든 이청무가 대리석 바닥에 고요히 누워 있고 주변은 사람이 녹아서 변한 피고름으로 얼룩져 있었다.

윤극사는 구소술로 이청무가 뿜어냈던 독구름의 대부분을 해소하면서 달려오느라 심장이 터질 듯이 꿈틀거렸다.

이청무를 보면서 아무 말도 하지 못하고 그 앞에 가서 주저앉아 가슴을 헐떡였다. 이청무의 생명은 이미 기름을 다 한 등불과 같았다. 이청무가 칼을 놓고 손을 조금 들었다. 윤극사는 그의 손을 덥석 붙잡고 울었다. 헐떡임으로 소리는 나오지 않고 눈물이 목구멍으로 흐르는 울음이었다.

이청무의 입술이 달싹거렸다.

"잘했다."

그 소리에 윤극사는 '꺼어어억!' 하고 울음을 토해냈다. 이청무의 가슴에 엎드렸다.

이청무가 윤극사의 귀에 대고 입술을 달싹거렸다. 자기의 울음소리 속에서도 이청무의 작은 소리가 귓속으로 스며들었다.

"네가 사는 세상은 아주 좁단다. 네가 살던 작은 방보다도 훨씬 작단다. 울지 마라, 극사야. 너는 이렇게 작고 연약하며 슬픔으로 가득

찬 세상에 슬픔을 더 보태고 싶으냐? 빛과 꽃이든 슬픔이든, 무엇이든 보탤 수는 있지만 그건 네 세상이란다. 네가 채운 만큼만 네 삶으로 남는단다. 너의 작은 방처럼."

『윤극사전기』 2권에 계속…

참고 자료

1. 참조

두병신지(讀病神指):백초곡의 네 가지 궁극 의술 중 첫째. 손가락으로 몸속의 어떤 병이든 바로 읽어낼 수 있는 신기한 재주.

심병혜안(尋病慧眼):백초곡의 네 가지 궁극 의술 중 두 번째. 기운의 흐름을 눈으로 보고 병을 알 수 있음. 이때부터 천지간에 가득한 기운을 눈으로 보고 느낄 수 있다.

생사조수(生死助手):삶과 죽음을 관장할 수 있는 손. 기운을 손으로 조작하여 원하는 결과를 만들어낸다. 역시 백초곡 궁극의 의술 중 세 번째.

지극간심(至極看心):백초곡 궁극의 의술 중 네 번째이며 가장 중요한 것. 모든 의술의 근본이 됨.

삼득삼성공(三得三成功):정기신(精氣神)에 눈뜨고 더 높은 의술을 깨닫기 위해서 백초곡과 제세원의 제자들이 행하는 수련법. 기본적으로는 환자의 혈과 맥을 정확하게 짚는 것이고 차후에는 기운 그 자체를 만질 수 있게 된다.

혼돈석유:탄화수소를 주성분으로 하는 가연성 액체. 검은 갈색. 새로운 문명을 창출할 수 있는 물질.

신농씨(神農氏):옛 전설 속의 제왕으로 삼황(三皇)의 한 사람. 농업과 의술의 신으로 추앙됨.

약사유리광여래(藥師琉璃光如來):약사여래. 왼손에는 약병을 들고 오른손으로는 시무외인을 맺고 있으며 동방정유리의 왕. 십이서원(十二誓願)을 세워서 중생을 구제하고 깨달음을 얻게 해주는 부처.

황제내경(黃帝內經):중국 고대의 제왕인 황제(黃帝) 공손헌원(公孫軒轅)

의 책. 불로장생과 신선술, 그리고 의술의 공통된 뿌리가 된다.

진맥(診脈):한의학에서 병을 진찰하기 위해서 환자 손목의 맥을 짚어보는 것. 환자가 신분이 높은 여자일 경우에는 손목에 실을 감아서 쥐고 그 진동으로 알아보기도 했다. 맥진(脈診), 절맥(切脈), 지맥(持脈)이라고도 하며 연세가 많은 분들은 보통 지맥으로 부른다.

양기(陽氣):음양론적 시각으로 봤을 때 몸 안에 있는 음양의 기운 중 양의 기운. 또는 남자 몸 안의 정기를 말하며 스테미너 또는 정력을 뜻하기도 한다.

내열(內熱):몸 안의 열을 일컬으며 인체에서 말할 때는 주로 밖으로 빠지지 않는 악성(惡性)의 열을 말한다.

부인병(婦人病):여성의 성(性)과 관련된 질병으로 생식기의 질환이나 여성 호르몬 이상으로 유발된 방을 통틀은 말이다. 선천적인 부인병으로는 생식기의 결여, 발육 부전, 중복 질, 중복 자궁, 반음양(半陰陽) 등이 있고, 후천적인 부인병의 예로는 자궁 위치의 이상, 자궁 내막염, 자궁 종양, 난소질환 등이 있다.

간신휴손(肝腎虧損):간과 신장에 손실이 있음. 증세로 이명(耳鳴)과 불면증, 여자인 경우 생리 불순이 있을 수 있다.

계당주(桂當酒):계피와 당귀를 소주에 넣어서 만든 술. 땀이 많이 나는 것과 두통을 치료하고 소화를 촉진시키며 간장과 신장의 기능을 강화해 주는 효과가 크다.

백병개생어기(百病皆生於氣):모든 병은 기(氣)가 잘못 움직이거나 조화되지 못함에서 생겨난다는 뜻.

백박풍(白駁風):박(駁)은 얼룩말을 뜻하는 글자. 백박풍은 피부에 얼룩말 같은 반점이 생기는 것을 말한다.

풍사(風邪): 풍(風), 한(寒), 서(暑), 습(濕), 조(燥), 화(火)와 같이 병을 일으키는 여섯 가지 원인인 육음(六淫) 중의 하나로 바람이 원인으로 작용한 것을 말한다.

여음(女陰): 여자의 음부를 직접적으로 일컫는 말.

고치(叩齒): 이 뿌리를 튼튼하게 하기 위해서 윗니와 아랫니를 마주치거나 주먹으로 가볍게 두드리는 일. 고대부터 신선술을 수행하던 사람이나 의원들이 많이 행해왔다.

보사법(補瀉法): 한의학에서 쓰는 중요한 원칙의 하나. 허증(虛症)을 치료할 때는 보(補)를, 실증(實症)을 치료할 때는 사(瀉)를 쓴다. 모자람은 채우고 넘치는 것은 빼내어 조화를 줌. 주로 침술에 사용하는 것이 일반적임.

부술(剖術): 현대 의학에서의 수술(手術)과 같음. 의술을 좁게 말할 때는 부술만을 가리킬 수도 있음. 고대 중국에서도 부술이 행해졌음.

마혈(痲穴): 인체의 혈(穴) 중에서 신경이나 근육이 형태의 변화 없이 기능을 잃게 하는 성질을 가진 혈(穴)들을 말함.

구피고(狗皮膏): 원래는 개의 가죽으로 만든 고약으로 신경통 등에 사용했으며 현대에서는 파스류를 말함.

채미충(蠆尾蟲): 전갈. 채충이라고도 함. 꼬리 끝에 독침을 가지고 있음. 열대 지방에 주로 있지만 한국과 북미에도 서식함.

중기(中氣): 중초(中焦) 비위(脾胃)의 기(氣), 음식물을 소화하고 운송하는 기능과 관련됨.

독약공사(毒藥攻邪): 독으로 병을 치료하는 것.

본초학(本草學): 약재나 약학에 대하여 연구하는 학문으로 주로 식물을 대상으로 함.

2. 부록

조기법(調氣法)

팽조가 말하기를 '道는 번거로운 것이 아니다. 오직 衣食, 聲色, 勝負, 曲直, 得失, 榮辱 따위를 생각지 않고 마음에 번거로움을 없애고 모습에 다함이 없고, 거기에다 導引法을 끊임없이 계속하면 千年의 長壽도 유지할 수 있는 것이다' 하였다.

그러나 인간이 생각하는 것을 그친다는 것은 있을 수 없는 일이므로 천천히 행할 수밖에 없다.

팽조가 또 말하되 '정신을 온화하게 하고, 도인법을 행하려면 밀실에서 문을 잠그고 편안하게 자리를 편 다음, 자리를 따뜻하게 하고 베개 높이는 2치 5푼으로 하여 반듯이 누워 눈을 감고 기(氣)를 가슴속에 넣어 닫아버리고, 자그마한 털을 코 위에 올려놓아도 떨어져 내리지 않을 정도로 움직이지 않고, 삼백 번 호흡을 거듭하여 귀에는 아무 소리도 들리지 않고, 눈에는 아무것도 보이지 않으며 마음속에 생각하는 것이 없게 한다. 이렇게 되면 한서(寒暑)가 덮쳐지는 일이 없고, 독충에도 쏘이지 않으며, 그 수명이 삼백육십까지 이르게 된다. 이쯤 되면 眞人에 가까운 것이다' 했다.

아침저녁(음양이 바뀌는 시간에 난기(暖氣)가 이르게 되고, 눈이 떠지는 것은 上生의 氣가 오르는 것이며, 이름하여 陽氣가 동하고 陰氣가 소멸한다고 한다. 저녁의 일몰 후에는 냉기가 심하고 추위가 몸에 스며 침실로 들어가 앉아 잠을 자는 것을 下生의 氣가 이른다고 하여 양기가 소멸하고 음기가 動한다고 한다. 오경 초에는 난기가 이르고 해가 진 뒤로는 냉기가 이른다. 음양의 기는 이와 같이 번갈아가며 출입을 거듭하여 天地, 日月, 山川, 海河, 人畜, 草木 등 一切萬物은 그 체내에서 代射를 거듭하며 한시도 쉬지 않고 그 일진일퇴함이 꼭 밤낮의 교대나 해수의 간만과 흡사하다. 이것이 天地循環의 도다)마다 오방(午方:南方)을 향하고, 두 손을 무릎 위에 놓고, 천천히 무릎 관절을 누르며, 입으로부터 濁氣를 내뱉고 코로는 淸氣를 들이마신다(吐란, 낡은 氣, 또는 죽은 氣를 내보내는 것이며, 納이란 새로운 기 또는 생기를 들여오는 것. 이 같은 까닭으로 老子經에는 '玄牧의 門, 天地의 根은 끊임없이 존재하는 것이므로 이것을 써서 닦아가지 않으련다' 라고 하였다. 이것은 입과 코는 천지의 문이고, 음양사생의 기를 吐納할 수 있다는 뜻이다).

이것을 오랫동안 계속한 다음, 손으로 천천히 좌우, 위아래, 앞뒤를 문지른다. 이어서 눈을 뜨고, 입을 벌려 이빨을 다구고, 손바닥으로 눈을 비비고, 머리를 눌러 귀와 머리카락을 잡아당기고, 허리의 힘을 빼고 기침을 크게 하고 陽動을 계속한다.

양손 또는 한 손을 등으로 돌리는 동작을 하고 나서 다리를 끌면서 엎드려 발을 팔십 내지 구십 번 흔든다. 밑을 향하고 오로지 기를 안정시키고 선관의 법으로 눈을 감고 생각하며, 마음속에 음양이 서로 합하는 太和의 기를 기른다. 이때의 기란 紫雲과 같이 五色이 빛나는 것 같은 것을 상상하는 것이다.

또 발제(髮際)로부터 머리 속으로 들어가 비가 개인 뒤의 구름이 산속으로 들어가듯이, 피부로부터 살 속으로 뼈로부터 뇌 속으로 들어가 차차로 내려와서 뱃속으로 들어가서, 사지오장은 모두 그 은덕을 받아 문이 대지 속으로 스며들어 가듯이 思考를 계속해 가는 것이다.

만약에 이것에 철저하면, 뱃속에서 물이 흐르는 소리가 들리고, 만 가지 일에 마음이 팔리지 않고 전념할 수가 있게 된다. 이렇게 해서 태화의 氣가

氣海에 이르고 자연히 龍泉에 이르면 온몸이 흔들리고 두 다리도 오그라져 굽게 되고 자리에 앉으면 마디마디가 우두둑 하고 소리가 나게 된다. 이것을 一通이라고 한다.

일통에서 이통으로 계속 연성하여 삼통에서 오통에 이르게 되면 온몸의 혈색이 좋아지고, 얼굴빛도 빛나고, 머리카락은 윤기가 더해지고 귀와 눈이 밝아지며, 식사는 맛이 더해지고 氣力은 강건해지며, 百病은 모조리 없어지고 오 년, 십 년을 잊지 않고 오래 계속하여 천만통에 이르게 되면 仙境에 가깝게 되는 수도 있다.

마음속에 허무함을 유지하고 유연한 기도 갖추어져서 그 氣息이 조리에 맞게 되면 백병은 생기지 않으나, 만일에 조절을 잃게 되면 여러 병이 많이 발생하리라.

攝養을 잘하는 자는 調氣의 法을 알아야 한다. 이법은 萬病, 大病을 치료하고, 백일이면 눈썹, 수염이 다시 생겨나고 그 밖에 병은 말할 것도 없이 다 낫게 된다.

조기법이란, 한밤중부터 다음날 오전까지는 정기가 생겨 조절이 가능하나, 오후부터 한밤중 전까지는 정기가 죽게 되므로 조절을 할 수 없게 된다. 조기를 할 때는 두텁고 푹신한 이불 위에 누워서 베개를 높이 하되 몸의 선과 나란히 하고, 손은 힘주지 말고 자연스럽게 뻗치고 다리를 벌린다.

양손은 엄지손가락을 안으로 넣고 쥐며 몸에서 사, 오 치 떨어지게 하여 뻗치고, 다리도 역시 사, 오 치 떨어지도록 하여 벌린다. 이빨을 몇 차례 다구고 침을 삼킨다. 코로 숨을 쉬어 뱃속으로 넣고 발까지 이르게 되면 그친다. 힘을 들여 다시 쉬고 오랫동안 머물게 한다. 기가 차게 되면 입으로 서서히 내뱉고, 다음에는 코로 부벼 천천히 빨아들인다.

이 같은 동작을 연속하여 거듭한다. 입을 다물고 있을 때는 마음속으로 수를 헤아리고, 그 수가 귀에 들리지 않고, 또 수를 잘못 헤어서는 안 되기 때문에 마음속으로 헤아림과 동시에 손으로 수취기를 써서 천까지 헤일 수가 있으면 선경에 가까워졌다 말할 수 있다. 날씨가 나쁘고, 안개, 强風, 極寒일 때는 조기하는 것을 피하고 오직 닫아두는 것이 좋다.

한열이나 옹저를 앓고 있는 자는 한낮에라도 질환이 발생하기 전의 식간에 조기를 하는 것이 좋고, 비록 병상이 호전되지 않아도 다음날에 또 조기법에 의하여 조절함이 좋다.

심냉통을 앓게 되면 호기하고, 열병이면 취기하고, 폐병일 때는 허기하고, 간병일 때는 아기하고, 비병이면 희기하고, 심병이면 사기한다. 야반 후는 팔십일, 닭이 울 무렵에는 칠십이, 날이 샐 때는 육십삼, 이 조기법을 행하려면 먼저 좌우도인을 삼백육십오 회 행할 것이다.

(전적으로 믿지는 말 것. 중국인의 과장을 염두에 두시길)

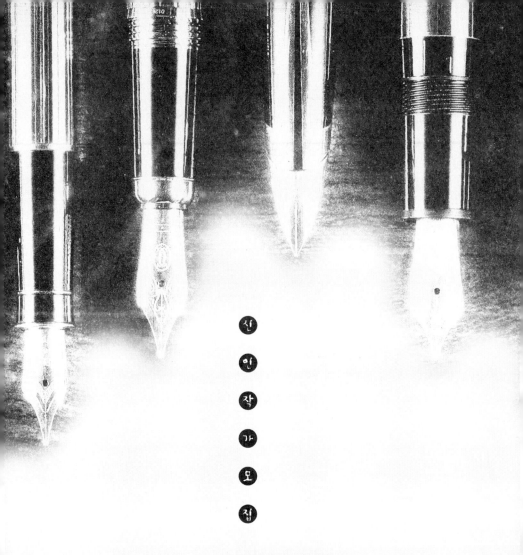

신

인

작

가

모

집

시작이 반이라고 했습니다.
작가의 길에 대한 보이지 않는 벽을 과감히 깨뜨리십시오!
청어람은 작가 지망생 여러분들의
멋진 방향타가 되어드리겠습니다.

저희 도서출판 청어람에서는
소설 신인 작가분들을 모집합니다.
판타지와 무협을 사랑하시는 분들의 많은 참여를 바랍니다.
소정의 원고(A4용지 150매)를 메일이나 우편으로 보내주시면
검토 후 출판 여부를 알려드리겠습니다.

주소:경기도 부천시 원미구 심곡1동 350-1 남성B/D 3F 우편번호420-011
TEL:032-656-4452 · **FAX**:032-656-4453
http://**www.chungeoram.com**
e-mail:chungeoram@chungeoram.com